크렌스피
사가

권력을 탐하는 아이

CONTENTS

『크렌스피 사가』를 말하다

크렌스피 가문에서 가장 유명한 인물이 총 3명이 있다. 레츠, 에이미, 바론이다. 이 3명의 관계는 레츠가 가문의 최고 어른이며, 에이미는 레츠의 딸이다. 그리고 바론은 에이미의 손자이다.

역사학자들이 평가하기를 크렌스피 가문의 명예를 드높인 인물로는 에이미를, 크렌스피 가문의 명예에 먹칠한 인물로 바론을 뽑길 주저하지 않는다. 그런데 마지막 레츠라는 인물은 제대로 평가 내릴 수 있는 역사학자가 존재하지 않았다.

혹자는 이 시대의 진정한 영웅으로 묘사하기를 주저하지 않는가 하면, 혹자는 한 시대를 풍미했던 인물은 맞지만 그는 세상을 속인 위선자라는 오명을 뒤집어씌우기를 주저하지 않았다.

영웅으로 묘사되는 레츠와 위선자로 묘사되는 레츠, 모두를 어느 한 곳에 치우침 없이 그려 낸 이야기이며, 그런 레츠에 맞서 자신의 소신을 지켜 나가는 에이미에 관한 이야기이다.

프롤로그

내가 그에게 물었다.

왜 그렇게 권력에 집착하느냐고 말이다. 그러자 그가 나를 향해 한심하다는 표정을 감추지 않고 말했다.

"내가 권력을 가지고 있기에 지금 당신과 만날 수 있는 것이다. 만약 나에게 권력이 없었다면, 당신이 나를 만나 줬을까?"

그의 말에 나는 아무런 말도 할 수 없었다. 정말 그의 말대로 그가 권력을 가지고 있지 않았다면, 나는 그를 만나지 않았을 것이기 때문이다.

아무런 말도 못하고 고개만 숙이고 있는 나를 향해 그는 마지막 비수를 꽂아 넣었다.

"지킬 수 없는 권력은 이미 권력이 아니다. 그것이 황제의 이름 아래 발생하는 권력이라고 해도 말이다. 나는 이 같은 사실을 여덟 살 때 이미 깨달았다."

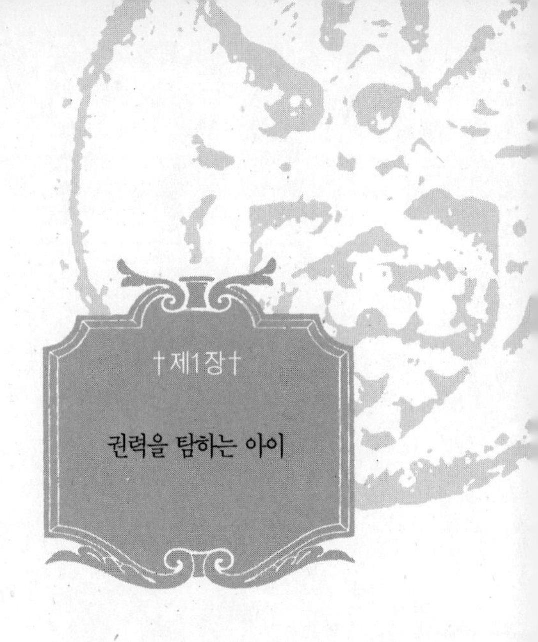

†제1장†

권력을 탐하는 아이

크렌스피 백작가문의 방계 중에 레츠라는 아이가 있다.

레츠는 자신이 크렌스피 성을 가지고 있다는 사실에 대단한 자부심을 가지고 있었다. 아무것도 모르는 어린 시절부터 평민들과 달리 성을 가지고 있다는 사실에 마냥 행복하기만 했다.

레츠보다 머리 하나는 더 커다란 몸을 소유하고 있는 월이란 아이가 있다.

이스틴 마을에서 골목대장 노릇을 톡톡히 하며, 다른 아이들의 정점에 서 있는 아이이다. 그런 월도 레츠 앞에서는 고양이 앞에 쥐 격이었다.

머리가 여물지 않는 시절부터 다른 아이들의 머리 위에서만 생활했던 레츠는 크렌스피 성이 가져다주는 권력의 달콤함에 빠져 철저하게 중독되어 갔다.

이런 레츠의 행동을 주위 사람들이 봤다면 어린놈이 벌써부터 발랑 까졌다고 손가락질하고 비웃을 행동이었지만, 레츠는 남들이 뭐라고 하든 그 또래의 아이들을 굽어보는 맛에 푹 빠져 지냈다.

이처럼 성이 있고 없고의 차이로 레츠는 여느 아이들은 꿈조차 꾸지 못할 권력을 아무 노력도 없이 손에 넣을 수 있었다. 그러나 레츠의 이런 생활도 오래가지 못했다.

레츠가 여덟 살이 되던 해였다.

크렌스피라는 성이 가지는 굴레와 직면하게 되면서, 레츠는 그토록 자신에게 달콤함을 가져다줬던 크렌스피 성으로 인해 모든 것이 한순간에 무너지는 경험을 하게 된다.

윌이 누구에게 들었는지, 크렌스피 성을 정식으로 사용할 수 있는 것은 크렌스피 영지의 영주님과 그의 직계 가족뿐이라는 사실을 알게 된 것이다.

평소 겉으로 내색은 하지 않았지만, 윌은 힘이 약한 레츠가 자신보다 높은 위치에 있다는 것을 못마땅하게 여기고 있었다. 그런 윌이 이런 좋은 기회를 놓칠 이유가 없었다.

처음에 레츠는 윌이 하는 말이 무슨 내용인지 몰랐다. 그러다 계속 이야기를 듣고 있다 보니 자신을 비꼬며 놀리고 있다는 것을 알게 되었다.

레츠가 크렌스피 성을 사용하는 것은 좋은 씨내리 감을 찾으려는 것이라며, 레츠를 비아냥거리고 놀렸던 것이다.

다른 아이들도 씨내리란 단어가 무엇을 뜻하는지도 모르면서 레츠를 놀려 대기 시작했다.

윌의 비위를 맞추기 위한 행동이었다. 이미 윌을 통해 레츠가 귀족이 아니란 사실을 알고 있었기에 아이들의 행동에는 거리낌이 없었다.

감히 쳐다볼 수조차 없었던 존재가 한순간에 나락으로 떨어져 내리는 순간이었다.

윌은 그런 레츠를 철저하게 짓밟기 시작했다. 그동안 자신이 당해 왔던 모든 것들에 대해 분풀이를 하려고 작정한 듯 말이다.

같은 또래보다 배는 커다란 윌의 주먹에 레츠의 얼굴이 처참하게 망가지는 것은 순식간이었다. 몇 대 얻어맞지도 않았는데 코피가 터져 나왔다.

코피가 흐르며 숨쉬기가 힘들어지자 레츠의 호흡이 가빠졌다. 윌의 주먹에 맞는 충격보다 당장 숨을 제대로 쉬지 못한다는 사실이 고통스러웠다.

난생처음 겪어 보는 것이라 그 고통이 대단했다.

"별것도 아닌 새끼한테 그동안 굽실거렸던 것을 생각하면 치가 떨린다!"

윌은 고통에 허덕이는 레츠를 바라보며 비웃었다. 그러고는 고개를 숙이고 있는 레츠의 얼굴을 향해 발차기를 시도했다.

퍽!

묵직하게 울리는 소리와 함께 레츠의 머리가 크게 튕겨 나가며 뒤로 넘어졌다.

"콜록콜록!"

바닥에 넘어진 레츠가 본능적으로 몸을 움츠리며 기침을 내뱉었다.

레츠는 이제 숨 쉬는 것이 문제가 아니었다.

끊임없이 머릿속 깊숙이 후벼 파는 고통에 꿈틀거릴 뿐이었다. 레츠가 고통에 버둥거리면 거릴수록 윌은 자신의 자리를 되찾았다는 희열에 좋아할 뿐이었다.

윌은 넘어져 있는 레츠를 향해 끊임없이 발길질을 시도했다.

퍽!

"악! 그만, 그만!"

충격이 대단했는지 레츠의 입에서 비명이 터져 나오며 애원하기 시작했다. 생전 처음 겪는 고통에 레츠가 가지고 있던 자부심이 너무도 쉽게 무너졌다.

레츠는 어떻게든 윌의 공격을 방어하고 싶었다. 하지만 그것은 바람일 뿐이었다.

레츠는 지금까지 자신이 직접 몸을 움직여 무언가를 해 본 적이 없었다.

몸을 단련하는 것은 고사하고 평범한 아이들보다 신체능력이 현격하게 낮았다. 그런 레츠가 또래 아이들보다 발육 상태가 좋은 윌을 상대한다는 것은 처음부터 역부족이었다.

레츠 자신도 이러한 사실을 잘 알고 있었다. 그래서 그동안 윌이 스스로 몸을 낮추며 자신을 떠받드는 것에 푹 빠져든 것이었다.

이제는 그런 상황이 바뀌었다.

윌의 무지막지한 힘 앞에 레츠는 그동안 가졌던 권력이 얼마나 보잘것없었는지 뼈저리게 깨닫게 되었다.

몸을 휩쓸고 지나가는 고통에 레츠는 아무것도 할 수 없었다. 그저 윌의 자비를 바라야 했다. 결국 윌에게 애원까지 했다. 제발 그만둬 달라고 말이다.

레츠가 아무리 애원을 해도 윌은 멈출 생각이 없었다.

윌은 다른 아이들에게 각인시키고 싶었다. 누가 진정한 일인자인지 말이다. 그러기 위해서는 레츠를 짓밟는 것이 그 무엇보다 효과가 좋다는 사실을 잘 알고 있었다.

윌이 바닥을 기는 레츠에게 다가갈 때였다.

"피다!"

윌과 레츠를 에워싸고 있던 아이 중 한 명이 레츠의 얼굴 위로 흐르는 피를 발견하고 놀라 외쳤다.

윌의 두 번째 발길질 때 피부가 찢어진 것이었다. 코피처럼 흔하게 볼 수 있는 종류의 피가 아니었다. 그래서 다들 주춤거리며 몸을 사리기 시작했다.

생각지도 못한 전개여서일까, 레츠에게 다가가던 윌이 주춤거렸다. 자신의 뜻대로 풀리지 않고 일이 커져 가자 저도 모르게 주춤거린 것이다.

아이들 싸움에서는 먼저 코피가 터지는 쪽이 지는 것이 당연했다.

레츠와 윌의 싸움도 레츠가 코피를 터트리면서 윌의 일방적인 승리로 끝이 났었다. 하지만, 윌은 거기서 멈추고 싶지 않았다.

그동안 레츠에게 굽실거렸던 일들이 떠오르자 평소보다 격렬하게 몸을 움직였고, 그로 인해 생각지도 못한 일이 발생하기까지 했다. 그러나 주춤거림도 잠시였다.

윌은 자신을 둘러싸서 구경하던 아이들을 끌어들였다. 아이들은 레츠가 흘리는 피를 바라보며 두려움에 주춤거렸지만, 윌이 눈을 부라리자 우물쭈물거리며 레츠에게 다가갈 수밖에 없었다.

눈앞에 보이는 윌의 주먹이 무서웠던 아이들은 얼굴에 피칠을 한 레츠에게 머뭇거리며 다가갔다. 그러고는 집단적으로 린치를 가하기 시작했다.

윌은 그런 아이들을 바라보며 한 발 뒤로 물러설 뿐이었다.

막상 처음이 두렵지 일단 일을 저지르고 나면 두려움이란 아무것도 아니었다. 머뭇거리던 아이들이 언제 그랬느냐는 듯 레츠를 철저하게 망가뜨리기 시작했다.

레츠도 아이들의 집단적인 폭행에 처음에는 비명을 지르며 저항했지만, 이내 그런 몸짓은 무의미할 뿐이란 것을 몸에 가해지는 충격을 느끼며 깨닫게 되었다.

레츠가 지르던 비명이 사라진 뒤에도 아이들의 집단 폭행은 멈출 줄을 몰랐다.

레츠의 이마에서 피가 흐르고 또 흘러 그 양이 상당했다. 그리고 그 피는 레츠의 두 눈에까지 흘러들어 갔다.

레츠의 두 눈에 비치는 세상이 점점 붉게 물들어 가기 시작하더니 이내 세상이 시뻘겋게 변했다. 레츠는 온통 붉은색으로 보이는 세상이 그렇게 싫을 수가 없었다.

윌과 아이들에게 집단 린치를 당한 그날 저녁 레츠가 만신창이가 되어 집으로 돌아왔다.

피를 흘리고 있는 레츠의 모습을 확인한 다일리가 놀라 눈을 부릅뜬 채 어찌할 줄을 몰라 했다.

다일리는 이 집의 유일한 하녀이며 레츠의 유모였다. 피를 흘리고 있는 레츠의 모습은 다일리에게 큰 충격이었다.

"도련님, 무슨 피를 이리 많이 흘리셨어요? 세상에 어떻게 된 일이에요? 누구와 싸웠나요? 아니, 싸워도 그렇지 어떻게 이 지경이 되도록 싸울 수가 있어요? 오, 세상에."

다일리는 레츠가 말할 틈도 주지 않고 자신이 할 말만을 꺼내기 바빴다. 레츠에게 하는 걱정스러운 말과 호들갑스런 행동이 주위를 산만하게 하고 있었다.

레츠를 향해 온갖 요란을 다 떠는 다일리였지만, 그렇다고 레츠에게 이번 일에 관해서 이야기를 들을 수 있을 거라고 생각하지는 않았다.

레츠는 자신의 신상에 관하여 이야기하는 것을 좋아하지 않았다. 특히나 자신보다 신분이 낮은 자에게는 더더욱 말을 아꼈다. 그것은 어린 시절부터 자신을 돌봐 온 다일리에게도 마찬가지였다.

오늘따라 심하게 유난을 떠는 다일리를 향해 얼굴을 찌푸리기 바쁜 레츠였다.

"넘어져서 이마가 찢어졌다. 그보다 아버님은 어디 계시지?"

"길드에 속해 있는 분들과 사무실에 가셨어요. 그런데 도련님, 넘어졌다고 하더라도……."

다일리는 레츠의 상처가 얼마나 심한지 살펴보고 싶었다. 레츠의 이마에서는 아직도 피가 흐르고 있었기 때문이다.

다일리의 걱정스러운 마음을 아는지 모르는지, 레츠는 다일리가 말꼬리를 잡고 늘어지려고 하자 손을 들어 그녀의 행동을 저지했다.

여덟 살인 레츠가 중년에 들어선 다일리에게 하는 행동으로는 뭔가 이치에 맞지 않았지만, 레츠의 손짓은 너무도 자연스러웠다.

"넘어졌다고 하잖아. 아버님께는 내가 알아서 말할 것이니 이 일에 대해 더는 왈가왈부하지 않는 게 좋겠다."

"네, 도련님."

레츠가 딱 잘라 말하자, 다일리가 슬픈 표정을 감추지 않았다. 그리고 머리가 자연스럽게 아래로 내려갔다.

다일리는 자신의 마음을 몰라주는 레츠의 행동이 그렇게 야속할 수가 없었다. 저도 모르게 눈물이 흐르는 다일리였다.

레츠는 레츠대로 이전에는 좀처럼 찾아볼 수 없는 짜증을 부리고 있었다.

평소 다일리를 아랫것들이라고 여기면서 그녀를 제대로 상대해 주지 않았었다. 그렇다고 다일리에게 해코지를 하는 일은 없었다. 오늘은 평소의 그와는 너무나 달랐다.

레츠는 옷을 벗어 두고는 이마에서 흘러내린 피를 씻어 냈다. 찢어진 상처 부위에 차가운 물이 닿자 짜릿한 아픔을 선사했다. 생각하기 싫은 일이 주마등처럼 스쳐 지나갔다.

"젠장!"

윌을 떠올리자 레츠가 저도 모르게 어금니를 악물었다. 이번에 당한 빚은 어떻게든 갚아야 했다. 이런저런 이유를 갖다 붙인다고 하더라도 자신은 윌과는 달리 귀족이었다.

귀족인 자신이 평민에게 그런 수모를 당하고 그와 같은 하늘 아래 살아갈 생각은 없었다. 어떻게 해서든 해결을 봐야 했다. 그 장소에 모여 있던 아이들에게도 말이다.

레츠는 윌에게 맞았다는 사실을 숨기기 위해서 저녁 식사에 빠질 수밖에 없었다. 레츠가 저녁 식사에 참석하지 않았지만, 집안 어른들이 특별히 관심을 두지 않을 정도로 종종 있었던 일이었다.

가족들이 모두 식사를 하는 시간에 레츠는 윌에게 복수할 방법을 모색하고 있었다. 그렇지만 마땅하게 떠오르는 생각은 없었다.

이튿날 날이 밝자마자 레츠가 마을 골목 어귀쯤에 있는 장소로 뛰다시피 갔다. 자신의 바람을 조금이라도 빨리 이루기 위해서였다.

레츠가 어제저녁 밤을 새워 가며 머리를 싸매고 있던 그 시간, 윌 또한 비슷한 생각을 하고 있었다. 레츠를 밟기로 정한 이상 확실하게 밟아 버려야만 뒤탈이 없을 것 같았다.

레츠의 이마가 찢어지지만 않았어도 확실하게 손봐 줄 수 있었는데, 그것이 뜻하지 않게 흘러가 버렸다. 그나마 다행스러운 것은 다른 아이들을 자신의 휘하로 끌어들였다는 사실이었다.

이제 레츠가 설 자리는 없었다. 그것이 윌의 최종 결론이었다.

아침 일찍 일어난 윌은 혹시나 하는 생각으로 골목으로 갔다. 그런데 아니나 다를까, 잔뜩 흥분한 레츠의 모습을 확인할 수 있었다.

윌은 잘됐다고 생각하며 레츠를 다시 한 번 망가트려 버릴 작정이었다.

'쿵, 쿵, 쿵, 쿵!'

레츠의 왼쪽 가슴에서 울려 퍼지는 소리가 천둥소리가 되어 귓가를 강하게 때렸다.

오늘 아침 눈을 뜨자마자 미친 듯이 뛰기 시작한 심장이었다. 이유도 없었다. 그냥 심장이 미친 듯이 뛰었다.

심장이 한 번씩 뛸 때마다 신체를 향해 힘차게 뻗어 나가는 핏줄기를 느낄 정도로 레츠의 신경은 곤두서 있었다. 이대로 계속 내버려 두면 심장이 가슴을 뚫고 밖으로 튀어나올 것 같은 기분이 들 정도로 말이다.

그런 심장이 제소리를 내기 시작한 건 그의 시야에 윌의 모습이 보이고 난 이후부터였다. 그렇게 미친 듯이 뛰던 심장이 거짓말처럼 자신의 존재를 지워 버렸다. 흡사 윌의 모습에 주눅이 들어 버린 것처럼 말이다.

레츠는 그런 자신의 신체반응에 입가에 씁쓸한 웃음을 머금었다. 그런 레츠의 웃음은 윌에게는 자신을 비웃는 모습으로 비쳐졌다.

"이런 개자식!"

윌이 먼저 레츠를 향해 달려들었다. 입가에 가득 담긴 비웃음을 계속 보고 있을 수 없어서였다.

윌이 움직이자 레츠도 윌을 향해 달려들었다.

윌은 자신을 향해 달려드는 레츠가 진저리 쳐질 정도로 싫었다. 자신 같았으면 일찌감치 포기하고 스스로 아래임을 자처하거나, 아니면 아예 다시는 마주치지 않을 것이었다.

레츠는 그런 자신과는 달랐다. 그런 점이 더 싫은 윌이었다.

윌은 자신이 레츠와 다르다는 것을 인정할 수 없었다.

오히려 자신이 레츠보다 우위에 있다고 여겼으며, 현실 또한 그러했다. 하지만 윌의 가슴속에서 스멀스멀 피어나오는 것은 그것이 아니었다. 그러한 사실 때문에라도 윌은 눈앞에 있는 레츠를 더욱 혹독하게 다뤘다.

레츠의 행동이 변했다.

그 작은 몸으로 자기보다 머리 하나는 더 커다란 윌을 정면에서 맞상대하고 있는 것이다. 무지막지한 윌의 주먹 아래 몸을 건사하기도 어려웠지만 절대 주눅 든 모습을 보이지 않았다.

넘어지고 쓰러져도 오뚝이처럼 다시 일어났다. 하지만 그것뿐이었다. 윌은 악만으로는 넘어설 수 없었다.

끝내 땅바닥에 패대기쳐진 레츠는 다시는 일어서지 못하고 꿈틀거릴 뿐이었다. 그런 레츠를 내려다보며 윌이 폭발했다. 겁도 없이 계속 맞서는 레츠를 절대로 용서할 수 없었기 때문이다.

"이 개새끼, 감히 누구에게 덤비는 거야!"

레츠는 자신을 내려다보며 온갖 비웃음을 토해 내는 윌을 그저 바라만 볼 수밖에 없었다. 저도 모르게 눈물이 흘렀다.

분했다. 미칠 듯이 분했다.

저 비웃음을 토해 내는 얼굴에 단 한 대도 때리지 못했다는 사실이 레츠를 비참하게 만들었다.

마음속에서 터져 나오는 울분을 해결할 길이 없어 차라리 월의 모습을 바라보지 않겠다며 눈을 지그시 감는 순간이었다. 그 조그마한 물체가 눈에 띈 것이 말이다.

자신의 주먹만 한 크기였다.

정말 아담한 크기였다. 하지만 그것을 손에 쥔 순간 레츠는 월을 이길 수 있을지도 모른다는 자신감이 생겼다. 왜 이런 감정이 생겨나는지 알 수는 없었지만 그런 마음이 생겼다.

돌멩이다.

조그마한 돌멩이가 레츠의 눈에 들어온 것이다.

레츠는 살며시 주먹을 쥐어 보았다. 자신이 보기에도 정말 볼품없을 정도로 작았다. 아무런 힘도 낼 수 없을 것처럼 말이다. 그러나 돌멩이를 잡고 있는 손은 아니었다. 무언가 힘이 느껴졌다.

자신의 자그마한 주먹보다는 분명 강한 힘이 느껴졌다. 저 월의 무지막지한 주먹보다도 더 큰 힘이 말이다.

레츠의 그런 감정은 정확했다. 레츠가 돌멩이를 잡고 움직인 순간, 모든 시간이 정지된 것 같았다. 레츠는 자신이 어떻게 이런 움직임을 보일 수 있는지 믿을 수 없었다. 그리고 인간이 이리도 나약한 존재였다는 걸 깨닫게 되었다.

퍽!

묵직한 소리가 울려 퍼졌다.

한 방. 단 한 방이다.

레츠가 집어 든 돌멩이가 윌의 두개골을 가격한 순간 모든 것이 끝났다. 아니, 레츠는 멈추지 않았다. 단 한 방으로 모든 상황을 정리했지만, 결코 레츠는 멈추지 않았다.

피가 튀어 올랐다. 너무나 당연한 현상이었다. 인간의 두개골이 금이 갈 정도로 강한 충격이었으니 피부가 견디지 못하는 것은 당연했다. 그것보다 윌의 두개골을 부술 정도의 괴력을 보인 레츠가 더 비정상적이었다.

아이들은 윌의 머리에서 솟구치는 피 분수를 보고 온몸이 굳었지만, 레츠는 윌이 흘리는 피에 아무런 감흥도 얻지 못했다.

넋 놓고 바라만 보던 아이들이 움직인 건 윌이 두 눈을 뒤집으며 뒤로 넘어간 이후였다.

아이들이 레츠를 막아섰다. 하지만 레츠를 제압할 수는 없었다. 팔다리에 매달려도 소용없었다.

레츠는 스스로 움직임을 멈추었다.

레츠가 멈추고 한 아이가 윌이 살아 있음을 확인한 후에야 그곳에 모여 있던 아이들은 안도의 한숨을 내쉴 수 있었다. 아이들이 안도의 한숨을 내쉬고 있던 그때, 레츠는 자기 손에 잡혀 있는 돌멩이를 바라보고 있었다.

레츠의 입가에 웃음이 피어났다. 레츠는 자신의 연약한 주먹보다 작은 돌멩이라도 잡은 손이 더 강하다는 사실을 알게 되어 기뻤다.

크렌스피 영지의 남부 지역에 이스틴 마을이란 곳이 있다. 크렌스피 영지와 다른 영지 간의 물물교환을 위해 사용되는 교역로 중에 한 곳이기도 했다. 마을 사람들은 숙박업과 음식점을 차려서 온종일 교역로를 통과하는 상인들을 대상으로 장사하고 있었다.

이스틴 마을에 국한된 것이지만 마을 내에서 손꼽히는 크기의 집들 중에 한 곳이 레츠가 사는 집이다.

"레츠. 네놈이 귀족이라는 자각을 하고 있었다면, 그런 몰상식한 행동으로 귀족의 품위를 훼손시키는 행동은 하지 않았을 것이다."

레츠는 아버지를 똑바로 바라볼 수 없었다.

화를 내는 아버지의 모습이 무서워서 그런 것이 아니었다. 자신의 행동이 귀족의 품위를 손상시켰다는 사실을 알게 되었기 때문이다.

리콘은 바닥에 무릎을 꿇고 고개를 조아리는 레츠가 그렇게 보기 싫었다.

이번 일을 무마시키려고 들어간 돈이 아까워서 이러는 것이 아니었다. 레츠가 귀족의 품위를 훼손시켰다는 사실 자체를 참을 수가 없었기 때문이다.

그 누가 뭐라고 하든지 자신들은 크렌스피 가문의 일원이며, 크렌스피 가문의 사람으로서 지켜야 할 덕목이 있었다. 그런데 레츠가 그걸 깨 버린 것이다.

이번에 레츠가 저지른 일은 다른 귀족들의 비웃음을 받을 정도로 천한 짓이며, 그들로부터 손가락질 받을 행동이었다.

귀족이 평민과 드잡이를 했다는 자체만으로도 문제가 되는데, 레츠는 이보다 한술 더 떠서는 평민에게 돌팔매질을 해 버렸다. 그나마 불행 중 다행이라면 상대가 죽지 않았다는 것이다.

레츠는 온종일 집안 어른들에게 불려 다니며 갖은 욕과 심지어는 뺨을 얻어맞기도 했다.

그날 레츠는 두 뺨이 퉁퉁 부어올라서야 집안 어른들에게서 벗어날 수 있었다.

"내일부터는 네 아비를 따라 길드 사무소로 가도록 해라. 네 썩어 빠진 정신을 하나하나 뜯어고칠 때까지 너에게 개인 시간은 없다."

귀족 계급에서 최하위에 속해 있는 계급이 준남작이라는 작위이다. 귀족은 귀족이지만 세습을 할 수 없는, 한마디로 반쪽짜리 귀족이다.

레츠의 할아버지가 준남작의 작위를 가지고 있다.

레츠의 할아버지는 귀족이다. 영지법은 물론 제국법에도 명시되어 있어 법으로 보장받고 있다. 그렇지만 준남작은 세습을 하지는 못한다.

자식인 리콘에게는 크렌스피 성을 물려줄 수 없다는 이야기다. 하지만 크렌스피 백작가문은 조금은 유별하다고 할 정도로 특이한 전통으로 리콘은 물론 그의 자식까지 크렌스피 성을 사용할 수 있었다.

크렌스피 영지를 다스리는 크렌스피 백작가문은 손이 귀하기로 제국에 소문이 자자할 정도이다.

가문을 이을 아들이 태어나지 않아 애를 먹은 적이 여러 번 있었으며, 끝내는 아들이 태어나지 않아 딸이 가문을 물려받은 적도 많았다.

단, 제국법상 여자는 가문의 수장이 될 수 없기에 직계나 방계의 인물 중 한 명과 결혼하여 백작 위를 승계하는 방식을 택하였다.

이런 이유로 조금이라도 크렌스피 가문의 피가 흐르는 이들을 별도로 관리했다. 그렇다고 혈통만을 중시해서 능력도 안 되는 이를 가문의 수장으로 들이지는 않았다.

최우선으로 선택되는 것은 혈통보다 능력이었다.

능력이 출중한 이들 중에서 혈통이 좋은 이를 택하여 후보자를 뽑고 그런 후보자 중에서 가장 능력이 뛰어난 이를 뽑았다.

후보자의 능력 중에서도 최고로 손꼽히는 것은 육체적인 능력이었다. 황제의 지시로 몬스터랜드를 방어하고자 만들어진 영지 중의 하나인 크렌스피 영지는 무엇보다도 육체적 능력을 최고로 꼽았다.

육체적 능력 다음으로 여기는 것은 두뇌의 명석함이었다. 아무리 육체적 능력이 뛰어나다고 해도 기본적인 소양조차 갖춰지지 않으면 절대 가문의 수장이 될 수 없었다. 가문의 발전을 위해서라도 남들보다 뛰어난 자여야 했다.

마지막으로 여기는 것이 인맥이다. 육체적 능력이 뛰어나고 명석한 두뇌를 소유했다고 해도 사람들과의 사귐이 부족하다면 남의 이야기를 듣지 않을 가능성이 컸다. 독선적인 수장은 가문을 파멸로 이끌 뿐이다.

레츠의 집안도 이런 크렌스피 백작가문의 특이한 전통 때문에 지금까지 크렌스피란 성을 사용하고 있는 것이다. 하지만 그것도 곧 한계점에 달해서 레츠의 할아버지가 생을 다하여 죽게 된다면 크렌스피 성을 영주에게 반납해야 될지도 모르는 상황이었다.

지금도 어디에 있는 누군가는 크렌스피 성을 사용하지 못하게 되었을 것이다.

리콘이 걱정하는 것이 바로 이 부분이었다.

아버지가 없다면 자신들은 어떻게 될 것인가? 과연 이대로 귀족 신분을 유지할 수 있을 것인가? 수많은 밤을 잠 못 이루며 고민에 고민을 거듭해 보아도 결론은 한 가지뿐이었다.

지금과 같은 현실 속에서 아버지마저 없다면 자신은 물론이고 자식들까지 귀족의 신분에서 한순간에 평민으로 강등당할 것이라는 것이다.

이런 상황은 리콘 자신의 잘못도 없지 않아 있었다.

아버지는 어릴 적부터 리콘에게 검을 배워 기사가 되어야 한다고 가르쳤고 그렇게 해 왔다. 하지만 리콘은 검술 훈련보다 책 보는 것을 더 좋아했으며 끝내는 아버지의 말을 따르지 않았다.

리콘은 그것이 못내 아쉬웠으며 끝없는 후회만을 되뇌었다. 자신은 아버지의 말을 듣지 않고 책에 집착했지만, 자신의 자식들은 무조건 검을 익혀야 했다.

무조건이다. 다른 이유는 없다. 무조건 검을 익혀야 했다.

검을 익혀 그것을 크렌스피 백작가문에 인정받아야 했다. 리콘은 그렇게 판단했다. 그래서 다른 귀족들의 멸시 어린 비난에도 이스틴 마을에서 용병들을 한 곳에 모으고 길드를 창설했다. 비록 용병들이 익힌 검술이라도 자식들에게 가르치고 싶었다.

자식들이 직접 기사들에게서 검술을 배우기를 원하여 이름난 기사들은 물론, 이곳저곳 안 다녀 본 곳이 없을 정도로 기사들을 찾아다녔지만, 다 쓰러져 가는 귀족의 자식에게 검술을 가르쳐 줄 기사는 어디에도 없었다.

그나마 리콘이 길드를 운영하는 능력이 탁월하여 짧은 시간 안에 크렌스피 영지에서 손에 꼽힐 정도의 용병 길드로 성장

시킬 수 있었다.

"마스터님, 오셨습니까?"

리콘이 용병 길드로 들어서자 건물 안에 있던 바이렌이 인사를 건네 왔다.

"그래. 밤사이 별일은 없었나?"

"별일은요. 그보다 뒤에 따라오는 꼬마는 누구입니까?"

리콘을 따라 길드 사무실로 들어서던 레츠를 바라보며 바이렌이 물었다. 레츠는 생전 처음 대면하는 자가 자신에 대해서 질문하자 경계의 눈초리를 보냈다.

"막내다."

"아~ 그 짱돌."

바이렌이 큰 소리로 웃음을 터트리며 레츠의 머리카락을 흩트려 놓았다. 마치 재미난 장난감을 발견한 어린아이와 같은 눈빛을 하고서 말이다.

"그 일은 어떻게 아는 거지?"

레츠는 어제 있었던 일을 알고 있다는 듯이 행동하는 바이렌을 향해 사나운 표정을 지은 채 말을 꺼냈다.

"오호!"

레츠의 자연스런 하대에 바이렌은 잠시 당황한 표정을 보이더니, 잠시 뒤에는 짧게 감탄을 토해 냈다.

"내가 알고 있으면 안 되는 이유라도 있나?"

되물어 오는 바이렌의 행동에 콧방귀를 뀌는 레츠였다.

"흥! 생판 처음 보는 자가 나에 대해서 속속들이 알고 있다는 사실이 싫을 뿐이다."

"귀족의 자제가 두 손에 검이 아닌 돌멩이를 들고 싸움을 했다는 소문이 파다하다."

바이렌이 그의 최대 약점을 잡고 늘어지자 얼굴이 뜨거워지는 레츠였다. 이럴 때는 상대를 외면하는 것이 최선이었다.

"나에 대한 관심을 접어라."

레츠의 무모해 보일 정도의 단호한 말에도 바이렌의 입가에는 웃음이 떠나지 않았다. 새로운 장난감을 바라보는 어린아이의 눈빛도 거두지 않았다.

리콘은 뒤에서 벌어지는 실랑이가 듣기 싫었는지 눈썹이 역으로 휘어졌다. 그러나 바이렌의 웃는 모습에 휘었던 눈썹이 제자리를 되찾았다.

"바이렌은 네놈이 함부로 대할 수 있는 자가 아니다."

리콘은 바이렌을 향해 귀족입네 하는 레츠의 행동이 여간 한심스러울 수가 없었다.

바이렌을 향해 적의를 드러내던 레츠가 리콘의 한마디에 꿀 먹은 벙어리처럼 아무런 말도 행동도 하지 못하고 주춤거렸다.

"귀족이십니까?"

리콘이 자신에게 이런 말을 할 때에는 그만한 이유가 있었다. 레츠의 목소리에 당황함이 잔뜩 묻어났다.

"글쎄."

바이렌은 확답을 주지 않고 진한 웃음만을 보여 줄 뿐이었지만, 레츠는 그런 웃음이 모든 걸 말해 준다고 생각했다.

리콘이 운영하고 있는 용병 길드는 길드 건물 안에서 항시 대기하고 있는 용병의 숫자가 이십여 명 정도였다. 이들을 제외하고도 용병 길드에 가입된 용병들의 수는 열 배가 넘을 정도였다.

길드의 위상을 높여 주는 요인에는 길드에 가입된 용병들의 숫자도 한몫했지만, 그보다 그 길드에 가입된 용병 개개인의 능력이 높을수록 길드의 위상은 높았다.

마을 이름을 따서 지은 이스틴 용병 길드가 그 역사가 짧은 편임에도 크렌스피 영지에서 실력을 인정받은 이유는 특급 용병들이 대거 포진되어 있기 때문이었다.

웬만한 대형 길드 못지않게 특급 용병을 보유하고 있는 곳이 이스틴 용병 길드였다.

특급 용병으로 불리려면 최소한 마나를 다스릴 줄 알아야 한다. 마나를 다스린다는 이야기는 마음만 먹으면 기사의 직위도 받을 수 있다는 말과 같았다.

바이렌은 처음부터 용병의 길로 들어서지는 않았지만, 마나를 다룰 수 있는 특급에 속해 있는 용병이었다.

처음 검술을 배울 때는 정식으로 기사의 종자부터 시작했다. 그러나 기사로서 최소한 갖추고 있어야 하는 예의나 품위가 그에게는 체질적으로 맞지 않았다. 그래서 리콘을 통해 자유롭게 생활할 수 있는 용병의 길에 들어서게 되었다.

그 인연으로 리콘의 아들이자 레츠의 형인 솔첸과 라이덕에게 따로 검술을 가르치고 있었다.

리콘이 레츠를 길드 사무실로 데리고 올 때엔 바이렌에게 맡길 생각이 없었다. 하지만 바이렌이 레츠에게 관심을 보이자 계획을 바꿨다.

그때부터 레츠는 바이렌에게 기사로서 갖추어야 할 모든 것을 배우게 되었다.

레츠는 태어나서 지금까지 사람들을 귀족과 평민이란 이분법적인 잣대만을 적용했지만 기사라는 신분을 알게 되면서 제국에 존재하는 계급에 따라 귀족, 평민, 그리고 기사로 사람을 평가했다.

용병이란 것은 아무리 그 개인의 능력이 출중하다고 하더라도 그래 봐야 평민 계급에 속해 있는 직업 그 이상도 이하도 아니라고 판단했다.

지금 흔들리는 자신의 신분을 공고히 다지려면, 기사라는 명함이 필요하다고 생각하는 레츠였다.

†제2장†

귀족과 평민

레츠가 바이렌에게 가장 처음 배운 것은 기마자세였다.

"저는 당신에게 검술이란 것을 배우고 싶은 것이지, 이런 육체적 단련을 배우고 싶은 것이 아닙니다."

어제와는 달리 바이렌을 공손하게 대하는 레츠였지만, 그의 목소리에 가시가 있었다. 바이렌에게 이런 식의 훈련을 원한 것이 아니었다. 화려한 검술을 원했던 것이다.

"그 어떤 것도 마찬가지겠지만, 검술에서 기초체력은 가장 중요하다. 특히 너처럼 어리고 여물지 않은 육체는 기초체력이 무엇보다 중요하지."

레츠는 한심하다는 듯이 자신을 쳐다보는 바이렌의 얼굴을 마주 대할 수 없었다. 아무것도 모르는 자신이 부끄러웠던 것이다.

"그렇습니까? 미처 몰랐습니다. 제 어리석음을 깨우쳐 주셔서 감사드립니다."

레츠에게 귀족과 귀족이 아닌 것의 차이는 하늘과 땅의 차이보다도 더 커다란 그 무엇이었다. 바이렌에게 스스로 부족함을 느끼고 머리를 숙이는 것은 레츠에게는 너무나 당연한 행동이었다.

"킥."

자신의 미숙함을 깨우쳤다며 고개를 숙이는 레츠의 모습을 보고 있자니 바이렌은 웃음이 터져 나와 참을 수가 없었다.

그냥 웃음이 아니었다. 명백한 비웃음이었다.

바이렌이 보기에는 리콘을 제외하고 그의 자식들은 귀족이 아니었다. 그런데 귀족도 아닌 어린놈이 마치 귀족인 양 행세하는 모습이 여간 우스운 것이 아니었다.

길드 마스터인 리콘의 얼굴을 봐서 레츠가 귀족입네 하며 행세하는 것을 모른 척하고 있을 뿐이었다.

엄밀히 말하면 그런 레츠의 행동을 즐기고 있다고 보는 것이 정확하지만 말이다. 레츠의 검술 선생 역할을 자처한 이유이기도 했다.

레츠는 바이렌이 웃는 것이 아무렇지도 않은지 바이렌이 시범을 보여 준 대로 기마자세를 취했다.

생전 처음 하는 기마자세인지라 얼마 버티지도 못하고 허벅지 근육이 아려 오더니, 채 일 분도 지나지 않아 허벅지는 물론 허리까지 끊어질 정도로 아팠다.

"크."

입술이 열리며 저절로 신음이 터져 나왔다. 온몸이 뜨겁게 달아오르며 그 열기가 얼굴로 모여들었다.

"아픈가?"

"이 정도는 견딜 만합니다."

새빨갛게 변한 얼굴로 잔뜩 인상을 쓰던 레츠가 언제 그랬냐는 듯이 평안함을 가장하려고 노력했다.

바이렌의 말이 마치 귀족이 이 정도의 고통도 견디지 못하느냐로 들렸기 때문이다.

아무리 평안을 가장한다 하더라도 육체가 느끼는 고통은 실로 대단했다. 조금이라도 그 고통을 줄이려고 굽힌 무릎이 조금씩 펴지는 것은 어쩌면 당연했다. 그러나 그때마다 기다렸다는 듯이 아프냐고 물어 오는 바이렌으로 인하여 그것마저 여의치 않았다.

그날 온종일 기마자세를 취하던 레츠는 다음 날 온몸을 아우르는 통증에 침대 밖으로 한 발짝도 나올 수 없었다.

바이렌은 그런 레츠를 찾아와 예의 그 웃음을 보여 주고는 돌아갈 뿐이었다. 바이렌이 돌아가고 홀로 남은 레츠는 이런 자신의 모습이 너무도 싫었다.

삼 일 만에 몸을 추스르고 길드 사무실로 찾아간 레츠를 기다린 것은 철봉이었다. 성인에게도 조금은 커 보일 정도의 크기였다.

뜬금없이 철봉을 보여 주자 레츠가 바이렌에게 물었다.

"이게 무엇입니까?"

"보면 모르느냐? 철봉이다."

설마 철봉을 몰라서 물어봤을까. 바이렌의 말에 레츠의 표정이 굳어졌지만, 그것은 순간일 뿐이었다. 감정을 밖으로 표출해 봤자 손해 보는 것은 자신뿐이란 것을 알고 있기 때문이다.

"하체 단련은 이제 하지 않는 것입니까?"

"계속해야지. 다만 첫날 가졌던 훈련으로 손상된 근육이 회복될 시간이 필요하니, 그 시간 동안 다른 훈련을 병행한다."

"알겠습니다."

바이렌이 준비해 둔 의자에 올라선 레츠가 철봉을 잡고 매달렸다. 바이렌은 그런 레츠의 두 손을 천을 이용해서 철봉에 단단히 고정시켰다.

"이 훈련은 손아귀 힘을 길러 주면서 등과 어깨 근육을 단련하는 것이다. 훈련이 힘들다고 철봉에 그냥 매달려 있기만 하면 제대로 된 훈련을 할 수 없을 뿐 아니라, 관절이 빠질 수 있다. 그러니 철봉을 잡아당긴다는 생각으로 온몸의 힘을 꾸준히 유지해야 한다."

"알겠습니다."

"그럼 시작한다."

바이렌이 레츠가 밟고 있던 의자를 빼내자, 레츠는 저절로 철봉에 매달리게 되었다.

얼마나 지났을까, 상체에 가해지는 압박에 저절로 고개가 숙여지자 바이렌이 바로 지적해 왔다.

"힘들다고 머리를 숙이면 안 된다. 고개를 들어. 그리고 가슴을 펴라, 가슴을 앞으로 내밀듯이 철봉을 당겨야 한다."

처음에는 어떻게 하는지 모르고 무작정 철봉에 매달려 있던 레츠가 바이렌의 지적에 따라 차차 정확한 자세를 취하기 시작했다.

"힘들다고 철봉에 매달려 있기만 하면 모든 하중이 팔꿈치로 모여 관절이 상처를 입게 된다. 팔꿈치를 살짝 굽히며 철봉을 끌어당겨라. 그리고 어깨에 힘을 줘."

빨갛게 상기된 레츠의 얼굴을 타고 땀방울이 아래로 떨어졌다. 하체 단련 때 했던 기마자세와 비슷한 고통이 느껴졌다. 아니, 지금 이 순간이 더욱 고통스러웠다.

시간이 지날수록 참을 수 없는 고통이 엄습해 왔다. 레츠는 지금 당장 두 손을 철봉에 고정하고 있는 천을 갈기갈기 찢어 버리고 싶었다.

"아프냐? 아프면 말해라."

"아닙니다."

너무나 큰 고통에 모든 것을 포기하고 싶다는 마음이 들 즘이면 어김없이 들려오는 바이렌의 목소리였다.

레츠는 그럴 때마다 자신은 귀족이다, 귀족은 고통을 밖으로 표현하지 않는다며 어금니를 악물 뿐이었다.

"여기까지. 잠시 휴식한다."

바이렌이 뒤로 빼놓았던 의자를 레츠의 발아래로 가져다 놓았다. 의자에 발을 올려놓고 의지하자 고통에 비명을 질러 대던 상체가 기쁨의 비명을 토해 내는 것 같았다.

"잘 봐라. 이것이 앞으로 네가 해야 하는 것이다."

레츠가 내려온 철봉을 잡은 바이렌이 턱걸이를 하는 시범을 보여 주기 시작했다.

그날 레츠는 훈련의 후유증으로 또다시 몸살이 나 고생해야 했다.

"오늘도 턱걸이라는 것을 해야 합니까?"

바이렌이 철봉이 있는 곳으로 자신을 불러내자 지레짐작하는 레츠였다.

"아니다. 오늘은 다른 것을 한다."

역시나 삼 일간을 후유증으로 꼼짝도 못했던 레츠는 바이렌이 보여 주는 모습을 보고 입을 다물 수가 없었다.

철봉에 매달리기는 매달렸다. 그런데 거꾸로 매달리는 것이다. 철봉에 발등을 걸치고는 거꾸로 매달려서 윗몸을 일으켜 몸을 직각으로 유지하고 있었다.

"그걸 제가 해야 합니까?"

바이렌이 시범을 보여 주고 있는데도 사람이 어떻게 저런 자세를 유지할 수 있는지 믿을 수가 없었다.

"검술을 배우기에 앞서 가장 우선적으로 이루어져야 하는 것이 하체 단련이라고 한다면, 그 강화된 하체를 효율적으로 활용하기 위해서는 튼튼한 복근이 필요하다."

철봉에 매달려 있던 바이렌이 손을 뻗어 철봉을 잡고는 바닥으로 조심스레 내려섰다.

"처음부터 발등을 이용해 중심을 잡기는 쉽지 않겠지만, 그것은 차차 나아질 것이다."

바이렌은 레츠가 어떻게 생각하든지 강제로 레츠를 철봉에 매달아 버렸다. 그러고는 천을 이용해 발목을 고정했다.

"흔들지 마. 몸이 흔들리면 철봉에서 떨어질 가능성이 커진다."

중심을 잡지 못하고 우왕좌왕거리고 있는 레츠의 몸을 잡아 주고는 중심을 잡게 하는 바이렌이었다.

레츠는 이런 말 같지도 않는 훈련을 시키는 바이렌이 곱게 보일 리가 없었다. 서로 조금씩 엇나가기 시작하자 그에 따른 대가는 레츠에게만 전가될 뿐이었다.

"복근에 힘을 줘서 상체를 들어 올려라. 머리가 상체보다 밑에 있으면 피가 머리로 몰려서 견디기 어려운 고통을 선사할 것이다."

머리가 심장보다 아래에 위치하면 체내에 있는 피가 머리로 몰려 뇌를 압박하게 되는데, 그 고통은 이루 말할 수 없을 정도이다. 레츠 또한 머리를 압박해 오는 고통 때문에 정신을 차리지 못하고 있었다.

머리를 압박하는 고통에서 벗어나려면 상체를 들어 올려야 하는데 그것이 여의치가 않았다.

바이렌이 원하는 자세는 다리와 상체가 직각을 이루는 것이었다.

복근을 단련하고자 하는 훈련이라고 하지만, 이 자세를 오랜 시간 유지하면 복근이 고통스러운 것이 아니라 척추가 아파 온다는 데 문제가 있었다.

정 자세를 유지하기도, 그렇다고 허리를 펼 수도 없는 이중고에 시달렸다. 아직 어린 레츠가 바이렌으로부터 기초 단련으로 배우는 것은 견디기 어려운 고통을 동반했다.

웬만큼 단련했다는 어른들도 견디기 힘든 것이 지금 레츠가 하는 훈련이었다. 그런데 왜 바이렌이 이런 훈련을 고집하는가 하면 그 이면에는 리콘의 입김이 작용하고 있다고 할 수 있겠다.

리콘이 레츠를 길드 사무실로 데리고 온 이유는 레츠에게 검술을 가르치는 목적보다는 벌을 주기 위한 목적이 다분했다.

바이렌의 개입으로 그 계획이 틀어지게 되었지만 리콘은 레츠에게 벌을 주겠다는 의지를 버리지 않았다. 그래서 말도 안 되는 훈련을 바이렌에게 강요했던 것이다.

바이렌은 바이렌대로 레츠에게 흥미를 느끼고 있어서 리콘의 제의를 거절하기 어려웠다. 자신의 제의를 거절한다면 레츠를 다른 사람에게 맡기겠다고 하는 리콘에게 다른 말은 필요가 없었다.

레츠의 체격은 또래의 친구들보다 미약하다. 이 점은 누구도 부인할 수 없는 사실이다. 집안 어른들도 그런 사실을 잘 알고 있었다. 바꿔 말하면 레츠가 검술로 성공하리라 생각하는 이가 없다는 말이었다.

리콘은 레츠가 하는 훈련을 며칠 동안 지켜보다 이 정도면 레츠가 충분히 처벌을 받았다고 판단하고는 이 일에 대해서는 신경을 쓰지 않았다. 바이렌도 어느 정도 레츠를 가지고 놀다 싫증을 느끼고 말 것이라고 여겼다.

검술에 재능이 없는 레츠에게까지 신경 쓰기에는 당장 눈앞에 닥친 현실이 암담했다. 그나마 조금이라도 검술에 재능을 보이는 솔첸과 라이덕에게 집중하는 것이 가문의 미래에 도움이 되는 행동이었다.

레츠가 바이렌에게 기초체력 단련이란 명분으로 학대 아닌 학대를 당한 지도 꽤 많은 시간이 흘러갔다. 무려 2년이란 시간이 흘러갔으니 참 오랜 시간이었다.

그동안 레츠는 많은 것을 경험할 수 있었다. 하지만 아직까지 바이렌에게 본격적으로 검술에 대해 배울 수 있는 기회는 없었다. 그것이 불만이었다.

기사라는 것에 관심을 두게 된 레츠는 바이렌으로부터 정식으로 수련을 받고 싶었지만, 어쩐 일인지 그때마다 바이렌은 안 된다는 이야기만 할 뿐이었다.

처음 레츠는 그런 바이렌을 따라다니며 검술을 가르쳐 줄 것을 종용했었지만, 그런 것도 한두 번일 뿐이었다.

계속 자신을 무시하는 바이렌의 행동이 레츠의 자존심을 건드렸기 때문이다. 자기가 잘났으면 얼마나 잘났다고 이리도 박대하느냐며, 네가 나를 싫다고 하면 나도 네가 싫다며 바이렌을 멀리하기 시작했다. 그게 일 년 전이었다.

그럼 지금 레츠가 무엇을 하고 있느냐고 하면, 이것 또한 웃긴 것이 바이렌이 알려 줬던 것을 지금까지 꾸준히 하고 있다는 것이었다.

바이렌과 등을 지기로 했으면 확실히 지면 되는 것인데, 레츠가 검술에 대해 아는 것이 전무하다는 데서 문제가 발생했다. 자존심이 상하지만 레츠는 바이렌이 알려 준 내용을 바탕으로 수련할 수밖에 없었다.

레츠가 훈련하고 있는 곳은 용병들도 같이 훈련을 하는 장소였다. 레츠와 훈련 시간이 겹치는 것은 당연했다. 하지만 레츠의 눈에 비친 용병들은 여전히 기사들과는 달리 평민 그 이상도 이하도 아니었다.

그들이 어떤 훈련을 하든지 레츠의 관심 밖이었으며, 그들의 검술은 아예 취급 자체를 하지 않았다. 그런데 그것도 제코가 석 자에 이르자 평민이라 무시했던 그들에게 관심이 가는 레츠였다. 그렇다고 용병들의 행동을 따라하지는 않았다. 그게 육 개월 전이었다.

천재라는 말이 있다. 흔히 남들보다 뛰어난 자들을 부르는 데 사용되고 있는 말이다.

다른 사람들에게 인정을 받지는 못하지만, 인간이라면 누구나 다른 이들보다 뛰어난 한두 가지의 재능을 가지고 있다.

레츠도 처음에는 자신이 여느 사람과 비슷하다고 생각했었다. 체력이 다른 사람들에게 뒤처지지만, 검술에 대한 이해도는 조금 나은 정도, 그 정도로만 여겼었다.

용병 중에 몇 명이 모여 몸을 푸는 정도로 간단한 기본 검술을 펼쳤다.

레츠는 용병들이 뭘 해도 별다른 반응을 보이지 않았다. 그런데 자신도 모르게 한두 번 바라보게 되었다.

그뿐이었다. 역시 평민이라며 용병들을 깎아내리기 바빴던 그였다. 그런데 특이한 현상이 일어났다.

용병들의 움직임이 머릿속에서 사라지지 않는 것이다. 그들의 움직임 하나하나가 머릿속에 박혀 시간이 갈수록 오히려 더욱 선명해졌다.

처음에는 이를 특별하게 받아들이지는 않았다. 그냥 평민들이나 이용하는 검술이 머릿속에 틀어박혀 있다는 사실이 짜증나기만 했다.

자신이 남들과는 조금 다르다는 사실을 깨닫게 된 것은 우연한 기회에 바이렌이 수련하는 장면을 목격하고 난 이후였다.

왼손을 허리에 걸친 채 절도 있고 깔끔한 움직임을 선보이는 바이렌의 수련은 처음부터 끝까지 넋 놓고 지켜볼 정도로 멋있었다. 앞으로 자신이 배우게 될 것들이라 더욱 멋있게 보였는지도 모르겠다.

기사들의 검이란 게 어떤 것인지 조금은 안목을 넓힌 레츠는 또다시 예의 그 특이한 경험을 하게 되었다.

바이렌의 움직임이 하나하나 떠오른 것이다. 더 나아가 바이렌의 움직임이 입체적으로 보이기까지 했다.

레츠는 천부적으로 타고난 시력 때문에, 미세한 몸의 움직임까지 놓치지 않았다. 그리고 한 번 본 것은 그것이 오래전의 일이라 해도, 지금 당장 눈앞에서 보는 것처럼 예전 기억을 떠올릴 수 있는 능력도 갖추고 있었다.

검을 배운다는 것은 자기 자신과의 싸움이라고 할 수 있었다. 매일매일 반복되는 동작을 통해서 몸으로 익히는 것이다. 그런데 레츠는 몸으로 익히는 것이 아니라 머리로 먼저 익힌다는 것이 달랐다.

눈으로 보고 머릿속에서 익힌다. 그리고 최종적으로 몸으로 행할 수만 있다면 레츠가 이 세상에서 익히지 못할 검술이 없는 것이다.

흠이라고 한다면 원체 태어나길 약체로 태어난 레츠가 머리로 익힌 검술을 몸으로 바로 펼치기에는 무리가 따른다는 것이었다.

자신이 천재로 불릴 수 있을 정도로 특수한 능력을 소유하고 있다는 사실도 몰랐을 정도였으니 말이다.

이 년이란 시간 동안 기초체력 단련에 힘을 쏟았던 레츠에겐 아직도 자신의 체력이 모자라다는 사실을 되새기는 계기가 되었다.

자신이 아는 모든 동작을 무리 없이 행하기 위해서는 무엇보다도 체력이 뒷받침되어야 한다는 사실을 알게 되면서 레츠는 더욱 가열차게 단련에 힘을 쏟았다.

그러면서 종종 바이렌의 훈련 모습과 솔첸과 라이덕의 모습을 관찰하며 안목을 높였다. 물론 용병들의 검술 훈련에는 관심도 두지 않으면서 말이다. 그렇게 다시 4년여의 시간이 지나갔다.

이스틴 마을을 가로지르는 대로를 걷고 있던 레츠가 방향을 바꿔서 골목길로 접어들었다. 구불구불 이리저리 이어져 있는 골목을 걷고 있으니 그를 알아보는 이들이 나타났다.

"오~ 도련님 아닌가?"

"키키."

대여섯 명의 용병들이 무리를 이루어 모여 있다가 옆을 지나쳐 가는 레츠를 비꼬기 시작했다. 머리에 피도 마르지 않은 놈이 귀족입네 하며 머리를 꼿꼿하게 들고 다니는 모습이 싫었기 때문이다.

레츠 또한 용병은 평민이란 공식을 가지고 있어, 이들을 어른으로서 대했던 적이 단 한 번도 없었다. 자신을 놀리는 용병 무리를 무시하며 목적지를 향해 움직였다.

길드 건물에 다가가면 다가갈수록 무리 지어 있는 용병들과 마주치는 횟수가 늘어났다.

평소 자주 마주치던 용병들은 물론 한 달에 한두 번 얼굴 보기가 힘든 용병들의 모습까지 보였다.

건물 출입문을 열고 안으로 들어서자 뜨겁게 달아오른 열기가 레츠의 두 뺨을 감싸듯 다가왔다.

두 명의 용병이 서로 대결을 펼치고 있었으며 그들을 중심으로 수십을 넘어 백여 명에 달할 정도로 많은 용병이 커다란 원을 만들어 관전 중이었다.

용병들의 환호가 끊이지 않고 터져 나왔다. 레츠가 그들 틈으로 섞여 들어갔다.

레츠가 용병들 틈으로 들어가자 용병들 속에 가려져 밖에서는 보이지 않았던 리콘의 모습을 찾을 수 있었다. 레츠가 조용히 리콘의 뒤로 가 자리를 잡았다.

리콘의 옆에는 먼저 자리하고 있던 바이렌의 모습이 보였다. 레츠가 다가서자 바이렌이 반갑게 맞아 주었다.

"이제 왔냐?"

"네."

"조금만 일찍 왔으면 라이덕의 대결을 볼 수 있었을 텐데 아쉽겠다."

일 년에 단 한 번 용병들을 대상으로 등급 심사를 하는데 오늘이 그날이었다.

"결과가 어떻게 되었죠?"

라이덕은 레츠의 작은 형이다.

"상대가 나빴어. 실력이 급상승 중인 호크와 대결을 펼쳤거든. 그래도 본인의 실력을 유감없이 보여 주었다고 생각한다."

바이렌의 말에 레츠는 실망감을 감추지 않았다. 실력의 유무는 상관없었다. 과정이 어떻든 평민에게 졌다는 사실이 중요했다.

'어떻게 평민에게 질 수가 있지?'

라이덕이 졌다는 말에 윌의 얼굴이 떠오르는 레츠였다. 다시는 떠올리기 싫은 기억이었다. 최대한 이른 시일 내에 윌과의 악연을 끊어야겠다고 다짐했다.

"다음부터는 너도 참여해야 하니, 다른 곳에 한눈팔지 말고 용병들의 움직임을 눈여겨보도록 해라."

용병들 간의 대결은 그 후로도 계속되었지만, 레츠의 관심을 끌지는 못했다. 가족 중에 라이덕만이 유일하게 출전한 이유도 한몫했다.

"저는 이런 칼부림에는 관심 없습니다."

용병들의 대결을 칼부림이라고 비하하는 레츠의 행동이 보기 싫은 바이렌이었다. 말이 좋게 나올 수가 없었다.

"네가 싫다고 해도 길드 마스터께서는 다르게 생각하고 있을 것이다."

"제가 하고 싶지 않으면 하지 않습니다."

레츠는 예나 지금이나 특이한 의식구조로 되어 있다고 생각하는 바이렌이었다.

"훗! 과연 그럴까?"

바이렌은 레츠를 바라보며 코웃음을 치고 있었지만 정작 레츠는 그런 바이렌을 바라보고 있지 않았다. 레츠의 시선은 라이덕과의 대결 이후 환호하고 있는 호크를 바라보고 있었다.

'그만해라. 네가 기뻐하는 모습을 보고 싶지 않으니까!'

망신이라 여기고 있었다. 레츠는 라이덕이 호크에게 졌다는 사실을 받아들일 수가 없었다.

요즘 하루가 다르게 호크의 실력이 일취월장하고 있다는 것은 알고 있지만, 똑같은 나이에 똑같은 훈련 기간이 있었다. 그런데도 라이덕은 실력은 물론 모든 면에서 호크에게 밀린 것이다.

엄밀히 말하면 라이덕이 더욱 좋은 조건에서 훈련을 받고 있었다. 그를 가르치는 자가 바이렌이란 점을 보았을 때, 라이덕이 호크에게 졌다는 것은 비난 받아 마땅했다.

일 년 전에는 오늘의 결과가 정반대였다는 사실을 보면 알 수 있듯이 라이덕이 오늘 겪은 패배는 충격적이었다.

아직도 들뜬 마음을 얼굴에 드러내는 호크에게 다가선 레츠가 조용히 되뇌었다.

"네가 지금 기분이 좋다는 것은 누구나 알고 있다. 하지만 그걸 밖으로 지나치게 표현하는 것은 천박해 보이지 않는가?"

"뭐라고?"

"네가 너무 천박하다, 이 말이다!"

주체할 수 없이 좋아하던 마음이 한순간에 무너지는 것은 너무나 쉬웠다. 호크의 얼굴이 굳어지는 건 당연했다. 고압적인 말투가 터져 나왔다.

"길드 마스터를 믿고 이러는 것이라면 큰코다친다!"

자신을 애송이로 여기는 호크의 행동에 어이가 없는 레츠였다.

"내가 아버지의 후광이나 믿고 이러는 건 줄 아나 보지?"

"아니라고 할 수 있느냐?"

호크에게 물었는데 호크가 아닌 다른 용병이 앞으로 나서서 말했다. 호크의 승리를 축하해 주고 있던 동료였다.

호크 주위에 모여 있는 용병들은 모두 같은 생각을 하고 있었다. 그들도 레츠가 하는 말을 들었던 것이다.

자신들보다 나이도 어리고 검술 실력은 더더욱 상대가 안 되는 레츠가 호크를 도발하고 있으니 당연히 드는 생각이었다. 아니, 처음부터 레츠가 용병들을 대하는 태도만 봐도 알 수 있었다.

"과연 내가 아버지의 후광이나 바라는 애송이인지 아닌지 직접 확인할 기회를 주지. 오늘 저녁에 나와 한번 겨뤄 볼까?"

"이 새끼가 정말!"

호크의 언성이 높아졌다. 어린 녀석의 치기로 넘어가기에는 자존심에 상처를 입었다. 이번 기회에 단단히 혼을 내 줄 작정이었다.

오늘 있었던 용병 등급 심사가 끝나고 길드 마스터인 리콘이 길드 소속 용병들을 이끌고 음식점으로 자리를 옮겼다.

일 년에 한 번밖에 없는 기회를 잡아 꿈을 이룬 이들이 있으면, 반대로 일 년 동안 오늘만을 바라보다 좌절을 겪은 이들도 있는 것이다.

길드 마스터인 리콘은 오늘 꿈을 이룬 이들을 축하해 주는 것 못지않게 좌절을 겪은 이들을 격려하고 다독여 주는 일이 중요했다. 그래야만 앞으로도 길드를 성공적으로 운영할 수 있기 때문이다.

리콘은 오늘 하루만은 길드 마스터란 허울을 벗어 버리고 아무런 격식도 없이 용병들 틈에 섞여 거나하게 한잔 걸칠 것이다.

단 한 사람도 소홀함 없이 그들의 마음을 어루만지면서 말이다. 꾸준히 그렇게 해 왔기에 이스틴 마을의 용병 길드가 명성을 얻는 것이다.

용병들이 모두 떠난 길드 훈련장에 여섯 명의 용병들이 남아 있었다. 호크와 그의 동료였다.

동료 용병들이 호크 주위에 서서 서로 장난을 치며 앞으로 일어날 일에 대해 잔뜩 기대감을 나타내었다.

"오늘 송장 하나 치우는 건가?"

"안 돼! 그렇게 하면 나중에 문제가 커질 수 있다."

"그런가? 그럼 호크, 너무 심하게 하지는 마라."

몸을 풀고 있던 호크가 동료의 말에 자세를 가다듬으며 대답했다.

"나도 그럴 생각이야."

호크가 훈련장 구석구석을 바라보며 무언가를 확인하기 시작했다.

"뭘 찾는 거냐?"

"애송이."

"도련님이라면, 좀 전까지 철봉에서 훈련을 하고 있던데."

아무 생각 없이 레츠를 찾고 있던 호크가 조금은 놀랍다는 듯이 동료를 쳐다보았다. 정말 생각지도 못한 말을 들었기 때문이다.

"훈련을 하고 있다고?"

"응. 나도 어이없더라."

호크뿐만이 아니었다. 그곳에 모여 있는 용병들 전부가 어이없다는 반응을 보이고 있었다.

아무리 같은 길드에 속한 용병끼리의 대결이지만, 그래도 엄연한 진검 승부였다. 호크와의 대결을 우습게 여기지 않는다면 절대로 있을 수 없는 행동이었다.

호크는 물론 이곳에 모여 있는 이들도 레츠가 하는 훈련이 무엇인지는 알고 있었다.

평소 레츠가 해 오던 훈련의 강도는 자신들도 혀를 내두를 정도로 혹독한 감이 없지 않아 있었다. 그래서 레츠가 하는 훈련이 조금은 유명했다.

"내게 졌을 때 둘러댈 핑계거리를 만들어 놓는 건가?"

그 시간 레츠는 평소 해 오던 대로 철봉에 매달려 턱걸이를 하고 있었다. 잠시 뒤에 있을 호크와의 대결은 안중에도 없는 듯 평소에 해 오던 훈련 일정을 따르는 것이다.

남들이 어떻게 판단할지는 몰라도 레츠는 호크를 이길 자신이 있었다. 이길 자신이 있기에 호크를 도발했으며, 그런 호크에게 진 라이덕을 비난한 것이다.

레츠가 보기에 호크는 그저 그런 별 볼일 없는 평민 중 하나일 뿐이었다. 그런데 바이렌을 비롯한 많은 사람들은 왜 호크를 치켜세워 주지 못해 안달하는지 이해할 수가 없었다.

몸에서 어느 정도 열기가 발산되자 훈련을 중지하고는 호크가 있는 곳으로 향했다. 생각 같아서는 훈련을 조금 더 하고 싶었지만, 아쉬움이 느껴질 때 멈추는 것도 싫지만은 않았다.

"늦었군."

"아, 훈련 좀 하느라고."

"나에게 졌을 때 핑계 댈 거리를 만든 것이냐?"

"핑계? 훗!"

평소 해 오던 훈련을 했을 뿐인데, 그걸 트집 잡을 줄은 몰랐던 레츠는 그냥 코웃음을 칠 뿐이었다.

"코웃음을 쳐! 이 자식이!"

자신을 무시하는 행동을 본 호크가 허리에 차고 있던 검을 꺼내 들었다.

마음 같아서는 당장에 레츠를 공격하고 싶었지만, 그래도 자신이 레츠보다 어른이라는 이유로 레츠에게 검이라도 뽑을 기회를 주고 싶었다.

강자의 배려라고 할 수 있었다.

"검을 뽑아라. 내 너의 오만함에 대한 대가를 톡톡히 치르게 만들겠다."

일방적으로 찍어 누르는 것보다 레츠를 가지고 노는 것이 재미있기 때문이다. 자신을 비웃은 대가를 치르게 할 생각이었다.

"선공을 양보하는 것인가?"

검을 뽑아 놓고는 선공을 취하지 않는 호크의 행동이 어이없었다. 쥐가 고양이 생각해 주는 것도 아니고, 그냥 우스울 뿐이었다.

호크를 가만히 바라보던 레츠의 입술이 올라갔다. 그러자 새하얀 이빨이 드러났다. 왼쪽 어금니와 송곳니가 유난히 반짝였다.

"내가 검을 뽑으면 넌 죽어."

"이익."

호크는 자신을 향해 비웃는 레츠의 얼굴을 짓이기지 않고는 끓어오른 감정을 식힐 수 없을 것 같았다.

호크가 한 발짝 앞으로 나서며 레츠의 허리를 노렸다.

빨랐다. 군더더기 없는 움직임을 보여 주고 있었다. 그러나 호크의 공격을 옆으로 한 발짝 이동하는 것만으로 손쉽게 피해 내는 레츠였다.

단 한 번의 공격으로 자신과 레츠의 실력 차이를 보여 주려 했는데 실패했다. 호크의 얼굴이 붉어지는 건 당연했다.

"기본적인 실력은 갖추고 있다 이건가."

공격이 실패했다는 것이 믿을 수 없었지만, 언제나 그 다음의 움직임에 대비해 왔던 호크였다.

레츠의 반응에 따라 기민한 움직임을 보이기 시작했다. 옆으로 이동한 레츠를 향해 몸을 비틀며 두 번 연속으로 찌르기 공격을 시도했다.

호크의 눈동자가 다음 공격 목표를 알려 주고 있었다.

어깨가 움직이고 팔꿈치가 움직이며 손목이 따라 움직였다. 또한 오른쪽 발을 앞으로 전진시키는 모습까지 보였다.

레츠는 호크의 모든 움직임을 하나도 놓치지 않고 전부 파악할 수 있었다.

레츠는 왼발을 옆으로 옮기며 중심을 이동한 후에, 남아 있는 오른발을 뒤로 옮겼다. 전체적으로 뒤로 물러나는 간단한 동작으로 호크의 찌르기 공격을 피해 냈다.

"젠장!"

레츠에게 너무나 쉽게 공격방향을 읽혔다. 단 두 번의 발걸음만으로 자신의 공격을 무력화시킨 것이다.

레츠의 도발에 넘어가 흥분했던 마음이 차갑게 가라앉았다. 겉모습과 달리 쉽게 대할 수 있는 상대가 아니었다.

레츠가 어리다는 생각을 가지고 레츠를 상대해서는 계속 망신만 당할 뿐이었다. 그렇지만 보는 눈이 한둘이 아니었다. 이런 상태에서는 그냥 이기는 것으로는 안 된다.

레츠를 철저하게 무너뜨려야 했다. 그래야 무너진 체면을 세울 수 있었다.

차분하게 마음을 가라앉혔지만 조급증이 도졌다. 최대한 빨리 레츠를 쓰러뜨리려 하다 보니 어깨에 힘이 들어가고 몸의 중심이 흩어졌다.

공격이 계속 실패로 돌아가자, 급해진 마음에 흥분까지 더해졌다. 호크는 자신이 흥분한 사실조차 인지하지 못했다.

다시 한 번 레츠에게 다가서며 공격을 시도했다. 몸에 힘이 들어간 관계로 동작이 커졌다. 그런 호크의 오른쪽 무릎을 살짝 걷어차는 레츠였다.

"어어."

앞으로 나오다 무릎을 걷어차이자, 호크가 중심을 잡지 못하고 허우적거리다 앞으로 넘어졌다.

고통은 없었다. 다만 험한 꼴을 보였다는 창피함에 고개를 들 수 없었다.

"상대가 공격을 회피했다는 이유만으로 검을 배운다는 자가 그리 쉽게 흥분하다니."

레츠가 흥분해 날뛰었던 호크를 한껏 비웃어 주었다. 창피함에 땅바닥에 계속 누워 있던 호크가 곧바로 몸을 일으키며 살기를 피워 올렸다.

"이 새끼가 정말 죽고 싶은 모양이로구나!"

"쳐!"

레츠의 비웃음에 대한 반응은 다른 곳에서도 터져 나왔다. 호크의 동료가 레츠의 행동을 참지 못하고 검을 빼 들었다.

"실력이 안 되니 이제는 쪽수로 밀어붙이는 건가? 역시 평민이라 하는 짓도 천박하구나."

용병들이 레츠를 향해 달려드는 것은 순식간이었다. 그런 그들의 행동을 노골적으로 비웃는 레츠였다.

상대의 숫자가 많건 적건 그것은 문제 될 것이 없었다. 문제는 자신의 공격 범위 안에 들어오는 자의 숫자였다.

레츠는 현재 자신의 실력에 대해 냉정하게 평가했다. 지금의 육체적 능력으로는 두 명까지가 한계였다. 그 이상의 용병들을 상대하는 것은 많은 무리가 따랐다.

동시에 다수를 상대할 수 없다면, 일대일의 대결을 할 수 있게 상대를 유인하면 된다. 허리에 걸려 있던 검을 뽑아 든 레츠는 흥분해서 날뛰는 용병들과 일정 거리를 유지하며 유유히 그들 사이를 헤집고 돌아다녔다.

공격이 우선이 아니었다.

상대의 공격을 방어하는 것이 목적이었으며, 그런 와중에 용병들을 따로 떨어지게 하는 것이 목적이었다.

몇 번의 칼부림이 이어지면, 여지없이 홀로 떨어져 나온 용병을 확인할 수 있었다. 그걸 놓치지 않는 레츠였다.

검이 급소를 가격하고 지나가면 어김없이 비명이 터져 나왔다. 검날이 아니었다. 그나마 검 면을 이용한 공격이라 타박상 정도의 피해로 끝났다.

자신을 죽이려고 달려드는 용병들을 상대로 아무런 상처도 입히지 않는 레츠의 움직임. 그만큼 레츠와 용병들의 기본적인 실력 차이가 심했다.

용병들도 슬슬 자신들의 실력으로는 레츠를 어쩔 수 없다는 사실을 깨닫게 되었다. 그러나 멈출 수가 없었다.

레츠가 계속 공격을 하는 상황에서는 그들도 어쩔 수 없이 레츠의 공격에 반응을 보여야 했다. 그러지 않으면 레츠의 검에 의해 어떻게 될지 몰랐다.

용병들 스스로는 이도 저도, 아무것도 할 수 없었다.

레츠에 비해 실력이 모자라다는 사실을 깨달은 순간, 저절로 몸이 움츠러들고 몸을 사리기 시작했다. 그만큼 몸이 재산인 용병들에게 부상이란 치명적이었다.

그렇지 않아도 별다른 힘을 내지 못하는 상황에서 몸까지 둔해진 용병들은 레츠에게 너무나 손쉬운 먹잇감이었다.

어느 순간, 홀로 떨어지는 한 용병을 놓치지 않고 공격했다. 검 면으로 머리를 가격당한 용병이 쓰러져서 다시는 일어서지 못했다. 기절한 것이다.

기절해 쓰러져 있는 동료를 바라본 용병들이 더욱 우왕좌왕했다. 자신들도 똑같은 처지로 전락할 것이 분명해 보였기 때문이다.

호크를 포함해 남아 있던 용병들을 전부 쓰러뜨리는 데에는 별다른 시간을 소모하지 않았다. 그나마 호크가 마지막까지 버텨서 스스로 위안을 삼았을 뿐이었다.

"실력도 없는 것들이 모여서 쪽수나 믿고 까부는 꼴이라고는."

바닥에 쓰러져 신음을 흘리는 용병들을 바라보며 마지막까지 그들의 모습을 비웃는 레츠였다.

레츠가 어리다는 이유로 무시하던 용병들이 그 대가로 받은 것은 골병든 육체일 뿐이었다. 레츠와 이들 여섯 명의 대결은 다음 날 빠른 속도로 용병들에게 퍼져 나갔다.

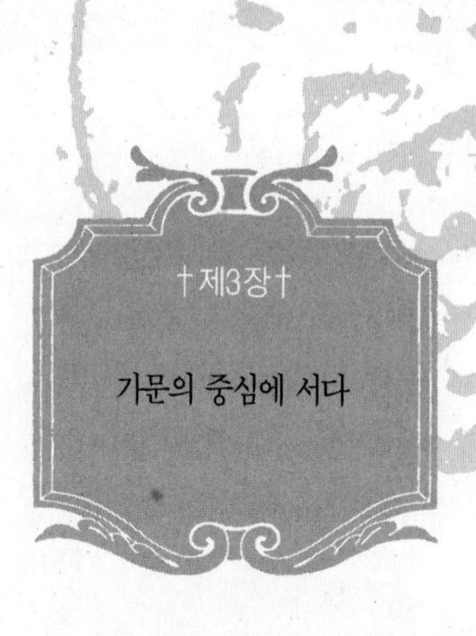

† 제3장 †

가문의 중심에 서다

다음 날 레츠는 평소와는 다른 시선을 받아야 했다. 어느새 용병들 사이에 소문이 퍼진 뒤였다.

호크를 포함한 용병 여섯 명이 레츠 한 명을 감당하지 못하고 철저하게 당했다는 내용이었다.

이런 소식을 처음 접한 용병들은 믿을 수 없다는 반응을 보였다. 호크를 상대로 승리했다는 소리도 믿기지 않는데, 호크를 제외하고도 다섯 명의 용병들을 전부 이겼다니 그저 웃을 뿐이었다.

레츠가 호크를 이길 수 있는 실력을 갖추고 있다 없다의 문제가 아니었다. 생전 검을 들고 훈련하는 모습조차 볼 수가 없었는데, 하루 사이에 호크를 넘어설 정도의 수준급 실력을 갖추고 있다고 하면 과연 누가 믿을 수 있겠는가 말이다.

웃기지 말라며 믿을 수 없다던 용병들이 소문의 당사자들이 부상을 당해 빌빌거리는 모습을 접하게 되자 믿지 않을 수 없었다.

하룻밤 사이에 강자가 나타났다. 그것도 자신들보다 더 강할지도 모르는 자가 말이다. 관심이 쏠리는 것은 당연했다.

모든 이들의 관심을 한 몸에 받은 레츠는 그들의 관심에 별다른 반응을 보이지 않았다.

레츠와 용병들은 처음부터 겉돌던 관계로 시작했다. 용병들은 어떠한지 모르지만, 레츠는 용병들과 친해질 생각이 없었다.

일 년 365일을 같은 장소에서 훈련을 해 왔던 것이 햇수로 6년이 넘어갔다. 친해지지 않으려야 않을 수가 없는 세월이었다. 그러나 그것도 서로 원해야 친해지는 것이다.

철봉에 거꾸로 매달려 있는 레츠는 주위의 반응이 어떠하든 훈련에 열중했다. 어제 있었던 대결을 통해 자신의 부족함을 깨달았기 때문이다.

대결은 누가 봐도 일방적인 승리로 끝났다. 하지만 그 안을 들여다보면 미흡한 부분이 너무 많았다.

아직 육체적인 성장이 끝나지 않은 관계로 힘이 부족했다. 인체의 급소를 공격했는데도 별다른 타격을 주지 못할 정도였다.

급소를 가격했을 때 느껴지는 묵직한 느낌으로는 한 번에 끝났다고 생각했다. 그러나 실제는 두 번 세 번 같은 곳을 공격해야 제대로 된 타격을 입힐 수 있었다.

지구력 또한 많이 부족했다.

한 방에 끝낼 수 있는 파괴력이 부족하니 검을 휘두르는 횟수가 증가하고 체력 소모가 많아졌다.

부담이 될 정도로 지구력이 약한 것은 아니었지만, 어제 상대한 자들은 기본적으로 레츠보다 약했다.

그들이 약하다는 사실을 잊어서는 안 된다.

약한 상대들과의 대결에서도 지구력이 문제가 된다면 자신과 동급이나 그 이상의 상대와 대결 시 분명히 치명적인 문제로 대두될 것이 뻔했다.

가장 최선은 상대를 한 방에 보내 버릴 수 있는 파괴력을 갖추는 것이며, 두 번째로 그 파괴력이 오래갈 수 있는 지구력을 갖추는 것이다. 하지만 이런 문제는 지금 당장 어떻게 할 수 있는 것들이 아니다. 오로지 시간만이 해결해 줄 수 있었다.

당장에 부족한 점을 채우고 싶었던 레츠에게는 시간만이 해결해 준다는 것은 너무 안일한 대처였다. 다른 수를 찾고 싶었다. 그렇게 철봉에 매달려 고민에 빠져 있을 때였다.

일정 거리 밖에 모여서 레츠를 구경하고 있던 용병 무리를 가르며 라이덕이 모습을 보였다.

얼굴이 빨갛게 달아오른 것이 그도 어제 있었던 대결을 들은 것이 분명해 보였다.

"내려와라. 너에게 물어볼 말이 있다."

라이덕의 차분하지만 차가움이 느껴지는 말에도 레츠는 별다른 반응을 보이지 않았다.

어제 있었던 일로 실망한 레츠는 라이덕을 보기 싫었다. 그래서 아예 눈을 감아 버렸다. 그런 레츠의 행동에 무시당했다고 여긴 라이덕이 화를 내는 것은 어쩌면 당연했다.

"내 말이 들리지 않느냐? 당장 내려오란 말이야!"

라이덕이 화를 참지 못하고 레츠가 매달려 있는 철봉을 걷어찼다.

쾅!

라이덕의 발길질에 철봉이 좌우로 떨리며 흔들렸다.

철봉이 흔들리자 매달려 있던 레츠에게까지 영향을 주었다. 천으로 단단하게 고정되어 있어서 떨어지지는 않겠지만, 철봉이 흔들린다는 것 자체가 위험한 일이었다.

철봉이 흔들리자 레츠가 가만히 감고 있던 눈을 떠 라이덕을 바라봤다.

거꾸로 매달려 있는 관계로 눈을 정면으로 마주치지는 않았지만, 라이덕이 화가 나 있다는 사실을 알기에는 충분했다.

"무슨 일이십니까?"

"……."

발목을 감고 있던 천을 풀며 레츠가 물었다.

굳이 답변을 듣고 싶어서 한 질문은 아니었지만, 막상 라이덕이 자신의 말을 무시하자 기분이 나빠지는 레츠였다. 자신이 라이덕을 어떻게 대했는지는 잊어버리고서 말이다.

레츠가 땅으로 내려서자 라이덕이 한 발 앞으로 다가와서는 멱살을 잡아챘다. 그러고는 한동안 레츠의 얼굴을 노려봤다.

"네가 어제 호크와 대결했느냐? 아니, 호크를 이겼다는 게 정말이냐?"

라이덕은 레츠의 얼굴에 침이 튈 정도로 흥분해 있었다. 그리고 그러한 사실을 감추려고 하지도 않았다.

"형님, 보는 눈이 많습니다."

레츠의 차분한 소리에 라이덕이 잡고 있던 멱살을 놓아주었지만, 흥분은 아직 가라앉지 않았다.

라이덕의 손아귀에서 빠져나온 레츠가 천천히 움직여 철봉 옆에 놓여 있는 검을 들어 허리에 찼다. 그 움직임이 너무나 여유로운지라 라이덕이 참지 못하고 소리쳤다.

"이 자식, 지금 나를 무시하는 것이냐?"

라이덕이 레츠에게 다시 한 번 화를 내며 멱살을 잡아채려고 했다.

"……!"

언제 뽑아 들었는지 레츠의 손에 검이 들려 있었다. 그리고 그 검 끝은 라이덕의 목젖 앞에 자리 잡고 있었다.

"보는 눈이 많다고 했지 않습니까. 체통을 지키십시오."

꿀꺽.

라이덕은 아무런 말도 할 수 없었다. 그냥 마른침을 삼킬 뿐이었다. 레츠가 언제 검을 뽑아 들었는지조차 느낄 수 없었다.

붉게 달아오른 얼굴이 창백하게 변하는 것은 순식간이었다. 등골을 타고 흐르는 차가운 기운에 몸이 떨려 왔다.

레츠가 꺼내 든 검을 도로 집어넣고 있었지만, 아무런 말도 행동도 할 수 없었다. 뒤로 돌아서 왔던 길을 그냥 돌아가는 것 말고는 말이다.

돌아서서 걸어가는 그의 뒤로 웅성거리는 용병들의 목소리가 들려왔다. 라이덕은 네 살이나 어린 동생보다 못하다는 생각에 자괴감이 밀려왔다.

레츠를 불러오라고 지시했는데 라이덕은 혼자만 돌아왔다. 어떻게 된 일이냐고 따져 물으니 처음에는 아무런 말도 없다가 결국에는 레츠의 기세에 밀려 아무런 말도 못해 보고 돌아왔다는 소리를 듣게 되었다.

라이덕의 말에 조용히 왼손으로 턱을 쓰다듬는 리콘이었다. 무언가에 집중할 때마다 하는 버릇 중의 하나였다.

리콘이 라이덕의 말에 무언가를 생각하고 있는 동안 솔첸이 역정을 쏟아 내기 시작했다.

"무어라. 감히 레츠가 너에게 검을 들이댔단 말이냐?"

가문의 장자이자, 차기 길드 마스터 내정자인 솔첸으로서는 레츠가 라이덕에게 한 행동은 곧 자신을 향한 도전으로 받아들였다.

솔첸이 역정을 토해 내며 자신을 닦달하고 있었지만, 라이덕은 묵묵부답으로 일관했다. 아무리 뭐라 떠들어도 레츠에게 실력으로 밀렸다는 사실이 변하지 않는다는 것을 잘 알고 있었기 때문이다.

"내 이놈을 당장!"

솔첸은 자신이 아무리 화를 내도 라이덕이 별반 반응을 보이지 않자 레츠를 목표로 삼고 자리를 박차고 일어났다.

"그만! 자리에 앉아라."

그때까지 아무런 말도 없던 리콘이 흥분해 날뛰는 솔첸을 저지하고 나섰다.

당장 레츠에게 죄를 물으려는 솔첸을 리콘이 막아서자 솔첸은 그에 항변하며 반항하려고 했다. 그러나 이어지는 리콘의 호통에 씩씩거리며 자리에 앉을 수밖에 없었다.

"레츠를 불러와 주게."

흥분해 날뛰는 솔첸이 아닌 한 발짝 뒤로 떨어져 있는 바이렌에게 부탁하는 리콘이었다.

리콘의 부탁으로 레츠를 데리러 가는 바이렌은 리콘이 생각하고 있는 바가 무언지 살짝 엿볼 수 있었다.

만약 지금 소문이 사실이라면, 그리고 라이덕의 말이 사실이라면, 라이덕은 물론 후계자로 키워지는 솔첸의 위치까지 변화가 찾아올 것이 분명해 보였다.

바이렌에게 실력을 숨긴 레츠나 그런 레츠의 실력을 알아보지 못한 바이렌이나 둘은 서로에게 아무런 말도 하지 않았다. 그냥 리콘의 말을 전해 주고 같이 리콘에게 돌아갈 뿐이었다. 둘 사이에는 보이지 않는 벽이 존재하고 있었다.

레츠가 건물 안으로 들어서며 처음 느낀 것은 자신에게 호의적인 사람이 하나도 없다는 것이다. 온통 적의로 가득할 뿐이었다.

"자리에 앉아라."

"네."

레츠가 의자에 앉을 때까지 기다린 리콘이 다음 질문을 던졌다. 그 또한 표현을 하지 않았을 뿐, 어제 있었던 일이 궁금했던 것이다.

"어제 호크 무리와 대결을 했었다는 말이 사실이냐?"

"네."

물어보는 리콘이 민망할 정도로 들려오는 대답이 짧았다. 옆에 있던 솔첸이 화를 내는 것은 당연했다.

처음부터 지금까지 고개를 숙이고 있던 라이덕까지 레츠를 노려볼 정도로 레츠가 지금 보여 주는 행동은 자식이 부모에게 행해야 할 예의에 어긋나는 행동이었다.

솔첸과 라이덕이 어떻게 반응을 하든 리콘은 차분히 레츠를 대할 뿐이었다.

"네 나이가 몇이지?"

"올해로 열네 살입니다."

레츠의 말에 리콘이 등받이에 깊숙이 몸을 의지하며 무언가를 생각했다.

"세월이 정말 빠르구나. 나는 언제나 네가 어린아이일 것이라고만 생각했다. 그래서 너에게는 많은 신경을 쓰지 못했는지도 모른다."

연민이 묻어나는 리콘의 말에 레츠는 짧게 자신의 감정을 말할 뿐이었다.

"아닙니다."

레츠의 짧고 무미건조한 대답에 리콘이 고개를 좌우로 저었다.

"아니다. 자식이 장성하여 부모 품을 떠날 때가 되었는데도 부모라는 사람은 다른 일에 정신이 팔려 신경 쓰지 못했구나."

솔직히 말해서 리콘은 이번 일로 충격을 받았다.

6년 전의 그날 이후 레츠는 그의 기억에서 사라졌다고 봐도 무방했다. 가문을 일으켜 세우는 것이 그 무엇보다 우선이던 시절, 다른 곳에 신경 쓸 틈이 없었다.

허약한 육체를 타고난 레츠보다 그래도 조금이라도 가능성을 보이는 솔첸과 라이덕에게 모든 것을 걸고 싶은 것이 리콘의 마음이었다.

호크보다 약한 라이덕, 그런 라이덕보다는 강하지만 이미 나이가 많아 성장 가능성이 미흡한 솔첸. 결과적으로 잘못된 선택이었다.

모든 것이 부질없다고 느껴질 때, 가문으로서는 정말 다행스럽게도 일찌감치 포기했던 레츠가 스스로의 노력으로 성장해 준 것이 여간 고마운 것이 아니었다.

"너도 우리 가문이 처해 있는 상황을 알고 있을 것이라고 믿는다. 냉정하게 판단해서 현재 가문이 처해 있는 상황이 많이 힘들다."

"아버님!!"

리콘의 말에 솔첸과 라이덕이 동시에 소리쳤다. 그들도 가문이 어렵다는 사실은 잘 알고 있었다. 그러나 그런 상황을 입 밖으로 꺼내지는 않았다. 꺼낼 수가 없었던 것이다.

"두말하지 않겠다. 앞으로 가문은 너를 중심으로 돌아갈 것이다."

"……!"

그곳에 있던 모든 이들이 놀라움을 표현했다. 그건 레츠도 마찬가지였다. 아무리 가문이 어렵다고 하지만 이건 아니라고 여긴 것이다.

자신의 결정에 반발하는 그들을 손을 들어 제지시키는 리콘이었다. 현재 실력만을 따져 봐도 레츠보다 뛰어난 실력을 갖춘 이가 없었다. 다시 한 번 자신의 결심을 굳히는 리콘이었다.

리콘은 레츠에게 보답하고 싶었다. 스스로 성장해 준 레츠에게 그만한 대가를 지급하고 싶었다.

리콘이 처음부터 원했던 것은 가문을 부흥시킬 수 있는 후계자였다. 이는 가문의 어른들도 공감하는 일이었다. 이에 세 명의 자식 중에 레츠가 가장 맞았다.

그날 이후로 리콘은 바쁜 나날을 보내야 했다. 가문의 어른들에게 후계자로 레츠를 인정시켜야 했으며, 정식으로 기사 수업을 시키려고 이곳저곳 돌아다니기 바빴다.

레츠를 후계자로 만드는 것은 별 어려움 없이 행해졌다. 그러나 문제는 레츠를 종자로 받아 주는 기사가 없다는 것이었다.

예전에도 수없이 겪었던 일이었지만, 현실은 정말 냉혹했다. 무너져 가는 가문의 자식을 종자로 받을 수 없다는 것이다.

재능만을 보고 평민을 종자로 받는 기사들도 많았지만 그들이 보기에 레츠는 별다른 재능이 없었던 것이다.

리콘은 레츠의 실력을 정확히 파악하고 싶었다.

가문의 사정이 어려워 종자로 받아들일 수 없다고 말하면 차라리 포기라도 하겠지만, 레츠의 재능이 부족해서 종자로 받을 수 없다는 말을 듣게 되자 참을 수가 없었다.

가문이 힘이 없어서 그들에게 모욕을 받고 있다고 여겼다. 그리고 가문의 어른들이 무능해서 제대로 된 스승조차 모셔오지 못하는 현실이 레츠에게 너무나 미안했다.

리콘은 보여 주고 싶었다. 레츠의 실력과 잠재된 능력을 재능이 없다고 깔보는 이들에게 말이다.

이스틴 용병 길드에는 특급 용병이 제법 있었다. 그중에는 기사의 종자로 생활했던 이가 있었다. 바로 바이렌이다.

리콘은 바이렌을 찾아가 부탁했다. 레츠의 실력을 냉정하게 평가해 달라고 말이다.

실력을 평가하는 데 있어서 손쉽고도 가장 정확하게 판단하는 방법은 대결이다. 리콘의 주선으로 정식으로 레츠와 바이렌 간의 대결이 벌어지게 되었다.

레츠와 바이렌 간의 대결 소식은 빠르게 용병들 사이에 퍼져 나갔다. 대다수의 용병들의 관심은 레츠의 실력이 어느 정도인가였다.

실력이 얼마나 뛰어나길래 14살의 어린 소년이 자신보다 3~5살 많은 용병 6명을 전부 상대할 수 있었나 하는 것이었다.

소문의 당사자들이 직접 레츠에게 패해서 밝혔지만, 용병들은 자신의 눈으로 보지 않으면 믿을 수가 없었다.

수많은 용병이 모여들었다.

그들의 얼굴이 한껏 상기된 것이 대결 당사자들보다 더욱 흥분된 모습이었다. 오히려 레츠와 바이렌은 너무도 담담한 표정이어서 너무나 상반되는 모습이었다.

레츠가 눈앞에서 가볍게 몸을 푸는 바이렌을 바라봤다.

190cm에 이르는 키와 조금은 마른 듯 날렵해 보이는 체격, 상의 밖으로 드러나 보이는 단련된 팔뚝, 무엇 하나 자신과 비교해서 모자란 부분을 찾을 수가 없었다.

겉으로 보이는 모습만으로 판단했을 때, 백이면 백 자신의 패배로 점쳐질 수밖에 없을 정도로 체격 차이가 심했다. 모여드는 용병들의 웅성거림만 들어 봐도 그 차이는 여실히 느낄 수 있을 정도였다.

모든 것이 열세인 상황이었지만 레츠는 자신이 질 것이라는 생각은 눈곱만큼도 하지 않았다.

겉으로 보이는 모습과는 다르게 인간이 얼마나 나약한 존재인지는 아주 오래전 경험을 통해 터득했기 때문이다.

맨손으로 이루어지는 대결이었다면, 레츠는 이번 대결을 반대했을 것이다. 그러나 이번 대결은 맨손이 아닌 검을 들고 하는 진검 대련이었다.

레츠가 자신의 손에 들려 있는 검을 바라봤다. 그러고는 웃었다. 자신감이 충만했다.

레츠가 먼저 움직였다.

모여 있던 용병들의 입에서 짧은 탄성이 터질 정도로 레츠의 움직임은 빨랐다. 바이렌의 품속으로 파고들어 자신의 공격 범위 안으로 끌어들이려고 했다.

바이렌은 그런 레츠를 바라보며 웃었다. 레츠 못지않게 진한 웃음을 보였다. 그러고는 아래에서 위로 검을 크게 올려쳤다. 한 번의 움직임으로 레츠의 공세를 막으려는 생각에서였다.

레츠의 눈에 바이렌의 움직임이 세세하게 보였다. 그리고 예전 바이렌의 훈련 모습이 겹쳐서 보이기 시작했다. 앞으로 돌진하는 탄력을 이용해 검을 땅에 박아 버렸다. 그러고는 검면을 발로 밟았다.

깡!

아래에서 위로 힘껏 올려치던 바이렌의 검이 레츠의 검에 의해 막혔다.

바이렌이 변칙적인 움직임을 보여 준 레츠로 인해 잠시 당황하고 있을 때, 레츠는 또 다른 공격을 시도했다.

바이렌의 일격은 대단했다. 강제로 땅에 박아 넣은 검이 튕겨 나올 정도로 말이다. 그러나 레츠는 그것까지 예상하고 있었다.

자세가 흐트러졌지만 공격을 이어 가기에는 충분했다.

검을 움직였다.

힘이 제대로 들어가지 않았지만 상관없었다. 인간의 몸을 베는 데에는 검이 가진 날카로움만으로도 가능했다.

사각!

검에 의해 옷이 베였지만, 레츠의 표정은 좋지 않았다. 바이렌의 옆구리는 베지 못하고 천 쪼가리만 베고 지나갔기 때문이었다.

머릿속에서 이루어지는 가상에서는 이번 일격으로 치명상을 입힐 수 있었다. 하지만 현실은 그리 호락호락하지 않았다.

레츠가 다시 바이렌을 공격하기 시작했다. 한 번 두 번 공격 횟수가 증가할수록 머릿속에서는 수도 없이 바이렌을 베었다.

그러나 현실에서는 계속 실패만 반복됐다.

가상과 현실의 괴리감이 커질수록 레츠의 손발이 어긋나기 시작했다. 허점이 드러났으며 바이렌의 검이 그것을 놓치지 않고 파고들었다.

빈틈을 놓치지 않는 찌르기. 레츠가 당황하기 시작했다. 현재 자신의 육체적 능력으로는 바이렌의 공격을 방어할 수 없었다.

몸을 비틀었다. 최소한 치명상을 모면하기 위해서였다.

레츠가 부상을 최소한으로 하려고 안간힘을 쓰는 그때, 바이렌의 검은 레츠의 옆구리를 살짝 비껴 지나갔다.

예상과는 달리 아무런 부상도 없이 지나간 것이다.

레츠의 얼굴이 굳어진 것은 순간이었다. 바이렌과의 대결 이후 처음으로 레츠가 그와의 거리를 벌렸다.

"와와!!"

"대단하다. 바이렌을 보기 좋게 밀어붙이는데!"

"이거 바이렌, 상대가 어리다고 얕봤다가 큰코다치겠는데."

숨죽이며 이들의 대결을 관전하고 있던 용병들이 믿기지 않는 실력을 선보인 레츠를 향해 환호하며 칭찬하기 바빴다. 리콘 또한 레츠의 실력이 생각보다 대단해 감탄을 자아낼 정도였다.

용병들은 끊임없이 공세를 취하는 레츠를 응원했다. 구경하고 있는 용병들이 어떤 반응을 보이든 레츠의 기분은 지금 최악을 치닫고 있었다.

"지금 장난하는 겁니까? 왜 자신의 실력을 전부 발휘하지 않는 것입니까?"

"……."

"제가 아무것도 모를 것이라 생각했습니까? 지금 저를 무시하는 겁니까?"

웃고 떠들며 레츠를 추켜세우던 용병들이 한순간에 조용해졌다. 레츠의 뜻밖의 반응 때문이었다.

특급 용병을 상대로 상당한 선전을 했다고 판단하고 칭찬했는데, 레츠의 지금과 같은 행동은 이해할 수 없었다.

바이렌은 화를 내는 레츠를 바라봤다. 그러고는 현실을 직시하게 할 필요가 있다고 여겼다.

"왜 실력을 보이지 않느냐고? 당연한 것 아닌가! 마나도 사용할 줄 모르는 애송이를 상대로 특급 용병으로 분류되는 내가 전력을 다한다면 많은 이들이 나를 비난할 것이다. 여기 모여 있는 저들도 마찬가지지."

바이렌의 말이 끝나자 그의 말에 동조하는 이들이 속속 등장했다.

"뭐야, 레츠! 정말 바이렌을 이길 수 있다고 생각한 거야?"

"하하! 요즘 젊은 녀석들은 정말 대단해."

"에이, 설마 웃자고 한 이야기겠지."

분위기로 봐서는 이곳에 모여 있는 용병들 모두 똑같은 생각인 듯했다. 용병들의 머릿속에는 레츠는 절대 바이렌을 이길 수 없다는 공식이 성립되어 있었다.

레츠는 그들의 분위기가 어떠하든 별 상관이 없었다. 다만 바이렌의 말 속에 생소한 단어가 들어 있다는 게 문제였다.

"마나?"

레츠의 의문에 바이렌이 오히려 어처구니없다는 반응을 보였다.

"마나가 뭔지도 모르나?"

어떻게 검을 배우고 수련하는 이가 가장 기본적이고도 가장 중요하다는 마나를 모를 수 있느냐는 것이다. 그러다 리콘을 바라봤다. 리콘이 바이렌을 향해 고개를 끄덕였다.

"마나가 뭔지, 아니 익스퍼트가 무엇인지 가르쳐 주지."

바이렌이 레츠에게 보여 주기 위해 몸속에 잠재된 기운을 끌어올리기 시작했다.

잔잔한 파도처럼 일렁이던 그 무언가가 거친 격랑으로 바뀌더니 끝내는 밖으로 표출되어 검에 나타났다.

레츠는 그것이 무엇인지도 모른 채 두려워해야만 했고 경외감을 느껴야만 했다.

"이것이 마나이며 익스퍼트이다!"

간단한 찌르기라고 생각했다. 어깨가 움직이고 팔꿈치가 움직였으며 손목이 움직였으니까. 그러나 실상은 전혀 달랐다. 레츠가 바이렌의 움직임을 읽었다고 여긴 그 순간 바이렌의 공격은 이미 끝났다.

바이렌의 찌르기는 레츠의 오른쪽 귀밑과 어깨 사이를 꿰뚫고 지나갔다. 그 엄청난 기운을 품은 채 말이다. 차원이 다른 공격이었다. 비교조차 불가능할 정도로 말이다.

눈앞을 막아서는 거대한 벽을 넘지 못하고 또 한 번 좌절을 겪는 레츠였다.

리콘은 레츠를 가르칠 스승을 구하는 일을 일시 중단했다. 스승을 구하는 일보다 중요한 일이 발생했기 때문이다.

아무리 생각해도 레츠에게 정말 미안했다. 그동안 자신들이 얼마나 레츠에게 무심했는지 그 결과가 여실히 드러난 것이라고 여겼다.

지금까지 솔첸과 라이덕에게 마나를 느끼고 익히게 하겠다며, 얼마나 떠들고 생색내며 다녔는지 모른다. 그런데 자신이 그러고 다니는 동안 레츠는 마나의 존재 자체조차 모르고 살아왔다고 한다.

아비로서 자격이 없었다.

바이렌과의 대결로 상심에 젖어 있는 레츠를 위로할 아무런 말도 떠오르지 않았다. 지금은 스스로 박차고 일어나길 기다리는 수밖에는 달리 방법이 없었다. 그때를 대비해서 레츠를 위해 무언가를 준비해야 했다.

좀 더 솔직하게는, 너무 늦은 나이란 생각이 머릿속을 떠나지 않았다. 어린 나이에 시작해도 마나를 느끼지 못하는 경우가 허다한데 과연 열네 살이란 나이에 마나를 사용할 수 있을지가 의문이었다.

레츠가 과연 마나를 사용할 수 있을지 걱정이었다. 그나마 다행이라면 바이렌과의 대결로 상심에 빠져 있던 레츠가 스스로 일어섰다는 것이다. 그리고 마나를 익히는 데 열의를 보인다는 것이었다.

솔첸이 소유하고 있던 마나심법이 리콘의 손에 의해 레츠에게 넘어갔다. 솔첸의 반항이 있었지만 이미 리콘에게 솔첸은 전력 외의 존재일 뿐이었다.

레츠는 마나라는 것이 무엇인지 개념부터 잡으려고 했다. 그래서 마나를 사용할 수 있는 모든 이들을 찾아다녔다. 지금까지 평민이라고 무시하고 지냈던 용병들에게도 마찬가지였다.

마나란 무엇인지 레츠의 속을 시원하게 풀어 줄 수 있는 이는 없었다. 용병들은 물론 그나마 체계적인 훈련을 받아 왔다는 바이렌도 마찬가지였다.

개개인마다 생각하는 마나가 전부 달랐다. 그리고 마나를 느끼고 익힌 과정도 달랐다. 레츠는 마나가 무엇인지 파고들면 파고들수록 알 수 없는 것이 마나라고 여겼다.

도서관이라는 데를 생전 처음 찾아갔다. 그러고는 마나에 관련된 서적을 하나도 빠짐없이 읽고 숙지해 나갔다. 그것으로도 부족하다고 여겨서 리콘에게 마법사를 수소문해 달라고 했다.

아직 레츠를 가르쳐 줄 기사를 찾는 데 혈안이 되어 있는 리콘에게 레츠의 부탁은 부담으로 다가왔다. 마법사들이 가지는 폐쇄성을 잘 알고 있기 때문이었다.

마법사 중에 용병을 하고 있는 이들도 있었다. 그러나 그들 역시 어김없이 폐쇄적이고 타인과의 소통이 부족했다. 그리고 원천적으로 용병을 하는 마법사들은 실력이 미흡했다.

리콘이 마법사 때문에 골머리를 앓고 있을 때, 레츠는 마나에 대해 어느 정도 개념을 잡아 가고 있었다. 자신이 생각하고 있는 바가 맞는지 이론적으로 평가를 해 줄 이가 필요했다. 그래서 마법사를 원하는 것이었다.

리콘에게 부탁한 지 꽤 시일이 흐르도록 마법사를 만나지 못하자, 레츠는 직접 리콘을 찾아갔다. 그리고 지금까지 왜 마법사를 구하지 못했는지를 알게 되었다.

레츠는 자신의 의중이 무엇이며, 왜 마법사가 필요한지에 대해 리콘에게 상세히 설명했다. 그 일 이후 리콘을 통해 레츠는 마법사와 대면하게 되었다.

2클래스의 마법사일 뿐이지만 레츠는 만족했다. 자신의 생각이 맞는지, 이론적으로 이상이 없는지, 그리고 마법사가 생각하고 있는 마나란 무엇인지에 대해 알 수 있었다.

마나는 태어날 때부터 선천적으로 느낄 수 있는 이들이 있는가 하면, 자라면서 여러 가지 훈련을 통해 깨닫게 되는 이들이 있다.

마지막으로는 태어나서 죽는 순간까지 마나가 세상에 있다는 사실을 알고 있지만, 몸으로는 느끼지 못하는 이들이다.

선천적으로 마나를 느낄 수 있는 이들은 주로 마법사나 정령사들이다. 그들은 태어나면서 본능적으로 마나를 다룰 수 있는 자들이다.

후천적으로 훈련을 통해 마나를 익히는 자들은 기사나 용병 등 육체적인 단련을 하는 이들이다. 이들은 끊임없는 훈련을 통해 마나를 사용할 수 있게 되는 자들이다.

레츠는 후천적으로 마나를 익히는 부류에 속해 있었다.

용병들처럼 육체를 혹사하다시피 단련하는 방법은 레츠에게 맞지 않았다. 왜냐하면, 마나를 모르던 어린 시절부터 지금까지 해 왔던 방식이고 육체를 혹사하는 데에는 그 누구에게도 지지 않았다.

단순한 반복 단련으로는 마나를 체득할 수 없다. 그것이 레츠의 확신이었다. 그래서 찾은 것이 마법사가 조언했던 명상이었다.

일반적으로 마나의 활동이 왕성하다고 알려진 숲 속을 일부러 찾아갔다. 명상을 통해 세상을 잊고 끝내는 자신도 잊는 경지에 도달할 때까지 마나를 느끼지 못했다.

실패였다.

이제는 감각의 극대화를 꾀했다. 처음 레츠는 천으로 눈을 가려서 시각을 없앴다. 눈을 가린 상태에서 생활했다. 그러자 촉각, 후각, 청각이 발달했다.

눈을 가리고 생활하는 것에 어느 정도 적응이 되자 후각을 차단하고자 코에 약품처리를 했다. 후각을 가린 것만으로는 생활하는 데 별반 달라진 점이 없었다. 얼마 지나지 않아 청각을 없앴다.

피부에서 느껴지는 감각만으로 생활한다는 것은 정말 고역이었다. 하지만 궁하면 통한다고 몇 날 며칠을 촉각만을 이용해 생활하자 새로운 감각을 느낄 수 있었다. 그리고 마지막으로 촉각마저 없애 버렸다.

명상을 통해 느꼈던 세계가 펼쳐졌다.

세상을 잊고 자신마저 잊을 수 있었던 경지에서 느껴 봤던 것이었다. 다만 명상을 통해 자신마저 잊었다면 이번 방법은 의지를 가지고 모든 것을 잊게 한 것이었다.

명상을 할 때는 리콘이 건네준 심법을 할 수 없었지만, 지금은 레츠의 의지로 심법을 수련할 수 있다는 것이 달랐다. 물론 마나를 느끼지 못하면 아무런 쓸모도 없지만 말이다.

촉각을 되살렸다. 그리고 청각을 살렸으며 후각을 찾았다. 마지막으로 시각을 되찾자 세상이 달라져 있었다.

†제4장†

현실을 마주 보다

모든 것이 레츠를 중심으로 돌아가기 시작하면서 여러 가지 문제점이 드러났다. 그중에서도 리콘이 가장 신경 쓰는 부분은 레츠의 독단적인 성격이었다.

후계자 교육을 시작하면서 레츠에게 용병들을 이끌 기회를 주었다. 아주 간단한 의뢰를 맡긴 것이다.

처음 리콘의 명령에 썩 내키지 않다는 반응을 보이던 레츠도 의뢰를 통해 용병들을 이끌고 보니, 용병들을 통솔하는 맛에 푹 빠질 정도로 좋아하게 되었다. 그러나 문제는 레츠가 귀족 아니면 평민이라는 이분법적인 생각을 하고 있다는 것이었다.

의뢰를 완료하는 결과만을 놓고 본다면 만족할 만한 수준이었다. 그러나 그 과정을 지켜본다면 온통 문제점투성이였다.

레츠 혼자의 판단으로 독단적으로 행동하는 것은 말할 것도 없고, 의뢰인이 평민이라는 이유로 대놓고 무시하기도 했다.

후계자로서 가져서는 안 되는 행동이었다. 그것이 수많은 용병들을 이끌어야 하는 길드 마스터의 후계자로서는 더더욱 말이다.

한 무리를 이끄는 지도자는 그 위치에 맡는 행동을 보여야 하는데 레츠는 그 점이 부족했던 것이다.

노블리스 오블리제.

레츠의 이분법적이고도 독단적인 성격을 고치는 데 사용된 말이다.

"네가 고귀하게 태어났다고 생각한다면, 그에 맞는 고귀함을 보여라."

리콘이 레츠에게 해 준 말이다.

지금까지 보여 준 행동은 귀족으로서 올바른 행동이 아니니, 네가 고귀한 귀족이라고 생각한다면 그 고귀한 지위에 맞는 행동을 보이라는 뜻이었다.

레츠를 후계자에 맞는 행동을 하게 만들려고 상당한 시일이 소모되었으며, 아직도 교육 중이었다.

검술 훈련 시간을 줄여서 지도자로서 갖추어야 하는 덕목을 가르치기도 했으며, 군주론에 나온 지침대로 따르고 행동하도록 가르쳤다.

강제로 레츠에게 호크를 데리고 다니라는 명령까지 했다. 수하를 부리는 방법을 배우고 익히라는 배려였다.

레츠 또한 자신의 가치관이 쉽게 변하지 않을 것이라는 것을 잘 알고 있었지만, 수하를 다루는 방법을 배우는 것은 중요하다고 여겼다.

호크와의 생활을 통해 권력은 자연 발생하는 것이 아닌 스스로 관리하고 키워 나가는 것이라는 사실을 깨달았기 때문이다.

레츠가 수하의 중요함을 깨달으면 깨달을수록 호크만 죽어나갈 뿐이었다.

아무리 레츠의 사고방식이 변화를 보인다고 해도 호크는 여전히 레츠의 부하였으며, 레츠의 지시를 무조건 따라야 하는 위치였다.

레츠와 엮이는 것을 무엇보다 싫어하는 호크의 입장에서는 정말 죽어도 하기 싫은 자리였다.

오늘도 어김없이 호크는 레츠를 따라 의뢰를 수행해야 했다. 요즘에는 개인적인 훈련을 할 시간이 부족할 정도로 바쁜 나날을 보낼 정도였다.

"오늘은 무슨 일입니까?"

호크가 레츠에게 물었다.

레츠는 그런 호크에게 손에 들려 있는 종이를 건넬 뿐이었다. 의뢰 내용이 적혀 있는 종이였다. 예전에는 아무런 말도 하지 않고 무조건 따라오기만을 바랐는데, 요즘은 그래도 의뢰 내용을 사전에 알려 주기는 했다.

"귀족들의 사냥대회라. 오늘은 몰이꾼 역할이군요."

의뢰 내용은 분명히 귀족들의 안전을 지켜 줄 용병들을 보내 달라는 내용이었다. 그러나 실상 귀족의 사냥대회에 참여해 보면 용병들에게 돌아오는 일이라고는 몰이꾼들을 통솔하는 일이 전부였다.

귀족들의 안전은 그들 귀족 가문에 속해 있는 기사들이 전적으로 책임지는 게 현실이었다.

레츠를 포함해 총 10명에 이르는 용병들이 출발했다.

현 크렌스피 백작가문의 수장이며, 크렌스피 영지의 영주인 네이드빌 크렌스피의 슬하에는 자이엔느 크렌스피라는 딸이 하나 있다.

자이엔느의 17번째 생일을 맞아 이를 기념하려고 영주가 사냥대회를 개최한 것이다.

매해마다 돌아오던 자이엔느의 생일에는 영주 성에서 화려한 무도회가 개최됐었다. 그런데 올해는 무도회가 아닌 사냥대회로 바뀐 것이다.

네이드빌은 올해도 자이엔느를 위해 무도회를 개최하고 싶었다. 그러나 가신들의 반대에 부딪혔다. 언제까지 자이엔느를 혼자 둘 것이냐고 말이다. 이제는 영지를 이을 후계자를 생각할 때라고 주장했다.

자이엔느의 나이 이제 17살. 최소 18살 이전에는 자이엔느의 반려자를 골라야 하는데 1년이란 시간으로는 너무 촉박하다는 것이다.

네이드빌도 이제 더는 영지의 후계자 자리를 비워 둘 수 없다는 것에 공감했다.

"자이엔느의 반려자로 손색이 없는 자들을 물색해라. 혈통보다는 능력을 우선으로 할 것이니, 그 누구라도 기탄없이 추천하길 바란다."

네이드빌의 말이 떨어지자 크렌스피 성을 사용하고 있는 자들이 술렁이기 시작했다. 그 술렁거림이 커지고 커져서 영지가 들썩일 정도였다.

술렁임의 중심에 있는 자들에게 이번 사냥대회는 결코 일반적인 사냥대회가 아니었다. 자신의 능력을 만천하에 떨칠 수 있는 영웅대회였다.

크렌스피 성을 사용하는 이들은 그 누구를 막론하고 참여할 수 있으며, 개인의 능력을 마음껏 발휘하여 최종 후보 명단에 등록할 수 있는 절호의 기회로 여겨졌다.

라이벨 크렌스피 역시 이번 기회에 일신의 영달을 노리는 자 중 하나이다.

자이엔느의 반려자로 선택되지 않아도 최소한 영주의 눈에 자신의 존재를 각인시킬 작정이었다. 그렇게 함으로써 이후 영지의 중요 자리를 차지할 생각이었다.

어제부로 네이드빌 영주의 이름으로 초대장이 날아왔다. 이번 사냥대회에 참가해 달라는 내용이었다.

초대장을 챙겨 들고는 부랴부랴 사냥대회에 참가할 인원을 꾸리기 시작했다. 그런데 준비하고 보니 자신의 안전을 책임져 줄 기사의 숫자가 부족했다. 아니, 아예 없다고 봐도 무방했다.

집안에서 대대로 가문을 지켜 오던 기사는 나이가 50을 훌쩍 넘어가고 있었다. 은퇴가 코앞인 기사였다. 자기 한 몸 지키기도 어려울 정도로 급격하게 노쇠해 있었다.

이럴 줄 알았으면 기사들을 돈으로 사서라도 데리고 있을 걸 하고 후회했다. 하지만 기사는 돈으로 살 수 있는 존재가 아니었다. 그러하기에 가문에 기사는 노기사 1명뿐인 것이다.

라이벨은 노기사 하나로는 자신의 체면도 서지 않는다고 여겼다. 그리고 현실적으로 참가 인원 전원의 안전을 책임질 수도 없었다.

귀족의 품위를 유지하려면 일행을 많이 꾸릴수록 좋았다. 다만 그 인원의 안전을 자신이 책임져야만 했다.

노기사만을 믿다가 사냥대회에서 혹시라도 불미스러운 일이 벌어진다면 그 책임은 전적으로 자신이 져야 하는 상황에 놓이게 되는 것이다.

다른 방법을 강구해야 했다. 그래서 찾아낸 방법이 용병이었다. 용병 중에서도 그나마 귀족이 길드 마스터로 있는 이스틴 용병 길드를 선택했다.

처음 리콘이 자신과 같이 크렌스피 성을 사용하는 귀족이라는 사실을 접했을 때는 많은 비난을 쏟아 낸 적이 있었다. 하지만 막상 도움이 필요하자 리콘이 여간 요긴한 것이 아니었다.

리콘에게 장문의 글을 적어 보냈다. 이래저래 해서 사냥대회에 참가할 인원을 보호할 특급 용병이 필요하니 준비해 달라는 내용이었다.

리콘은 라이벨이 보낸 편지를 읽고는 드디어 기다리던 기회가 찾아왔다고 좋아했다.

편지에는 특급 용병을 원하고 있었지만, 특급 용병은 원한다고 마음대로 고용할 수 있는 존재가 아니었다.

리콘은 이번 일이 레츠에게 적기라고 여겼다. 처음으로 레츠의 인맥을 넓힐 기회를 잡은 것이다.

레츠가 하루가 다르게 강해지자 한시름 놓기도 했었다. 자신의 노력으로 기사 작위를 받을 수도 있었다. 그러나 레츠 혼자 잘나서는 해결될 것이 결코 아니었다.

리콘이 원하고 가문의 어른들이 원하는 것은 귀족의 작위를 유지하는 것이었다. 즉, 크렌스피 성을 앞으로도 계속 유지하는 것이다.

지금처럼 레츠가 검술 실력을 키워 간다면 레츠 혼자 기사 작위를 얻어 준남작이 될 확률이 높았다. 그러나 이번 기회에 좋은 인연을 만나 결혼할 수 있다면 가족 전체가 귀족을 유지할 수 있을 것이다.

처음 리콘이 가졌던 마음은 솔첸이나 라이덕 둘 중 누군가가 기사가 되어 주기를 바랐다. 그러나 그것이 헛된 바람으로 끝이 나는 줄 알았다.

모든 것을 포기하고 낙담하고 있는데 정말 생각지도 못했던 레츠가 마지막 불씨를 꽃피울 수 있게 만들어 줬다. 이제는 바람을 넘어서 자신의 재능과 노력으로 현실로 만들어 주기까지 했다.

자식이 부모의 욕심대로 모든 것을 이루어 내어 더 큰 걸 바라게 되는 것은 어쩌면 당연한 일인지 모른다.

레츠를 통해 이제 리콘은 정말 꿈에도 바라지 않았던 일을 꿈꾸게 되었다. 우리 아들 정도면, 내 자식 정도면 충분하지 않느냐는 것이다.

귀족과의 결혼, 그것이다.

귀족의 영애와 결혼을 원한다면 최소한 레츠 또래의 소녀들과 만남을 가져야 했다. 그 만남의 기회가, 인맥을 넓힐 기회가 드디어 찾아온 것이다.

리콘은 최대한 준비를 했다. 한 치의 소홀함도 없게 말이다. 그리고 호크를 따로 불러서 살짝 자신의 의중을 드러냈다. 대신 레츠에게는 비밀로 해 주기를 바라면서. 그 누구보다 자존심이 강한 레츠를 배려하기 위해서였다.

라이벨이 레츠 일행을 맞이했다.

"그래, 누가 특급 용병이지?"

라이벨의 말에 레츠가 앞으로 나섰다.

"특급 용병은 아니지만, 제가 무리를 책임지고 있습니다."

한눈에 보기에도 자신보다 어려 보이는 레츠가 책임자라고 나서니, 처음에는 장난치는 것으로 받아들이는 라이벨이었다.

"특급 용병이 없다고? 지금 나를 무시하는 것이냐? 리콘이 나를 무시하지 않고서는 너 같은 애송이를 대표로 보내지 않았겠지."

말을 하면 할수록 목소리가 높아지는 라이벨의 태도에 레츠의 표정이 굳어졌다. 자신과 나이 차도 별로 나지 않아 보이는데, 아버지인 리콘을 함부로 칭하며 무시하고 있어서였다.

라이벨의 태도에 레츠가 정색하고 받아들이자 둘의 눈치를 살피고 있던 호크가 앞으로 튀어나왔다. 리콘에게 부탁 받은 것이 있어서 어떻게든 이번 의뢰를 성공적으로 끝내야 했다.

"하하하. 저희 대장이 보기에는 어려 보여도 특급 용병 못지않은 실력을 갖추고 있습니다. 그건 저희 모두가 보장하는 것입니다."

라이벨을 향해 손을 비빈 효과가 나오는지 더는 불만을 꺼내지는 않았다.

레츠는 호크의 그런 행동이 마음에 들지 않았지만, 겉으로 표현하지는 않았다. 이번 일이 얼마나 중요한지에 대해서는 리콘에게 귀가 따갑게 들어 왔던 것이다.

레츠 일행이 보호해야 할 인원은 채 20명이 못 될 정도로 조촐한 인원이었다. 그런데도 10명이 넘는 용병을 부른 것은 다른 귀족에게 보여 주기 위해서였다.

라이벨이 이 일에 관해서 아무런 말도 없이 사라지자 이번 사냥대회의 경호를 총 책임지고 있는 스트이트가 나섰다. 그나마 라이벨이 믿는 유일한 인물이었다.

"이제부터 돌발 상황을 제외하고는 나의 말을 우선으로 따라야 한다. 이것은 리콘 길드 마스터와 합의된 사항이다."

"네."

호크가 먼저 앞으로 나서서 대답했다. 스트이트도 자신의 의사만 확실히 전달되었다면 누가 대답하든 상관이 없었다. 스트이트와 호크가 여러 가지 제반 사항에 관해 합의를 마치자, 라이벨 일행이 목적지를 향해 이동했다.

한창 일행들이 목적지를 향해 이동하고 있을 때, 호크가 어디서 소문을 들었는지 레츠에게 말했다.

"대장, 소식 들었나요?"

"무얼 말하는 거냐?"

"어허, 이렇게 소식이 늦어서야 어떻게 길드를 이끌어 갈 것인지. 이번 사냥대회가 자이엔느 백작 영애의 약혼자 후보를 뽑으려는 것이라는 소문이 자자하다 이 말입니다."

"백작 영애?"

레츠가 궁금증을 드러내자 호크가 신이 나서는 떠들어대기 시작했다.

"네이드빌 영주님께서 자식 복이 없어서 슬하에는 자이엔느 영애님뿐이잖아요. 즉, 이번에 높으신 분들 눈에 띄어 약혼자 후보가 된다는 것은 크렌스피 영지의 영주가 될 가능성이 있다는 것이죠."

"크렌스피 영지의 영주?"

"네, 영주."

사냥대회를 개최하는 장소에 도착하자 그들보다 먼저 도착한 자들이 보였다.

라이벨은 스트이트만을 데리고 먼저 도착해 있는 이들이 모여 있는 곳으로 이동했다. 서로 안면을 익히고 우의를 다지기 위해서였다.

라이벨이 다가서자 한 명이 앞으로 나섰다.

"자코린이라고 합니다. 이쪽부터 르노, 카이멘, 사이엔입니다. 성함이 어떻게 되십니까?"

"라이벨이라고 합니다. 잘 부탁합니다."

소개를 통해 안면을 익히면서 서로에 대한 정보를 교환하기 시작했다.

르노와 카이멘은 어려서부터 알고 지내던 친구였으며, 자코린과 사이엔은 오늘 처음 만난 사이였다.

웃고 떠드는 라이벨의 모습을 바라보며 레츠는 자신이 과연 귀족이 맞는지, 크렌스피란 성을 사용하는 귀족이 맞을까라는 생각이 떠나지를 않았다.

왜 자신에게는 사냥대회에 참석하길 바란다는 초대장이 오질 않았는지, 착잡한 마음을 감출 수가 없었다. 웃고 떠드는 라이벨의 모습을 바라보면 바라볼수록, 현재 자신의 모습이 너무 초라하게 여겨질 뿐이었다.

레츠는 라이벨보다 모든 면에서 앞선다고 장담할 수 있었다. 그러나 현실은 달랐다. 라이벨과 레츠 사이에는 보이지 않는 벽이 자리하고 있었다.

자신이 자괴감에 빠지면 빠질수록 부모가 얼마나 무능한지를 알게 되었다. 귀족 신분을 가지고 있으면서도, 왜 용병들을 규합하고 길드를 만들 수밖에 없었는지 그 이면에 자리하고 있는 사실을 알아 가게 되는 것 같아 싫었다.

부모의 무능보다 자신을 라이벨의 보호자 역할을 하게 만들었다는 사실이 더 싫었다. 귀족이 다른 귀족의 보호자 역할을 자처한다는 것은 그 귀족의 수하를 자처하는 것과 다름이 없다.

귀족으로서 마지막 자존심을 버리는 행위였다. 레츠는 그렇게 생각했다.

레츠의 기분이 안 좋게 변하자 일행의 분위기 또한 덩달아 처지는 것은 당연했다.

꿈에 부풀어 있는 라이벨을 제외하고는 일행에 속해 있는 자들은 작은 동작에도 조심하는 분위기였다.

잠시 뒤 주변이 소란스러워지면서 수많은 인원을 이끌고 나타나는 이가 있었다.

이번 사냥대회를 개최한 네이드빌 영주였다. 그리고 유일하게 끌고 온 마차 안에는 오늘의 주인공이 타고 있었다.

마차 문이 열리면서 자이엔느가 모습을 드러냈다. 챙이 커다란 모자를 쓰고 있어서 멀리 떨어져 있는 레츠는 얼굴을 제대로 볼 수가 없었다.

자이엔느가 모습을 보이자 먼저 대기하고 있던 이들이 조금씩 흥분하기 시작했다. 드디어 사냥대회가 시작하려는 것이다.

네이드빌 영주의 길고도 지루한 훈시가 끝나고, 란스 베이츠 자작이 앞으로 나섰다. 이번 사냥대회의 총 책임자였다. 사냥대회의 규칙과 안전 사항을 쭉 나열하기 시작했다.

대회 참가자들이 하나라도 놓칠세라 귀를 쫑긋 세웠다.

대회 참가자들이 란스 자작의 이야기를 듣는 그때, 전문 몰이꾼들이 야생동물을 몰이하려고 움직였다.

레츠도 그들 틈에 섞여 있었다. 라이벨이 준비한 몰이꾼의 안전을 책임져야 하기 때문이었다.

산꼭대기에서 파란 깃발이 나부끼기 시작했다. 몰이꾼들이 준비가 끝났다는 사인이었다.

란스 자작의 지시로 빨간색 천이 목에 감겨 있는 여우 한 마리를 풀어놓았다. 오늘 사냥대회의 최종 목표였다. 여우를 풀어 줌으로써 본격적인 사냥이 시작되었다.

뿌우!

나팔 소리가 길게 울리며 사냥의 시작을 알렸다.

라이벨이 어서 가자고 채근하자, 호크가 말고삐를 잡아 쥐고는 숲 속을 향해 이끌기 시작했다.

몰이꾼의 안전을 위해 레츠가 5명의 용병을 데리고 갔고, 호크는 라이벨의 안전을 지키기 위해서 남았던 것이다.

"한 손이 열 손을 당해 내지 못한다는 말을 명심해라. 나와 멀리 떨어지지 않게 스스로 조심해라."

레츠의 말에 몰이꾼들이 소란스럽게 웅성거렸지만, 레츠는 별 상관이 없었다.

목마른 자가 우물을 찾는 것처럼 자신이 안전하기를 원한다면, 그의 곁에서 멀리 떨어지지 않을 것이란 사실을 레츠는 잘 알고 있었다.

레츠의 결정에 불만을 표현하던 몰이꾼들이 그의 신분이 귀족이란 사실을 전해 들은 이후로 몸을 사리게 되었다.

귀족이면서 이번 사냥대회에 참가하지 않은 이유가 궁금하기도 했지만, 세상에는 모르고 넘어가는 것이 신상에 이로운 경우가 허다했다.

"전방에 보이는 풀숲에 숨어 있는 동물이 있다. 도망치지 못하게 반대쪽으로 돌아가서 조심스럽게 몰아간다."

레츠의 말이 끝나자 몰이꾼과 용병들이 그의 지시에 따라 분주하게 움직였다. 전문 몰이꾼도 혀를 내두를 정도로 숨어 있는 동물의 위치를 정확하게 파악해 내는 레츠였다.

처음에는 반신반의하던 몰이꾼들도 척척 골라내는 레츠의 능력을 믿지 않을 수 없었다.

레츠가 찾아낸 동물은 토끼였다.

몰이꾼들에 의해 라이벨이 있는 방향으로 도망치던 토끼가 눈앞에 떡 하니 버티고 있는 라이벨의 모습에 당황하며 중심을 잃고는 넘어졌다.

"이번에는 토끼입니다."

호크의 말에 라이벨이 토끼를 향해 석궁을 조준하고는 당겼다. 그러나 석궁에서 발사된 쿼럴은 토끼와는 한참을 벗어난 지점에 박혀 들어갔다.

"아! 아깝다. 이번에는 정확히 맞힐 수 있었는데."

눈앞에서 토끼를 놓치게 되자 라이벨이 탄식을 토해 냈다. 그런 라이벨에게 호크가 준비해 둔 석궁에 쿼럴을 장착하고는 건네줬다.

"다음번에는 분명히 명중하실 겁니다."

"암, 그래야지."

라이벨은 새로운 석궁을 건네받고는 말을 몰아 좀 더 숲 속 깊숙이 이동했다. 그러나 점심시간을 알리는 깃발이 나부낄

때까지 별다른 성과를 올리지 못했다. 토끼 2마리에 새끼 멧돼지 1마리가 전부였다.

출발 지점으로 돌아오며 생각보다 저조한 사냥 결과에 낙담해 있던 라이벨의 눈에 웃고 떠드는 한 무리의 사람들이 보였다. 자이엔느와 그녀에게 잘 보이기 위해 노력하는 이들이었다.

사냥대회 시작 전까지 라이벨과 이야기를 나눴던 자코린, 르노, 카이멘, 사이엔의 모습도 보였다. 깜짝 놀란 라이벨이 그곳으로 달려가자 자코린이 그를 맞이했다.

"라이벨 님은 보기와는 다르게 사냥하시는 걸 즐기시는가 봅니다."

"그러게 말입니다. 자이엔느 님과의 간담회조차 참석하지 않으시다니 놀랍습니다."

조롱이었으며, 놀림이었다.

라이벨은 그들에게서 승리자의 오만을 읽을 수 있었다.

네이드빌 영주는 사냥대회를 개최하면서 오전, 오후로 파트를 나눴다.

사냥대회를 두 파트로 나눴던 것은 종종 있었던 일이라 특별할 게 없었다. 하지만 오전에 있는 사냥은 자이엔느가 직접 참가했다.

자이엔느가 직접 사냥에 참가한다는 사실은 사전에 꼭꼭 숨겼다. 그 누구에게도 이런 사실을 사전 통보해 주지 않을 만큼 말이다. 이를 숨긴 이유가 있었다.

사냥대회를 개최한 근본적인 이유는 자이엔느와 참가자의 친분 도모에 있었지만, 이미 참가자들 사이에 경쟁은 시작된 것이나 다름이 없었다.

사냥대회를 개최한 이유가 무엇이며, 자이엔느가 참가한 이유 또한 무엇인지 파악해 보라는 것이다.

인맥을 동원해도 된다.

인맥을 동원해서라도 사냥대회에 관한 정보를 습득하는 것 또한 그 자신이 가진 힘 중의 하나라고 판단한 것이다.

네이드빌 영주의 의중을 파악하는 것이 사냥대회에 참가하는 이들에게 주어진 보이지 않는 과제였던 것이다.

숨겨져 있는 정보를 파악한 이들은 자이엔느와 오붓한 간담회 겸 사냥을 즐겼으며, 라이벨처럼 사냥대회 자체에만 목숨을 건 자들은 다른 이들에게 한발 뒤처지게 되었다.

이렇게 되자 급해지는 건 라이벨이었다. 어떻게 해서든 지난 잘못을 만회해야 했다. 오후에 있을 사냥에 목숨을 걸다시피 해야 했다.

다른 이들보다 조금이라도 앞서려고 숲 속 깊숙이 들어서기 시작했다. 잔챙이들은 아예 무시했다.

모든 잘못을 만회하려면 남들보다 특이한 동물을 잡아야 했다. 그러자니 욕심이 앞서기 시작했고 눈앞에 있는 동물을 놓치기 십상이었다.

"도련님, 뭔가 이상하지 않으십니까?"

라이벨과는 일정 거리를 유지하며 움직이던 스트이트가 의문을 제기했다.

"뭐가 말이냐?"

숲 속 깊은 곳에 들어왔지만, 만족할 만한 성과를 올리지 못하고 있었다.

매번 사냥이 실패로 돌아가자 예민해져 있는 라이벨의 음성이 좋을 리가 없었다.

"저희가 숲 속으로 들어선 지도 많은 시간이 흘렀습니다. 그런데도 아직까지 중형 이상의 동물을 발견할 수 없었습니다."

"그런가?"

"그렇습니다. 몰이꾼들을 불러서 주의를 주시는 것이 좋겠습니다."

스트이트의 주장에 라이벨은 처음엔 무성의하게 대하다 스트이트의 말속에 숨어 있는 뜻을 파악하고는 긍정적인 반응을 보이기 시작했다.

라이벨도 자신의 석궁 실력이 미흡하다는 사실을 알고 있었다. 그 때문에 사냥 성과가 미미하다는 것 또한 알고 있었다. 하지만 여기서 스트이트의 의견을 받아들여 몰이꾼들을 불러 주의를 줌으로써 이 모든 것을 몰이꾼들의 잘못으로 떠넘길 수 있었다.

지금까지 중형 이상의 사냥감을 잡지 못했다. 그러나 토끼 다수와 새끼 멧돼지를 잡은 것은 사실이다.

직접 드러나는 사실을 바탕으로 약간의 거짓을 보태어 자신의 잘못을 덮어 버리는 방식을 취하는 것이다.

치부를 감출 수만 있다면 수단과 방법을 가리지 않고 감추면 되는 것이다.

오전에 있었던 일도 라이벨 자신에게는 치명적인 결과를 가져올 수 있었다. 다른 참가자들보다 정보와 인맥, 두 가지 면에서 밀렸다.

그런 가운데 귀족으로서 기본적으로 갖추어져 있어야 하는 사냥 기술까지 형편없다는 사실이 밝혀진다면 모든 것이 끝났다고 봐도 무방하지 않을 것이다.

귀족이라면 누구나 자신의 치부를 감추고 싶어 한다. 그리고 치부를 감추는 것을 미덕으로 여기고 있었다.

귀족들은 오히려 감추고 싶은 치부가 밖으로 드러났다는 사실만을 가지고 치부의 내용과는 상관없이 비난하기도 한다.

분위기가 심상치 않게 변하는 것을 감지한 호크가 앞으로 나서서 라이벨을 설득하기 시작했다.

"이제 본격적인 사냥이 시작되려 하고 있습니다. 도련님께서 이처럼 사소한 일에 신경 쓰는 사이 다른 귀족 자제 분에게 승기를 놓칠까 우려됩니다."

이번 의뢰를 받기 전에 리콘이 호크를 따로 불러서 주의를 준 것이 있었다. 어떤 방법을 동원해서라도 레츠와 라이벨의 사이를 돈독하게 만들라는 것이었다.

라이벨을 통해 레츠의 인맥을 조금이라도 넓히고 싶었던 리콘의 바람이었다. 그러나 지금 흐르는 분위기를 봐서는 레츠와 라이벨의 사이는 엇나갈 것이 자명해 보였다.

호크가 한시도 쉬지 않고 라이벨을 향해 두 손을 비벼대고 있었지만, 별다른 성과를 거두지 못했다. 결국 라이벨의 뜻대로 몰이꾼들을 불러들일 수밖에 없었다.

삐! 삐! 삐!

피리 소리가 연속으로 짧게 세 번 울렸다. 용병들 사이에서 널리 애용되는 신호음이었다. 신호음이 울려 퍼지자 레츠가 모습을 드러냈다.

"무슨 일입니까?"

"대회가 시작된 지도 꽤 많은 시간이 흘렀다. 그리고 내가 가장 앞서 움직이는 것도 사실이다. 그렇지만 나는 아직까지 이렇다 할 사냥감 하나 구경조차 할 수 없었다."

"그렇습니까?"

라이벨의 말에 레츠는 그게 무슨 문제가 되느냐는 듯 별다른 반응을 보이지 않았다. 사냥감이 많건 적건 자신과는 상관없다는 태도였다.

"몰이꾼들이 제 역할을 하지 못하니 내가 제대로 된 성과를 올리지 못하는 것이다. 네놈은 몰이꾼을 통솔하는 것조차 똑부러지게 못 하나?"

말을 꺼내면 꺼낼수록 라이벨의 목소리가 높아졌으며, 마지막에는 호통을 치는 수준이 되었다. 그러나 레츠는 이를 대수롭지 않게 여겼다. 반대로, 이런 사소한 문제로 자신을 불러들였다는 사실 자체가 싫었다.

"제가 받은 의뢰는 사냥대회에 참가하는 인원의 신변 보호입니다. 몰이꾼 역할이 아닙니다."

잘못을 지적하는데도 고개를 뻣뻣하게 쳐들고 자기 할 말만 내뱉는 레츠가 라이벨에게 곱게 보일 리 없었다.

"내가 지시를 하면 알겠습니다 하고 고분고분 따르란 말이야! 네가 고따위로 생각하고 있으니 몰이꾼들이 제대로 일을 하지 못하는 것이 아니냐!"

"다시 한 번 말하지만, 저희는 몰이꾼이 아닙니다."

라이벨의 일방적인 지시에 반발하는 레츠의 목소리가 커졌다. 그러나 끝까지 하고 싶은 말을 할 수는 없었다.

짝!

레츠의 고개가 오른쪽으로 돌아갔다. 라이벨이 레츠의 뺨을 때린 것이다.

"나는 지금 네놈에게 부탁하는 것이 아니라, 명령하고 있는 것이다. 알겠느냐. 명령이란 말이다!"

라이벨이 레츠를 윽박지를 때까지는 용병 일행은 골치 아픈 의뢰인을 만났다고만 여기고 있었다. 작은 꼬투리를 잡아 레츠를 핍박한다고 말이다. 그러나 라이벨이 레츠의 뺨을 때린 순간 상황은 심각하게 변했다.

레츠가 뺨을 맞는 순간 용병들이 검 자루에 손을 대며 라이벨을 향해 적의를 뿌리기 시작했다.

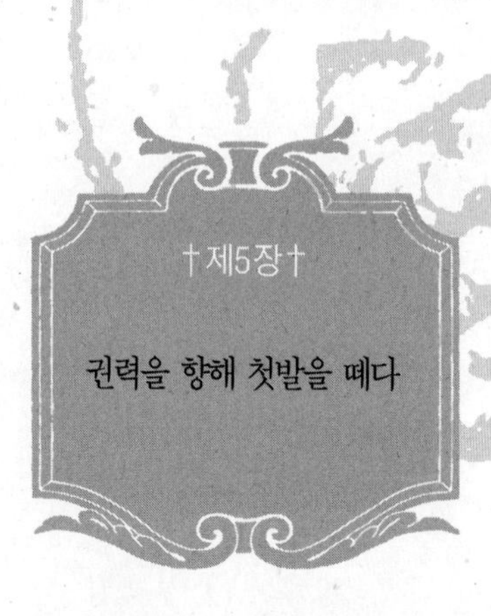

†제5장†

권력을 향해 첫발을 떼다

용병들 간에 서열은 특별한 것이 없었다. 힘이 강한 자, 실력이 뛰어난 자가 최고였으며, 그런 용병 주위로 다른 용병들이 자연스럽게 모여들었다.

이유도 특별할 것이 없었다.

강한 놈 옆에 있으면 그만큼 살아남을 가능성이 커지기 때문이다. 그 옛날 호크 주위에 용병들이 모여든 것처럼 말이다.

리콘의 후광이 아닌 레츠 스스로의 힘으로 용병들을 이끌고 의뢰를 수행하는 과정 중에 문제가 발생했다.

라이벨이 레츠를 힘으로 핍박한 이상, 용병들은 라이벨을 의뢰인이 아닌 적으로 간주할 뿐이었다. 레츠를 핍박한 이유도 도저히 받아들일 수 없었다.

용병들이 무리 중 가장 강한 레츠를 중심으로 똘똘 뭉치는 것은 어쩌면 당연했다.

"라이벨 님, 지금 실수하시는 것입니다."

"실수?"

호크의 말에 라이벨이 같잖다는 듯 코웃음 칠 뿐이었다.

"라이벨 님이 귀족이신 것처럼 레츠 대장 또한 귀족입니다."

귀족이라니 누가 말인가? 호크의 말에 라이벨은 정말 같잖아서 말이 다 안 나왔다.

"누가 귀족이란 말이냐? 웃기는 소리 하지 마라! 네놈들의 길드 마스터인 리콘이 귀족이라는 사실도 받아들일 수 없는데, 그 자식 놈까지 귀족으로 인정하라고?"

뺨을 맞고도 참고 있던 레츠가 자신을 보고 귀족이 아니라고 떠드는 라이벨의 말에 발끈하며 격하게 반응했다. 그러나 뒤에서 조용히 손을 잡는 호크 때문에 속으로 삭일 수밖에 없었다.

"레츠 크렌스피. 레츠 대장이 귀족인 것은 크렌스피 영지의 영지법에 명시되어 있으며 제국법으로 보호받고 있습니다. 그 사실을 모르신다고 하지는 않으시겠죠?"

"……."

"아무리 라이벨 님이 귀족이 아니라고 무시하더라도 영지법과 제국법상 레츠 대장은 귀족입니다. 지금 라이벨 님의 행동은 대장을 모욕하는 것은 물론, 리콘 길드 마스터까지 모욕하는 행위입니다."

호크가 법을 꺼내 들며 몰아세우자 라이벨은 달리 반박할 만한 마땅한 말이 없었다. 그러나 그것이 무엇이건 평민인 호크에게 지기 싫었으며, 옆에서 자신을 노려보는 레츠에게 지기 싫었다.

고개가 뻣뻣해지고 위에서 아래를 내려다보는 시선을 유지한 채 라이벨은 귀족의 권위를 내세우기 시작했다.

"모욕이라니! 내가 한 행동은 너무나 당연한 행동이고 권리이다."

귀족이라고 권리만을 내세우는 모습에 호크는 치를 떨었다. 강한 자에게는 한없이 약하며, 약자 앞에서만 강한 척하는 귀족들을 수도 없이 봐 왔었다.

"권리라고 하셨습니까? 정말 당연한 권리가 맞는지 이곳에 직접 참석해 계시는 네이드빌 영주님께 여쭈어 볼까요? 정말 그러길 바라는 것입니까?"

호크의 말에 당당하게 귀족의 권리를 내세우던 라이벨의 표정이 굳어지며 당황하기 시작했다. 아무리 라이벨이 귀족이라고 해도 작위가 있는 귀족은 아니었다. 엄밀히 말해서 작위가 없는 귀족은 귀족으로서 별다른 권한과 권리가 없었다.

제국법에는 작위를 가진 귀족은 그 자체만으로 권력을 만들어 낼 수 있지만, 귀족이란 이름 자체만으로는 권력을 만들어 낼 수 없었다. 작위가 있고 없고의 차이는 이처럼 엄청났다.

작위가 없는 귀족이 귀족으로서 권리를 누릴 수 있는 주된 이유는, 작위를 가진 귀족들이 자신의 자리를 굳건히 다지고자 작위가 없는 귀족에게 힘을 빌려 주고 있기 때문이었다.

계급사회에서 평민과 작위를 가진 귀족 사이에, 눈에는 보이지 않지만 또 다른 하나의 계급이 존재하는 것이다. 그것이 이름뿐인 귀족이다.

라이벨이 레츠가 귀족이 아니라고 무시하는 것보다, 작위를 가진, 흔히 권족이라 불리는 이들이 일반 귀족들을 더욱 무시하고 있었다. 필요에 의해서만 귀족으로 대우해 주고 있을 뿐이었다.

이런 상황에서 호크의 발언은 라이벨에게 부담으로 작용할 수밖에 없었다. 네이드빌 영주에게 있어 라이벨과 호크는 별반 다를 바 없는 존재일 뿐이다.

특히 레츠는 물론, 라이벨은 필요에 의해서만 유지되고 있을 뿐 일반적으로 귀족이라 불리는 이들과는 별개의 존재였다. 일반 평민들이 그들을 씨내리라고 부르며 무시할 수 있는 이유이기도 했다.

레츠와 라이벨의 일이 다른 귀족에게 알려진다면 이유를 불문하고 그 자체만으로 라이벨은 귀족들의 멸시를 당할 것이 분명했다.

그 대상이 누가 되었건 자신보다 신분이 아래인 자들을 제대로 다스리지 못했기 때문이다. 이는 치부일 뿐이었다.

이번 일이 알려지면 레츠도 심각한 타격을 받게 되겠지만,

라이벨은 레츠와는 비교도 할 수 없을 정도로 심각한 상황에 놓이게 될지도 몰랐다. 자신의 안위를 가장 우선으로 여기는 라이벨은 일이 더는 커지길 바라지 않았다.

레츠의 뺨을 때렸다고 이 정도로 일이 커질 줄은 몰랐다. 레츠와 호크가 반항할 것이란 예상 자체를 못했다는 것이 더 정확할 것이다. 당장 자신의 기분이 나쁘니 일을 저지르고 본 것이었다.

어떻게든 이 일을 조용히 무마시키고 싶었다.

스트이트는 스트이트대로 호크의 일방적이고도 강압적인 발언이 마음에 들지 않았다. 자신의 주장을 받아들인 라이벨이 곤란에 빠지게 되자 계속 두고 볼 수만은 없었다. 더 나아가 용병들이 무력시위를 벌이는 상황도 절대로 받아들일 수 없었다.

"감히 평민인 네놈이 지금 무슨 짓을 벌이고 있는지 알고나 있느냐! 네놈들이 핍박하고 있는 분은 장차 기사의 맹세의 대상이 되실 분이다."

스트이트의 말이 끝나기가 무섭게 호크는 물론 용병들이 강한 적의를 뿌리기 시작했다. 자신들은 절대로 스트이트의 발언을 받아들일 수 없는 것이다.

"핍박? 지금 핍박이라고 하셨습니까? 기사님이 보기에는 저희가 우스워 보일지 모르지만, 용병들에게도 용병들만의 예의가 있습니다. 지금 저희가 모시는 레츠 크렌스피 대장과 리콘 크렌스피 길드 마스터님이 눈앞에서 씻을 수 없는 모욕을 당했습니다. 용병들에게는 은혜와 원한은 열 배로 갚으라는 격언이 있습니다. 저희가 격언대로 행동하길 바라시는 겁니까?"

기사의 도에 비유해 가며 용병들의 예의를 꺼내 들자 스트이트 또한 별다른 말을 할 수 없었다.

마음 같아서야 예의를 들먹이는 용병들의 행태에 콧방귀나 끼고 싶은 심정이었다. 하지만 현실은 눈앞에 있는 용병들에게 머리를 숙이라고 하고 있었다.

라이벨이 이스틴 용병 길드에 신변 보호를 의뢰한 이유가 자신들의 무력이 남들에게 보여 주기가 민망할 정도로 형편없기 때문이었다.

라이벨은 정말 하기 싫었지만, 자신보다 미천하다고 여기는 레츠에게 고개를 숙이며 잘못을 시인할 수밖에 없었다. 스트이트 또한 기사로서 주군을 제대로 보필하지 못했다고 자인할 수밖에 없었다.

두 명의 수장이 서로 모욕을 받은 입장에서 사냥대회가 그들이 원하는 방향으로 이루어지기는 무리였다. 결국 오후에 있던 사냥대회는 별다른 성과 없이 끝이 났다.

사냥대회의 우승은 자코린에게 돌아갔다. 그는 다른 참가자들보다 한 수 위의 실력을 선보이며 모든 이에게 자신의 존재를 유감없이 인지시키는 좋은 기회로 삼았다.

이번 사냥대회를 통해 작은 정보를 취합하는 능력과 평소 쌓아 온 인맥, 그리고 가장 중요한 무력까지 삼박자가 고루 갖춘 인물로 평가받게 되었다.

반대로 라이벨은 꽉 막힌 정보통과 인맥, 그리고 귀족으로서 기본적으로 갖추어야 하는 사냥 실력까지 형편없다는 평가를 받게 되었다.

당연히 이 일로 라이벨은 레츠에게 원한을 품게 되었다. 라이벨은 레츠에게 이번에 있었던 일을 절대 좌시하고 넘어가지 않겠다고 일방적으로 통보하고 사라졌다.

레츠는 레츠대로 이번 일을 계기로 다시 한 번 모든 것을 아우르는 힘이 필요하단 사실을 깨닫게 되었다.

무거운 마음으로 길드로 복귀하는 길에 호크가 레츠에게 어렵게 말을 꺼냈다.

"잘 참으셨습니다. 정말 잘 참으셨습니다. 자신보다 가문을, 그리고 길드를 위해 그 모진 모욕을 겪고도 정말 잘 참았습니다."

호크의 말이 끝나자 레츠를 묵묵히 뒤따르던 용병들이 일제히 고개를 숙이며 감사를 표했다.

네이드빌 영주가 개최한 사냥대회는 크렌스피 영지의 원대한 앞날을 계획하고 시행하는 첫 발자국을 내딛는 순간의 한 복판이었다. 그런 의미 있는 날 초를 치는 행위는 그 당사자의 죽음으로도 씻을 수 없는 큰 죄였다.

그때 그 순간을 참고 넘어가지 못했다면 레츠는 물론 이스틴 용병 길드까지 큰 곤욕을 겪었을 것이 분명했다. 용병들은 레츠가 자신을 희생해서 용병 길드를 구했다고 여기고 있었다.

하지만 레츠는 라이벨이 아무런 힘도 없이 자신들을 향해 귀족의 권리만을 내세워 핍박하려는 모습이 꼭 예전에 자신이 귀족이라는 이름만을 내세우며 윌을 핍박했던 모습과 일치해 보였다. 그리고 끝내는 상대방의 힘에 철저하게 무너져 내리는 모습까지 똑같았다.

겉으로 보기에 레츠는 가문과 길드를 위해 모든 것을 묵묵히 참아 내는 모습을 보여 주었다. 그러나 레츠의 마음은 그 자신 말고는 아무도 모르는 것이다. 이번 일을 계기로 레츠가 어떤 마음을 품게 되었는지 아무도 몰랐다.

사냥대회가 끝나고 레츠는 꽤 오랜 시간을 집 안에서 두문불출하고 있었다.

사냥대회가 끝난 다음 날 라이벨은 정식으로 리콘에게 항의와 함께 그에 따른 책임을 물어 왔지만, 호크를 통해 그때 있었던 일을 모두 전해 들은 리콘은 이를 무시할 뿐이었다. 그러고는 다시는 라이벨과는 상종도 하지 않았다. 오히려 자신의 결정으로 레츠를 힘들게 만들었다는 사실에 스스로를 질책했다.

솔첸과 라이덕은 레츠가 무모하고 안하무인적인 행동으로

가문을 위기에 처하게 했다며 레츠를 비난하고 성토했지만 리콘은 그것 또한 무시했다.

레츠를 중심으로 가문이 돌아간다는 결정이 바뀌지 않는다는 의미였으며 레츠를 계속 믿는다는 선언이었다.

레츠가 오랜 칩거 생활을 끝내고 호크를 불러들인 것은 사냥대회가 끝나고 20여 일이 지나고 난 후였다.

"정보가 필요하다."

호크를 보자마자 레츠가 꺼낸 말이었다. 레츠는 정말 밑도 끝도 없이 꺼낸 말로 호크를 당황하게 했다.

"어떤 정보를 말하는 건지……."

"지금까지 나 홀로, 세상에서 내 잘난 맛에 살아왔음을 부인할 수 없다. 그런 나를 반성하는 시간을 가졌다."

"그게 무슨 말인지 도통 이해할 수 없습니다. 어떤 정보가 필요한지는 모르지만, 길드를 통해서도 얼마든지 필요한 정보를 습득할 수 있습니다."

밑도 끝도 없는 말을 꺼내고는 뚱딴지같은 소리만 하는 레츠를 이해할 수 없는 호크였다.

"길드에서 습득하는 정보는 내가 개인적으로 사용할 수 없을뿐더러, 그 정보의 양과 질이 너무도 미비할 뿐이다. 그나마 있는 정보도 온통 의뢰에 관한 정보들로 한정되어 있다."

"용병 길드에서 의뢰에 관련된 것 말고 다른 정보가 필요한 까닭이 없지요. 그래도 그런 정보만으로도 세상 돌아가는 사정은 충분히 습득할 수 있습니다."

호크가 말을 하면 할수록 레츠의 고개는 좌우로 움직이기 바쁠 뿐이었다. 그 정도로는 만족할 수 없다는 뜻이었다.

"이번 사건만 봐도 길드에서 취득하는 정보가 얼마나 미약한지 느낄 수 있었다. 가문 자체가 네이드빌 영주님으로부터 철저하게 외면당했다고 하지만, 영주님이 어떤 뜻을 두고 사냥대회를 개최했는지조차 몰랐다는 사실은 정말 체면이 제대로 깎이는 일이다."

'체면?'

호크는 그제야 레츠의 의중을 읽을 수 있었다. 빙 둘러서 자신이 원하는 의중을 드러내는 레츠의 행동에 어이가 없으면서도 한편으로 웃음이 나왔다.

레츠는 정보가 왜 필요한지를 설명하기 시작했다.

호크가 어떤 생각을 가졌는지는 관심 없었다. 무조건 자신이 생각한 대로 따르도록 강요할 뿐이었다.

레츠가 사냥대회 동안 얼마나 많은 수모와 무시를 당했는지 이루 말할 수 없었다. 그러나 그에 대해서는 어떠한 이의도 제기할 수조차 없었다. 귀족이라고, 나도 귀족이라고 그들 앞에서 당당하게 밝힐 수 없었기 때문이다.

영지법과 제국법에 따라 자신도 귀족이라고 말했다면 과연 어떻게 되었을지 생각해 보았다. 귀족으로서 의무는 이행하지 않고, 권리만 내세운다고 그들로부터 엄청난 핍박을 당했을 것이다.

언젠가 리콘이 레츠에게 했던 그 말, 노블리스 오블리제.

리콘의 가르침처럼 귀족으로 권리를 누리려면, 의무를 먼저 이행해야 한다. 그래야 그들로부터 부당한 대우를 받을 때 이의를 제기할 수 있을 것이다.

귀족으로서 나라에 충성해야 하며, 스스로 자신을 단련해야 한다. 귀족으로서 귀족에 걸맞는 품격과 행동을 보여야 하며, 친구를 사귐에서 한 치의 거짓도 없어야 한다. 이것이 가장 우선 되어야 하며, 이를 지킴으로써 제국 백성에게 모범이 되어야 했다.

레츠는 위에 나열된 3가지 중에서 스스로 자신을 단련하는 부분만 지키고 있었지만, 그 한 가지도 완벽한 것이 아니었다.

귀족이라면 스스로 단련하고 그 단련한 결과를 다른 이들과 공유해야 했다. 그래야만 스스로 자신을 단련하고 있다고 말할 수 있었다.

자신이 귀족으로서 의무를 지키며 철저하게 생활해 왔다고 해도 다른 귀족과 제국의 백성이 이러한 사실을 모른다면 그건 귀족의 의무를 지키고 있다고 말할 수 없었다.

귀족이라면 타의 모범이 되는 행동을 해야 하며 그러한 일을 수하나 하인을 통해 널리 알리는 역할까지 해야 했다.

혹자는 자기 얼굴에 금칠한다고 할지 모르지만, 이는 귀족의 상식으로서는 너무도 당연한 행동이었다. 그러나 레츠는 지금까지 그러한 일을 한 번도 해 본 적이 없었다. 그래서 그 모든 멸시와 모욕을 받고도 묵묵히 견딘 것일지도 모른다.

사냥대회는 레츠에게 정말 엄청난 충격과 가르침을 주었다. 이제는 깨달은 것을 실천하기로 정했다.

레츠가 생각하기로는 자신이 타의 모범이 되는 행동을 했던 적은 스스로 단련했던 그 하나 말고는 없었다. 지금까지 살아오면서 귀족의 의무라고는 달랑 그 하나뿐이란 사실에 자책하기도 했지만, 그 하나라도 많은 이들이 알 수 있게 만들겠다고 다짐했다.

레츠는 의문을 표시하는 호크를 데리고 귀족의 의무를 수행하고자 직접 움직였다. 귀족의 의무를 다하면서 지금 가장 필요한 정보까지 얻는 해결방법이었다.

솔직히 말해서 레츠의 주변 여건상 귀족사회로 갑작스럽게 뛰어들 수는 없었다. 아직 그럴 준비도 안 되었지만, 그들 또한 레츠를 받아들일 준비를 하지 못했다.

그래서 찾아낸 것이 귀족이라면 상대도 하지 말아야 하는 이들과의 만남이었다. 레츠처럼 자신의 인생 전부가 귀족인 이들에게는 더더욱 말도 안 되는 행동이었다.

호크를 이끌고 레츠가 찾아간 곳은 어느 선술집이었다. 선술집을 운영하는 주인의 또 다른 직업을 만나기 위해서였다.

"손님, 아직 개시 전입니다."

레츠가 안으로 들어서자 술잔을 닦고 있던 바텐더가 하던 일을 멈추지 않고 대답했다.

태양이 한껏 기승을 부리는 정오였지만, 밤늦게까지 손님을 상대하는 그들에게 있어 정오는 이른 아침이었다.

레츠를 따라 들어오던 호크가 바텐더의 제지에 다음에 다시 오자는 말을 꺼내려다 거리낌 없이 움직이는 레츠의 모습을 발견하고는 쓴웃음을 지으며 따라 들어섰다.

레츠는 바텐더 앞에 놓여 있는 의자에 앉고는 다짜고짜 단검을 뽑아 들더니 테이블에 박아 넣었다.

뭣도 모르고 따라 들어오던 호크는 물론, 컵을 닦으면서 레츠를 예의 주시하던 바텐더도 갑작스런 레츠의 행동에 당황하기는 마찬가지였다. 그러나 이런 유의 손님을 많이 상대해 봤는지 바텐더의 대처는 기민했다.

"개시 전이란 소리를 듣지 못했나? 그리고 그런 장난감을 꺼낼 때에는 그만한 대가가 따른다는 것도 알고 있겠지?"

스산한 음성으로 레츠를 향해 경고를 보내는 바텐더였다.

강경한 바텐더의 대응에도 레츠는 별다른 반응을 보이지 않았다. 평소의 그와는 다른 모습이었다. 아니, 선술집에 들어서는 것 자체가 평소의 레츠와는 다른 모습이 분명했다.

호크도 이곳이 보통 선술집과는 다르다는 사실을 깨달았지만, 바텐더의 말은 그리 위협적으로 들리지 않았다.

서로 마주 보며 신경전을 펼치고 있던 그때, 선술집의 또 다른 출입구가 열리며 두 명의 사내가 들어섰다.

"레츠 크렌스피와 그의 수하 호크입니다."

그들은 레츠와 호크의 신분을 알렸다. 그러고는 레츠와 호크 옆에 의자를 가져다 놓고는 단검을 빼어 들고 위협하기 시작했다. 쓸데없는 행동은 자제하라는 의미였다.

레츠는 자신의 옆에 사내가 자리하자 인상을 찌푸렸다.

"내가 누군지 알고 있다는 것은 내 성격 또한 알고 있다는 말인데, 네놈이 죽고 싶으냐?"

갑자기 쏟아 내는 레츠의 살기에 옆에 앉아 있던 사내가 짧은 비명을 토해 내며 자리에서 일어나 레츠와 일정 거리 이상을 벌렸다. 그 모습을 바라보던 바텐더가 레츠를 새삼스러운 눈길로 바라보았다.

"소문보다 더한 실력을 갖추고 계시군요."

레츠의 검술 실력은 열네 살 때, 특급 용병인 바이렌과의 대결을 통해 알려졌다. 그러나 아직 마나를 사용하지 못해 검술 실력이 답보 상태에 있다고 알려지기도 했다.

그런 레츠가 살기를 사용하고 있었다. 이미 마나를 마음대로 사용할 수 있다는 방증이었다. 바텐더의 언성이 다시금 높아지는 것도 당연했다.

"평민을 싫어하시는 분이 오늘은 무슨 바람이 불어서 여기까지 행차하셨습니까? 이곳은 평민들도 오지 않는 뒷골목 세계인데 말입니다. 정식으로 소개하죠, 위릿이라고 합니다."

위릿은 밝은 곳에서는 선술집에서 바텐더 역할을 하고 있지만, 뒷골목 세계에서는 도둑 길드를 이끄는 길드 마스터란 사실을 스스로 밝혔다. 그런 위릿의 숨겨진 비밀을 처음부터 알고 있다는 듯 레츠의 태도는 별반 달라지지 않았다.

"여기가 도둑 길드라서 찾아왔다."

호크도 바텐더 못지않게 레츠의 숨겨진 실력에 놀라움을 감추지 못하고 있었다. 그러다 위릿이 말한 도둑 길드라는 소리에 이곳이 정확히 어떤 곳인지 알 수 있었다.

이스틴 마을 도둑 길드.

자신도 모르고 있던 사실을 레츠가 어떻게 알고 있는지 의문이 들었지만, 호크는 이곳이 도둑 길드란 사실을 알게 되자 상대를 경시하던 태도를 바꾸고 긴장하기 시작했다. 그만큼 이곳이 위험하다는 방증이었다.

"권력에 대해 관심을 가지게 되면서 알게 된 사실이지만, 요즘 내 신세가 정말 처량하기 이를 데가 없다. 그러나 이대로 포기하기에는 내 자존심이 허락하지 않는다. 그래서 이곳을 찾아온 것이다."

"지금 하시는 말씀은 못 들은 것으로 하겠습니다."

레츠의 말이 끝나자 위릿이 바로 말을 꺼냈다.

다음 대의 영주를 선발하기 위한 행사가 곳곳에서 진행되고 있기 때문에 요즘 한창 크렌스피 영지가 들썩이고 있었다. 레츠는 그런 자리에 욕심이 있다고 위릿에게 밝히고 있는 것이었다.

"너희에겐 선택권이 없다. 내가 원하는 이상 너희는 그냥 따르면 되는 것이다."

레츠는 도둑 길드가 가진 정보가 필요했다. 그래서 위릿에게 무조건적인 복종을 바라는 것이었다.

위릿은 그런 레츠의 어처구니없는 요구에 콧방귀만 뀔 뿐이었다.

"훗! 듣자듣자 하니까 못하는 소리가 없구나. 그래도 앞뒤 분간은 할 줄 아는 철부지인 줄 알았는데 이제 보니 망나니도 이런 망나니가 없구나."

레츠의 신분을 확인하고는 조심스레 그를 대하던 위릿이 처음으로 고압적인 자세를 보이기 시작했다.

그럴 수밖에 없는 것이 이스틴 마을에서 레츠의 위치는 용병 길드의 후계자였다. 이스틴 마을 내에서 용병 길드의 후계자를 쉽게 대할 수 있는 자는 없었다. 하지만 그것도 서로에게 피해를 주지 않을 때에야 가능한 일이었다.

레츠의 뜻대로 움직인다는 것은 양날의 검을 가슴에 품는 것과 마찬가지였다. 지금처럼 길드 자체가 위험에 처할 수 있는 일은 절대적으로 피해야 했다.

"도둑 길드가 그런 일에 끼어드는 일 자체도 없을뿐더러, 만약 어쩔 수 없이 끼어들게 되어도 현재 가장 확률이 높은 자코린을 선택하지 네놈처럼 별 볼일 없는 애송이를 선택할 것

같으냐."

"자코린을 선택하겠다 이 말이지?"

레츠는 자코린이 누구인지도 몰랐다. 그저 위릿이 자신을 대신하여 자코린을 언급하자 잠시 흥미를 보였을 뿐이었다. 그러자 위릿은 침을 튀겨 가며 자코린에 대한 평가를 늘어놓기 시작했다.

"당연한 것 아니냐! 압도적인 능력을 보이며 다른 후보들과 격차를 보이는 자코린이 벌써 다음번 영주로 기정사실화되고 있는 지금 네놈을 따르라는 것이냐!"

자코린 크렌스피.

정말 대단한 남자였다.

좋은 혈통을 타고난 그가 처음 세간에 알려진 능력은 천재적인 두뇌였다.

열두 살의 나이에 벌써 일반 학자 못지않은 지식을 쌓고 있다는 소문이 파다했으며, 열네 살의 나이에는 대학자 스토퍼스와 학문적 논쟁을 벌여 우위를 보였다는 소리도 있었다.

그다음 능력은 귀족으로서 기본적으로 익혀야 하는 검술로 아직 익스퍼트의 실력에는 오르지 못했지만, 머지않은 시일 내에 익스퍼트가 될 것이라고 여겨질 정도로 발군의 실력을 자랑하고 있었다.

이렇게 천재적 능력을 보이는 그에게 사람이 따르는 것은 당연했으며, 제국의 황제까지 관심을 보일 정도로 대단한 자였다.

위릿이 아무리 설명해 줘도 레츠의 입장에서는 별다른 감흥이 없었다. 그냥 넘어서야 할 상대일 뿐이었다.

"나를 버리고 자코린을 선택했다면 그에 따른 응당한 대가가 주어질 것이다. 모두가 자코린, 자코린 그러는데, 일주일 뒤에 너의 머릿속에서 자코린이란 이름을 지워 주겠다."

"무슨 개소리냐?"

레츠의 말에 위릿이 자리를 박차고 일어나 삿대질을 하기 시작했다. 너무도 당당한 레츠의 행동에 위릿은 어이가 없을 따름이었다.

귀족의 자제면서 용병 길드의 후계자라고 하는데 그가 하는 행동은 정신 이상자 그 이상도 이하도 아니었다.

"일주일 뒤에 내 바짓가랑이를 붙잡고 울고 불며 매달리는 네 모습을 발견할 수 있을 것이다."

레츠는 자신이 할 말만을 전하고는 선술집을 빠져나갔다. 그런 레츠의 모습을 바라보며 위릿이 끝내 속으로만 생각하던 바를 입 밖으로 꺼냈다.

"미친놈!"

레츠가 떠나고 미친개에게 한번 물렸다고 여기고 있던 위릿은 '일주일 뒤에 너의 머릿속에서 자코린이란 이름을 지워 주겠다' 던 레츠의 말이 계속 떠올라 고생하고 있었다.

위릿은 자코린이란 이름을 지워 주겠다는 레츠의 말이 품은 의미가 현재 크렌스피 영지에서 가장 유명한 이를 죽이겠다고 선언한 것 같았다.

설마, 혹시 하면서 결정을 못하고 갈팡질팡거렸지만, 결론은 역시나 예고 살인이었다.

'미친놈.'

레츠가 보여 준 똘끼를 경험한 위릿은 그가 정말로 살인을 실행할 것이라고 여겼다. 다른 사람이라면 절대 아니라고 했겠지만 레츠는, 그만은 정말 자신의 욕심을 위해서는 그럴 것이라고 믿게 만들었다.

위릿은 미리 레츠를 위해 명복을 빌어 줬다. 그런데 약간 어이없으면서도 기막힌 생각이 떠올랐다.

당장 두 명의 수하를 불러들였다.

"오늘부터 일주일 동안 레츠를 감시해라. 절대 소홀함이 없어야 한다."

"네."

수하들이 선술집을 빠져나갔다. 수하들을 통해 레츠의 일거수일투족을 하나도 빠짐없이 보고받을 수 있게 될 것이었다.

'너의 똘끼를 보여 줘.'

위릿은 지금까지 귀족들을 철저하게 배제해 오고 있었다. 귀족들은 자신들을 필요에 의해서만 이용하고, 필요 가치가 사라지면 가차 없이 자신의 목에 칼을 들이미는 상대란 것을 알고 있기 때문이다. 그런데 이번 일을 잘만 활용하면 확실한 아군을 만들 수 있는 계기가 될 것 같았다.

레츠가 자기 목숨 아까운 줄 모르고 행동으로 옮기면, 그걸 사전에 알아차리고 자코린에게 정보를 넘기는 것이다.

누군가 자신의 목숨을 노리고 있다고 하면 어떻겠는가? 그것도 마나를 사용할 줄 아는 이가 말이다.

모르긴 몰라도 생명의 은인에 준하는 대우를 받을 수 있을 것이다. 은근히 레츠가 대놓고 일을 크게 벌려 줬으면 좋겠다고 생각하는 위릿이었다.

위릿의 지시를 받은 마린과 테렌은 동료의 도움을 받아서 레츠의 평소 동선을 파악하는 데 힘을 쏟아 부었다.

아주 작은 오차도 허용하지 않으려고 레츠를 파악하고 또 파악했다. 그러나 그 많은 노력을 기울였지만, 별달리 활용하지는 못했다.

위릿과의 만남을 가지고 집으로 돌아온 레츠는 도서관에서 살다시피 하고 있었다. 위릿에게 그리 당당하게 계획을 밝히던 모습과는 달리 도서관에서 책을 읽는 것 말고는 다른 것에는 관심도 보이지 않았다.

월과의 사건 이후 스스로 강함만이 권력을 손에 넣을 수 있다는 사실을 깨닫고는 검술에 전부를 투자했지만, 이제는 사냥대회를 통해 검술 못지않게 지혜 또한 필요하다는 사실을 절감했다.

16살 인생 동안 육체적인 단련만을 해 왔던 레츠는 한자리에 오래 앉아 있는 것이 여간 고역이 아닐 수 없었다. 그래서 책을 통해 지식을 쌓는다는 것은 쉽지만은 않았다. 옆에서 조언해 줄 스승이 없어서 더 힘들었는지 모르겠다.

레츠가 처음으로 한 일은 우선 한자리에 오래 앉아 있는 훈련이었다. 이는 처음이 어려웠지 강제로 시각을 제외한 몸의 모든 감각을 죽이자 아무런 문제가 되지 않았다. 다만 책장을 넘기는 것이 불편할 뿐이었다.

책에 적혀 있는 내용을 이해하는 것은 나중 문제였다.

레츠는 엄청난 집중력을 바탕으로 머릿속에 강제로 주입시킬 뿐이었다. 나중에 이해할 수 있으면 좋은 것이고 그러지 못하고 잊어버려도 상관없었다.

레츠가 진정 원하는 것은 타의 모범이 될 정도로 지독한 양의 독서이다. 비록 겉핥기식이지만, 많은 양의 지식을 소유하는 것이다. 그리고 도둑 길드를 통해 세상에 알리는 것이 목적이었다.

도서관과 집을 오가는 생활을 계속 반복하는 레츠로 인해 몸이 달아오른 이는 위릿이었다. 자신이 생각하기에 레츠는 분명히 크게 한 건 터뜨려 줄 거였다. 그런데 아직 감감무소식이었다.

마린과 테렌을 번갈아 불러 가며 레츠의 동향을 살폈다. 마린과 테렌 또한 위릿이 조급해져서 하루가 멀다 하고 불러 대자 스트레스가 이만저만이 아니었다. 속 시원하게 뭔가 하나 터지길 바랄 정도였다.

그들이 힘들건 말건, 레츠의 행동은 전혀 달라진 것이 없었다. 아침 일찍 일어나 도서관에 가서 온종일 책을 읽었으며 어둠이 내려 더는 책을 읽을 수 없을 때쯤 집으로 돌아갔다.

집에 들어와서도 방 안에 불을 켜고 몇 시간 동안 책을 더 읽다가 잠을 자는 생활의 연속이었다.

사건이 일어난 당일도 레츠는 평소와 똑같은 모습을 보였다. 아침에 일어나 도서관에 가서 책을 읽다가 어두워지자 집으로 돌아왔다.

"특별한 사항은?"

"특별할 게 뭐 있나. 오늘도 똑같지."

24시간을 감시해야 하는 마린과 테렌은 6시간에 한 번씩 혼자 레츠를 감시했다. 테란이 돌아가자 마린이 레츠를 감시하기 시작했다.

방 안에 불이 켜지고 레츠의 모습이 희미하게 보였다. 그러다 잠깐 레츠가 창문 밖으로 고개를 내밀자 깜짝 놀란 마린이 몸을 숨겼다.

레츠가 처음으로 평소와는 다른 모습을 보였다. 평소엔 방 안으로 들어가 불을 켜고 책상에서 독서만 하다가 그냥 잠이 들었는데 오늘은 처음으로 창문 밖으로 모습을 드러낸 것이다.

얼마 있지 않아 다시 독서를 시작했지만 마린은 자신이 너무 해이해져 있었다고 자책했다. 밤하늘을 올려다보려고 창문 밖을 내다봤기에 다행이지, 혹 뭔가 이상함을 느끼고 주변을 살필 목적으로 한 행동이었다면 자신의 신변을 노출하는 실수를 저지를 뻔했던 것이다.

자책하는 의미로 오늘 하루 더욱 긴장을 유지하고 레츠의 움직임을 파악해야겠다고 다짐하는 마린이었다.

밤이 점점 깊어지자 방 안을 밝히는 불빛에 의해 책상 앞에 있는 레츠의 모습이 그림자가 되어 창밖으로 모습을 드러냈다.

책상 앞에서 꼼짝도 않고 독서를 하는 레츠의 모습은 정말 혀를 내두를 정도로 지독해 보였다.

"평소 잠을 자던 시간이 지나고도 독서가 한참인데, 오늘은 좀 오래 하려나."

마린은 잠을 줄여 가면서 독서에 할애하는 레츠의 행동에 별다른 의문을 표하지 않았다. 오늘 처음으로 레츠가 잠깐 독서를 멈추고 창문 밖을 내다본 게 특이점일 정도였다.

잠을 줄여서 독서를 오래 하는 것 가지고는 특이하다고 할 수 없었다. 다만 오늘은 평소보다 더욱 철저하게 감시를 해야겠다고 여길 뿐이었다.

"정말 괴물이라고밖에 달리 표현할 방법이 없다. 오히려 내가 더 피곤하네."

오늘은 무슨 날인지 레츠는 날을 새며 독서에 열중하고 있었다. 그런 모습이 특이해 더욱 눈에 불을 켜고 감시의 끈을 놓지 않았다. 그래서 평소보다 더욱 피곤한 마린이었다.

날이 밝아 오기 시작하자 테렌이 나타났다.

"수고해. 오늘은 피곤해서 빨리 들어가서 눕고 싶을 뿐이다."

마린은 테렌에게 인수인계를 확실히 하고는 피곤한지 몸이 축 늘어져서는 집으로 돌아갔다.

테렌 또한 마린에게서 레츠의 행동이 평소와는 조금 다르니 신경 써서 감시해 줄 것을 요청받고는 그러겠다고 했다.

정말 평소와 다른 레츠의 모습을 발견할 수 있었다.

날이 밝아 오자 방 안을 밝히는 불빛이 많이 약해졌는지 레츠의 그림자가 희미해져 있었다. 테렌은 아직도 미동도 없이 책상 앞에 앉아 있는 레츠의 모습에 혀를 내둘렀다.

원체 괴물 같은 모습을 계속 봐 오고 있었기에 그렇게 크게 놀라지는 않았지만, 마린의 말대로 오늘은 특이한 날이었다. 이런 날은 좀 더 신경 써서 감시하는 게 좋다는 것은 이제까지의 경험을 통해 충분히 알고 있었다.

얼마 정도 지났을까? 방 안에 레츠가 아닌 다른 이의 인기척을 느낄 수 있었다. 테렌이 자신의 모습을 감추고는 방 안을 예의 주시하기 시작했다.

레츠의 방 안에 모습을 드러낸 자는 가문 유일의 하녀인 다일리였다. 레츠를 깨울 시간이 되어 모습을 드러낸 것이었다.

다일리는 방 안에 들어와 창문을 열어 환기를 시키고는 밖으로 나갔다. 그때까지도 레츠는 아무런 움직임이 없었다. 정말 무섭도록 지독한 집중력이었다.

사전 정보와 그동안의 관찰을 통해 레츠가 다일리를 소 닭 보듯 대한다는 것을 알고 있었다. 다일리가 방 안으로 들어왔는데도 레츠가 그에 대한 반응을 보이지 않는 게 특별히 이상이 있는 장면은 아니었다.

레츠를 감시하는 것에 슬슬 지겨움을 느낄 때쯤에 당황한 표정이 역력한 마린이 허겁지겁 달려왔다.

"잠도 안 자고 무슨 일이야?"

"레츠! 레츠 지금 어디 있어!"

마린의 얼굴이 정말 누렇다 못해 노랬다. 테렌은 마린이 걱정되기 시작했다. 방 안에 꼼짝 않는 레츠를 찾는 것으로 봐서 무언가 헛것을 보고 이러나 싶었다.

"뭐 헛것이라도 봤어?"

마린은 테렌의 질문에 답도 하지 않았다. 레츠가 정말 방 안에 있는지 확인하기 바빴다.

레츠는 아직도 방 안에서 책을 읽고 있었다. 두 눈으로 확인하고도 믿기지 않는 일이었다.

"자코린 크렌스피가 어젯밤 괴한의 습격으로 사망했다."

"미친!"

마린의 대답에 절대 그럴 리가 없다는 반응의 테렌이었다.

레츠는 어젯밤 방 안에서 한 발자국도 움직이지 않았다. 그것은 마린이 알고 있으며, 테렌 자신이 아는 것이었다.

어젯밤 갑작스레 창문 밖으로 모습을 드러내는 레츠의 행동으로 감시를 강화한 마린이었다. 그런 마린의 의견을 따른 테렌이었고 말이다.

마린이 전해 주는 이야기가 정말이라면 어젯밤부터 자신들이 지켜봐 왔던 레츠는 뭐란 말인가? 자신들이 귀신에게 홀렸다는 것인지, 정말 현실은 받아들일 수 없었다.

"젠장!"

"왜?"

갑작스레 테렌이 뱉은 욕설에 마린이 의아해했다. 그러다 테렌이 가리키는 방향을 바라본 마린 또한 욕지거리가 치밀어 올랐다.

"가자."

황급히 그 자리를 벗어나는 그들을 레츠가 언제 책상 앞에서 일어났는지 창문을 통해 바라보고 있었다.

마린과 테렌이 선술집으로 들어가자 위릿이 다그치듯 물어왔다.

"레츠는? 레츠가 집에 있는 걸 확인했나?"

"그렇습니다. 방금 창문에 서 있던 레츠를 확인했습니다. 어젯밤 동안, 아니 저희가 레츠를 감시하는 동안 단 한 번도 그의 움직임을 놓친 적이 없습니다."

앞뒤가 맞지 않았다. 어젯밤 자코린이 살해당했다. 그런데 레츠는 집 밖으로 빠져나간 적이 없었다고 한다. 마린과 테렌의 반응을 봐서는 자신들의 잘못을 덮으려고 거짓말하는 것 같지는 않았다.

일주일 전 레츠가 했던 말을 잘못 파악했다는 말인가? 그것은 아니었다.

위릿은 레츠를 처음 만난 순간 위험하다고, 가까이하지 말아야 한다고 판단했다. 그 판단은 정확했다. 보자마자 그런 느낌을 받은 것은 처음이었다.

어떻게 집 밖으로 빠져나갔을까, 어떻게 감시자의 눈을 피할 수 있었을까, 그것도 책상 앞에서 독서를 하고 있다고 믿게 하면서 말이다.

위릿은 레츠가 무서워졌다. 정말 무서웠다.

"레츠 말고 자코린을 죽인 범인이 따로 있는 것이 아닐까요?"

마린이 조심스레 자신의 의견을 피력했다. 테렌의 반응도 이와 비슷했다. 절대 레츠가 자코린을 죽인 범인이 아닐 거라는 반응이었다.

"레츠가 벌인 일이 분명하다."

"어떻게 말입니까? 책상 앞에 앉아 있던 레츠가 어떻게 말입니까?"

"어떻게라고 묻는다면 대답할 말이 없지만, 레츠가 자신의 앞날을 위해 자코린을 죽인 것이 맞다."

위릿의 말이 끝나기가 무섭게 마린이 나섰다.

"레츠에게 너무 집착하시는 것 아닙니까? 영지 내에서 자코린이 없어지길 원하는 자는 넘치고도 넘치는 것이 사실입니다."

위릿은 그저 고개를 저을 뿐이었다. 자신이 왜 레츠에게 집착하는지, 미쳤다고 욕했던 레츠에게 왜 이렇게 집착을 보이는지, 스스로 자문해 봐도 딱히 답이 없었다.

마린과 테렌의 반박에 제대로 된 답을 내놓지 못한 위릿이 다른 문제를 꺼냈다.

"조사단이 파견되었다고?"

"그렇다고 합니다."

마린이 대답했다. 지금까지 레츠를 감시하는 것이 임무여서 다른 일에 관해서는 정보가 부족했지만 아는 선까지는 대답할 수 있었다. 위릿 또한 처음부터 이들이 별다른 정도를 습득하지 못했다는 사실을 알고 있었다.

"조사단이라, 조사단."

제국의 황제까지 관심 있게 지켜보던 이가 자코린이었다. 범인을 찾는 것은 당연했다. 아니, 네이드빌 영주의 명예를 위해서도 범인을 찾아내서 황제 앞에 세워야 했다.

"우리가 의심받을 가능성은?"

위릿의 질문에 테렌이 대답했다.

"저희보다는 어쌔신 길드가 범인으로 몰릴 가능성이 큽니다."

맞는 말이다. 누가 봐도 자코린은 어쌔신들에게 암살당했다고 보고 있었다.

일각에서는 아무리 어쌔신이라도 자코린에 대한 암살의뢰는 피해 갈 것이라는 의견을 내기도 했지만, 의뢰인이 귀족이라면 어쌔신들도 의뢰를 받아들일 수밖에 없었을 것이라는 게 대다수의 의견이었다.

다행이었다. 자신들은 이번 일에서 한 발짝 떨어져 있었다.

"조사단의 조사 결과를 기다려 본다."

지금 위릿이 할 수 있는 최선의 선택이었다. 마린과 테렌은 위릿의 결정에 불만이 없는 것은 아니었지만, 존중해 줬다.

현 상황에서는 스스로 아무것도 할 수 없다는 것이 못마땅한 위릿이었다. 그러나 어쩔 수가 없었다. 다른 이들이 어떻게 나오는지 기다려야만 했다.

위릿은 아직도 레츠가 자코린을 죽였다고 믿고 있었다. 그러면 왜 자코린을 죽인 것은 레츠다라고 말하지 못하고 있을까? 그 이유는 레츠가 자코린을 죽이겠다고 위릿에게 밝혔다는 데서 문제가 생겼다.

자코린이 죽기 전에 레츠의 말은 더도 덜도 말고 '미친놈의 개소리' 였다. 아무리 위릿이 떠들고 다녔어도, 위릿까지 미친

놈 소리 듣기 좋은 행동일 뿐이었다. 그런데 자코린이 누군가에 의해 죽었다.

자코린이 죽은 이후에, 레츠가 했던 말과 행동은 살인 예고였다. 이제 와 위릿이 그 말을 꺼낸다면 당장에 왜 그때 말하지 않았느냐며 위릿을 살인범과 동일하게 대할 것이 분명했다. 이도 저도 아무것도 할 수 없는 상황이었다.

이제는 혹시라도 증거가 포착되어 레츠가 살인범으로 몰리게 되면 위릿이 나서서 증거가 조작되었다고 떠들고 다녀야 할 판이었다. 그 자신이 살아남으려면 말이다.

위릿이 레츠를 찾아온 것은 사건이 발생하고 하루가 지나고 난 후였다.

위릿이 찾아왔다는 소리에 레츠가 반갑게 그를 맞이했다.

"생각보다 늦었군. 난 소식을 접한 순간 바로 찾아올 줄 알았는데."

위릿을 보자 레츠가 꺼낸 말이었다.

레츠의 말에 가슴이 철렁하고 내려앉는 위릿이었다. 어느 순간부터인지는 몰라도 자신은 레츠의 손바닥 위에서 놀고 있었던 것이다.

"조사단에서 자코린을 죽인 자는 한 명이라고 결론 내리고는 조사 방향을 어쌔신으로 잡았다고 합니다."

"그게 뭐 어떻다고 나에게 말하는 것이지?"

몰라서 그런 질문을 하는 것인가? 위릿은 레츠의 의중을 떠보고 싶었다. 그러나 그것을 겉으로 드러내지는 않았다.

"별다른 뜻은 없습니다. 그냥 궁금해 하실 것 같아서 미리 말씀드렸을 뿐입니다."

"왜? 내가 어쌔신에게 암살 의뢰를 했다고 여기나?"

처음 위릿과 만나던 날, 자코린을 죽이겠다는 암시를 하더니, 오늘은 간접적으로 암살 의뢰에 대해 이야기하고 있었다.

"설마 그럴 리가 있겠습니까?"

레츠를 감시하기 이전부터 어쌔신 길드는 도둑 길드의 감시망에서 한시도 벗어난 적이 없었다. 무력이 앞서 있는 어쌔신 길드에게 정보까지 밀린다면 도둑 길드는 뒷골목 세계에서 살아남을 수가 없었다.

정보만이 도둑 길드가 살아남을 수 있는 마지막 수단이었다. 그런 상황에서 어쌔신 길드는 요주의 대상이었다. 언제나 예의 주시하고 있었다.

레츠를 찾아오기 전, 아니 레츠를 감시하라는 결정을 내리기 전부터 레츠가 어쌔신 길드와 접촉이 있었는지에 대한 파악은 이미 끝난 상황이었다.

위릿이 레츠를 찾아온 순간, 이미 레츠에게 지고 들어온 것이었다. 위릿은 그런 사실을 인정할 수밖에 없었다.

"단도직입적으로 묻겠습니다. 저희는 레츠 님께서 직접 움직였다고 확신하고 있습니다. 다만 우리의 판단이 맞는지 확인하고 싶을 뿐입니다. 어떻게 미행을 따돌리는 데 성공하셨습니까?"

잔뜩 굳어 있는 위릿의 질문에 레츠의 입 꼬리가 살짝 올라가며 상대를 한껏 비웃는 표정을 짓고 있었다.

"자코린을 어떻게 요리했는지는 궁금하지 않는가?"

그럼 어떻게 암살에 성공했느냐고 묻는다면 그 질문에 친절하게 답변을 해 주느냐, 그건 또 아니었다. 예의 그 웃음이 짙어지는 레츠였다.

레츠는 굳이 자코린을 죽일 생각이 없었다. 그가 누구인지 관심도 없는데 죽여서 뭐 하겠는가. 그저 도둑 길드의 정보력을 원할 뿐이었다. 그런데 위릿이 자코린을 들먹이며 레츠의 자존심을 건드렸다. 그래서 자코린을 죽여 버리기로 했다.

선술집을 나온 직후부터 미행이 붙었다는 것을 알고 있었다. 하지만 그냥 모른 척 놔뒀다. 그러다 기발한 생각이 떠올랐다.

미행이 붙은 이후부터 레츠는 최대한 자신의 감정을 죽이며 생활했다. 도서관이나 집에서도 마찬가지였다. 하루하루 똑같은 반복 생활의 연속이었다. 그러다 위릿에게 확답했던 날짜가 돌아왔다.

아침에 도서관에 들렀다가 집으로 돌아와 책상 앞에 앉았다. 매번 똑같은 패턴이었다. 그러다 어두워져 밖이 제대로 보이지 않는 시각, 책상에서 일어나 창문 앞에 섰다.

미행을 하던 감시자가 깜짝 놀라 우왕좌왕하는 모습이 눈에 선했다. 아무 일도 없다는 듯 다시 책상 앞으로 다가갔다. 그러고는 살짝 장난을 쳤다.

그리 정교하지 않은, 차라리 조잡하다고 표현될 수 있는 마네킹이었다. 그러나 레츠와 체형이 비슷해 눈으로 직접 확인하지 못하면 쉽게 눈치 채지 못할 정도는 되었다.

레츠의 돌발 행동에 당황한 마린은 더욱 집중해서 레츠를 감시했다. 그것이 마네킹인 줄도 모르고 말이다.

창밖으로 비춰지는 그림자와 창문 안으로 보이는 흐릿한 체형이 레츠로 착각하게 만든 것이다.

마린은 자신도 모르게 레츠의 계략에 의해 자기최면에 빠지게 되었다. 지금까지 레츠를 미행해 왔지만 한 번도 들키거나 하는 실수를 저지르지 않았다. 그런 와중에 레츠의 돌발 행동으로 더욱 집중해서 감시했기에 절대 자신의 손아귀에서 빠져나갈 수 없다고 말이다.

레츠가 돌발 행동을 한 순간, 이미 무언가 잘못되어 간다고 여겼어야 했다. 그러나 레츠가 곧바로 평소와 같이 책상 앞에서 독서를 시작하자 안심하며, 오늘은 조금 다르다며 집중해서 감시해야겠다고 다짐했을 뿐이었다. 그 순간 레츠는 이미 집을 빠져나가고 있었는데 말이다.

중간에 테렌과 임무를 교대한 후에도 테렌이 평소보다 오랜 시간 독서를 하는 레츠의 행동에 아무런 문제를 제기하지 않았다. 그리고 다일리의 출현에도 아무런 문제도 발견할 수 없었다.

다일리는 하녀이다. 레츠의 지시대로 따를 수 있다는 생각을 해야 했지만, 그러질 못했다.

위릿은 선술집으로 돌아온 뒤에 레츠가 지시했던 일을 떠올렸다.

"이스틴 마을을 중심으로 내가 독서광이라는 정보를 흘려라."

"독서…… 말입니까?"

"그렇다."

귀족사회에 자신에 대한 홍보를 직접 하고 싶지만, 직접적인 홍보는 득보다는 실이 많을 것이 자명했다. 그런 이유로 레츠는 크렌스피 영지의 영지민에게 자신의 이름을 먼저 각인시킬 작정이었다.

마린과 테렌은 위릿이 레츠의 지시를 따르기로 정했다고 하자 반발했다. 그러나 위릿이 '자코린을 죽이는 게 쉬울까? 아니면 우리 목을 따는 게 쉬울까?' 라고 말을 꺼내자 아무런 말도 할 수 없었다.

도둑 길드는 레츠의 지시대로 움직일 수밖에 없었다.

레츠가 독서광이란 소문은 빠르게 퍼져 나갔다. 그러나 일반 사람들은 별 반응을 보이지 않았다. 먹고살기 힘든데 책이

나 읽고 앉아 있을 시간이 부족한 그들에게 독서란 별나라 이야기일 뿐이었다.

레츠는 그들이 별 관심을 보이지 않고 있지만, 홍보는 계속했다. 이제는 독서광이라는 이야기에 조금 더 보태기 시작했다.

"레츠라는 사람 말이야. 그렇게 독서광이라면서. 그런데 그리 많이 읽으면 그만큼 많은 것을 알고 있지 않을까?"

책을 많이 읽으니, 고로 레츠는 똑똑하다. 이런 식으로 말이다. 그러다 스토퍼스와 비교해 레츠의 지혜가 어느 정도나 될까? 라는 소문이 퍼져 나갔다.

그때까지 레츠에 대해 별반 관심을 보이지 않던 이들이 반응을 보이기 시작했다. 레츠가 누구냐고 묻는 이들이 많아졌으며, 평소 소문에 나름 관심이 많았던 이들은 레츠가 지독할 정도로 독서광이긴 하지만, 스토퍼스에 비하면 많이 모자란다는 이야기를 꺼내기 시작했다.

레츠에 관해서 소문을 접한 많은 이들은 대체로 소문이 많이 과장되었으며, 허풍이 심하다고 여겼다.

생전 처음 들어 본 자가 대학자와 비견된다고 하니 그저 우스울 따름이었다.

레츠에 관한 소문이 잠잠해져 가던 어느 날, 레츠에 대한 소문이 한 가지 더 늘어났다.

"레츠라는 자 말이야. 알고 봤더니 익스퍼트라고 하더라고."

"뭔 소리야?"

"아, 글쎄 특급 용병과 자웅을 겨룰 정도로 뛰어난 검술 실력을 갖추고 있다네."

"그것도 저번처럼 허풍 아냐!"

레츠에 관한 두 번째 소문은 첫 번째 소문처럼 꽃피우기도 전에 슬그머니 사라졌다. 위릿이 아무리 노력해도 더는 소문을 타지 않았다.

레츠에 관한 소문이 잠잠해져 가는 어느 날, 위릿이 조용히 레츠를 찾아왔다.

"레츠 님이 원했던 조건을 모두 만족시키지는 못하지만, 그래도 어느 정도 만족할 정도의 목표물을 포착했습니다."

"그래? 그럼 슬슬 움직여 볼까."

위릿이 힘들게 무대를 마련했는데, 주인공이 빠져서야 되겠는가. 레츠는 멋들어지게 공연 한판 펼칠 작정이었다.

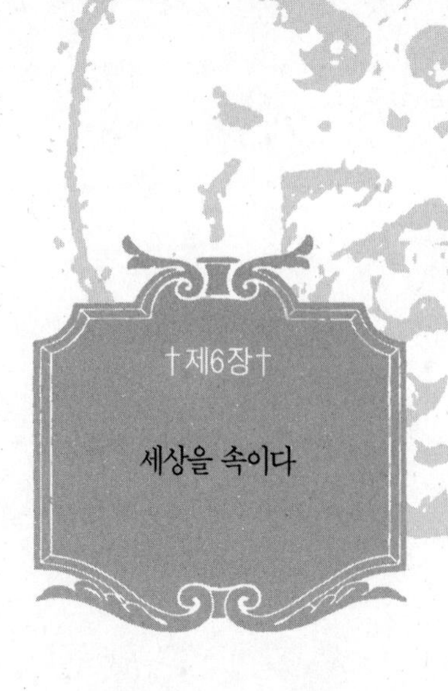

†제6장†

세상을 속이다

아퀴버스 갑옷으로 몸을 보호한 채 커다란 클레이모어를 들고 있는 30대 중반의 남성이 이스틴 마을 광장을 거닐고 있을 때였다.

10대 후반쯤으로 보이는 여인이 급하게 그를 지나쳐 골목으로 뛰어 들어갔다.

뉴튼의 고개가 자연스럽게 여인을 따라 돌아갔다. 자신도 모르게 고개가 돌아갈 정도로 청순함이 물씬 풍기는 여인은 뉴튼의 마음을 설레게 할 정도의 미녀였다.

'정말 대단한 미인이군.'

뉴튼은 그 자리에 멈춰 서서 한순간에 흔들린 마음을 추스르는 시간을 가졌다.

아쉬운 마음을 가지고 가던 길을 마저 가려던 그는 잔뜩 흥분해서 뛰어오는 3명의 청년을 볼 수 있었다.

청년들은 뉴튼을 지나쳐 여인이 사라져 간 골목으로 뛰어 들어갔다.

뉴튼은 이상하게 그들에게서 시선을 뗄 수가 없었다. 아무래도 좀 전에 만났던 여인과 청년들이 연관이 있을 것 같은 느낌을 받아서였다.

그의 예감은 정확했다.

청년들이 여인을 따라 뛰어가고 얼마 지나지 않아 비명이 터져 나왔다. 그녀였다. 뉴튼은 직감적으로 알 수 있었다. 지체 없이 지나쳤던 골목길로 뛰어 들어간 그의 눈에 청년들에 의해 강제로 끌려가는 여인의 모습이 들어왔다.

"도와주세요!"

골목길로 뛰어든 뉴튼은 여인과 눈을 마주칠 수 있었다. 여인의 눈망울에는 살짝만 건드려도 터질 것 같은 눈물이 가득 고여 있었다.

"멈춰라!"

막고 싶었다.

건장한 청년들이 저 가녀리고 연약해 보이는 여인을 함부로 대하는 모습을 보자 그도 모르게 무조건 막아야겠다는 생각이 강하게 들었다.

3명의 청년이 뉴튼의 등장에 당황한 모습을 감추지 못하더니 이내 그를 향해 강하게 불쾌감을 드러내기 시작했다.

"너와는 상관없는 일이다. 괜히 남의 일에 끼어들어 문제를

야기시키지 말고 조용히 가던 길이나 가라."

한 청년이 앞으로 나와 뉴튼의 시야에서 여인을 차단했다.

"정확히 무슨 일인지는 모르지만, 가녀리고 연약한 여인을 너무 심하게 대하는 것이 아닌가?"

청년은 뉴튼의 행태에 콧방귀를 뀔 뿐이었다.

"흥! 가녀리고 연약하다고? 네놈도 눈에 보이는 아름다움에 취해 뒤에 도사리는 가시를 보지 못하는군."

뉴튼의 시야를 차단했던 청년이 여인의 얼굴을 손으로 잡아 올리자 손가락에 의해 두 볼이 깊게 파였다. 그러자 여인이 고통스러운 표정을 감추지 못했다.

그와 같은 행동은, 청년의 말처럼 이번 일은 겉으로 보이는 것과 달리 이면에 자리한 무언가가 있을지도 모른다고 생각하던 뉴튼을 자극하는 행동이 되었다.

"그 손을 당장 놓지 못할까! 너희는 레이디에 대한 예의를 배우지도 못했단 말이냐?"

여인이 그 어떤 잘못을 저질렀다고 하더라도 지금 청년이 보여 주는 행동은 분명히 잘못되었다고 여겨졌다.

청년들도 뉴튼이 하는 말을 통해 그가 보통내기가 아니란 걸 깨달았다.

"레이디? 갑옷을 입은 모습에 혹시나 했는데 기사로구나."

뉴튼이 기사라는 사실이 청년들에게는 부담이었는지 뒤로 한발 물러서는 자세를 취하기 시작했다. 자신들이 아무리 협

력한다고 해도 기사의 무력에는 당하지 못한다는 사실을 알기 때문이었다.

그때였다. 청년들이 뉴튼에게 신경을 쓰느라 여인에게 소홀해진 것은 말이다.

여인은 그 짧은 틈을 노리고 청년들의 손아귀에서 빠져나와 뉴튼에게 달려갔다.

"도와주세요. 이들이 하는 말은 전부 사실이 아니에요. 오늘 생전 처음 만난 자들이에요."

"마르체나!"

한순간에 여인을 놓친 청년들이 당황하며 여인의 이름을 불렀다.

"마르체나?"

뉴튼이 청년들의 말에 의문을 표했다. 그러자 청년에게 마르체나라 불린 여인이 뉴튼의 한쪽 팔을 안으며 부정했다.

"제 이름은 마르체나가 아니고 마틸다예요."

마틸다라고 자신을 소개한 여인이 왼쪽 팔에 매달리자 가슴이 눌리는 느낌이 적나라하게 전해졌다.

왼팔에 느껴지는 감각 때문일까, 뉴튼은 그녀를 믿고 싶었다.

"레이디를 핍박한다면 내가 가만있지 않겠다!"

뉴튼이 허리에 찬 클레이모어를 꺼내 들었다.

클레이모어를 꺼내려면 마틸다와 떨어져야 했다. 뉴튼은 그게 싫어서 말로써 해결하고 싶기도 했다. 그러나 말보다는 행동으로 그녀를 구해 주는 게 나중을 위해 좋으리라 판단했다.

뉴튼이 클레이모어를 꺼내 들자 청년들의 표정이 바뀌었다. 조용히 물러나길 바라던 청년들도 이제는 어쩔 수 없다는 듯, 단검을 꺼내 들며 긴장하기 시작했다.

이제는 한순간에 생과 사가 바뀔 수도 있었다.

뉴튼이 움직이기 시작하자, 청년들이 거리를 벌리며 뒤로 물러났다. 무지막지하게 밀고 들어오니 별다른 방어구도 챙겨 입지 못한 상태에서 그를 정면으로 상대한다는 것은 바보들이나 할 행동이었다.

청년들은 뉴튼의 공격을 피하면서 반격의 기회를 노렸지만, 기사가 괜히 기사인 게 아니었다. 한 번의 스텝으로 청년들과의 사이를 줄이더니 청년들이 든 단검은 안중에도 없는지 큰 동작을 동반하며 베어 갔다.

무력 차이가 너무나 심했다.

뒷골목에서 그저 사람들에게 보여 주려고 들고 다니던 단검으로 체중을 실고 베어 오는 클레이모어를 막는다는 것은 사실상 불가능했다.

뉴튼의 클레이모어가 한 청년의 허벅지를 깊게 자르며 지나갔다. 살이 터지고 피가 튀었다.

"크악!"

청년이 고통을 참지 못하고 비명을 지르며 땅바닥을 굴렀다. 허벅지가 너덜거릴 정도로 큰 상처였지만 그것도 뉴튼이 많이 봐준 것이었다.

그의 실력으로 청년의 다리를 자르는 정도는 아무것도 아니었다. 청년들이 마틸다를 어떤 식으로든 알고 있다는 생각을 완전히 지우지 않았기에 자제했던 것이다.

나중에 문제가 발생했을 때 둘러댈 말이 필요했기 때문이다.

뒤로 피하기만 하던 청년들이 자신의 동료가 당하자 그 자리에 멈춰 섰다. 이대로 피하기만 해서는 몸을 안전하게 피할 수 없다는 사실을 깨달았기 때문이다.

"다시 말하지만, 그녀의 겉모습에 혹하지 마라."

쓰러져 고통을 호소하는 동료를 바라보던 한 청년이 뉴튼에게 씹어뱉듯이 말을 꺼냈다.

"너희가 그녀를 알고 있건 없건 그런 것은 상관없다. 다만 나는 기사로서 레이디를 보호할 뿐이며 예로써 대하길 바랄 뿐이다."

뉴튼은 자신의 행동에 대한 면죄부를 갖기 위해 기사의 도를 꺼냈다. 그런 뉴튼의 행동은 당하는 입장에서는 궤변일 뿐이었다.

"너의 그런 말은 개소리일 뿐이다!"

"그렇게 생각한다면 어쩔 수 없다."

끝까지 뒤로 물러서지 않겠다는 뜻을 천명한 뉴튼의 행동에 청년이 눈을 한 번 지그시 감았다가 떴다.

무언가를 결심한 것이다.

"와아아!"

청년이 밀려드는 두려움을 없애려는 듯 고함을 질러대며 뉴튼에게 달려들어 단검을 찔러 왔다. 뉴튼의 검이 무섭지 않은 건 아니었다. 다만 아주 작은 생채기라도 그의 몸에 새기고 싶을 뿐이었다.

뉴튼은 자신을 향해 달려오는 청년의 움직임을 예의 주시하다 청년의 몸이 허공에 떠올랐다 내려오는 시점에 클레이모어를 휘둘렀다.

팍!

단검이 박살 나며 파편이 튀었다. 그리고 청년의 상체가 터지며 엄청난 피가 허공에 뿌려졌다.

클레이모어가 단검을 박살 내며 청년의 가슴도 자르고 지나간 것이다.

울컥!

상처가 깊었는지 가슴이 잘린 청년이 검붉은 피를 토해 냈다.

마지막까지 남은 청년은 손에 들고 있던 단검을 버리고는 가슴이 베인 청년에게 달려갔다. 가슴에서 흘러내리는 피를 조금이라도 막기 위해서였다.

청년의 가슴에서 뿜어진 피가 뉴튼의 얼굴에까지 닿았다.

흘러내리는 피가 시야를 가리자 뉴튼이 손을 이용해 얼굴에 묻은 피를 닦아 냈다.

레이디를 악의 무리에게서 구해 냈는데도 착잡한 기분이 들었다. 피를 흘리며 쓰러져 있는 청년들의 눈이 아직도 적의를 품고 있었다.

씁쓸해지는 기분을 지우며 뉴튼은 마틸다의 안전을 확인하고는 이 자리를 빨리 벗어나고 싶었다. 그때였다.

"꺄악~! 살인이다!"

찢어지는 여인의 목소리가 골목길에 울려 퍼졌다.

"마르체나, 도망가!"

여인의 목소리에 이어 다급한 젊은 남자의 목소리가 울려 퍼졌다.

뉴튼은 눈앞에서 벌어지는 현실을 이해할 수가 없었다.

찢어져 흘러내리는 옷을 추스르며 골목을 벗어나는 마틸다를 이해할 수 없었으며, 그런 그녀에게 도망가라는 청년의 행동을 이해할 수 없었다.

황당한 마음을 감출 길이 없는 뉴튼이 골목길을 빠져나가는 마틸다를 쫓아 골목길을 벗어나자, 그를 기다리는 많은 사람을 목격할 수 있었다.

"도와주세요. 저 사람이 제 동료를 죽였어요."

마틸다가 길을 가는 사람들에게 매달리다시피 도움을 요청하고 있었다.

뉴튼이 마틸다라는 여인을 보고 마음이 흔들렸던 것처럼 그녀의 다급한 목소리를 듣고 그 자리에 모여 있는 이들 또한 마음이 흔들렸다.

이번에는 그녀의 미모가 전부는 아니었다.

옷이 찢어진 여인과 그런 여인을 따라 온몸에 피 칠을 한 채 달려오는 뉴튼의 모습. 그리고 뉴튼이 들고 있는 클레이모어의 검날을 따라 흐르는 피를 발견했기 때문이다.

누가 봐도 영락없이 범죄 현장을 들킨 범인의 모습이었다.

"아니오. 내가 아니오! 저쪽 골목에 있는 이들이 범인이란 말이오!"

뉴튼은 외쳤다. 자신의 결백을 주장하고자 외쳤다. 그러나 돌아오는 건 차가운 멸시와 냉소였다.

상체를 반이나 드러낼 정도로 찢어진 옷을 입고 우는 여인과 그녀를 쫓아 골목길에서 나오는 사내. 그리고 사내가 나온 골목길에 피를 흘리며 쓰러져 있는 청년들의 모습. 이 장면을 목격한 사람들이 가장 먼저 떠오르는 것은 한 가지일 뿐이었다.

뉴튼이 아무리 사건 정황을 이야기해도 아무도 믿지 않았다. 오히려 자신의 죄를 남에게 덮어씌우고 있다며 손가락질 받을 뿐이었다.

뉴튼은 자신이 끝을 알 수 없는 늪지대에 빠졌다는 사실을 깨달았다.

마틸다라고 자신을 밝힌, 아니 청년들이 처음에 불렀던 마르체나라는 여인의 미모에 혹해 앞뒤 분간 없이 끼어든 자신을 자책했다.

한순간에 절망감이 온몸을 엄습해 왔다. 어떻게 해야 할지 갈피를 잡지 못했다. 벗어나야 한다. 이 자리를 벗어나야 나중에 자신의 결백을 주장할 수 있다고 생각했다.

뉴튼은 그렇게 머릿속에 떠오른 대로 행동에 옮기려고 했다. 그러나 그를 제지하는 이들에 의해 행동으로 옮기지 못했다.

현행범이라며 자신을 잡으려는 사람들에 의해 이도 저도 못할 처지였다.

"난 아니란 말이다. 여기 모여 있는 이들이 나의 결백을 믿어 주지 않으니, 나 스스로 나의 결백을 밝혀 보이겠다."

당혹감에 물들어 있는 목소리가 갈수록 살기를 띠기 시작했다. 여기서 까닥 잘못하다가는 범인으로 몰려 죽게 생겼다. 어떻게든 이곳을 벗어나야 했다.

"나는 기사다. 기사의 명예를 걸고 나는 결백하다. 그래도 나를 범인으로 생각한다면 내 앞을 막아서라. 내 검이 나의 무죄를 입증할 것이다."

기사의 명예를 걸었다. 명예를 건다는 것은 중요하면서도 대단한 것이다.

뉴튼이 기사의 명예를 건 이상, 자신의 무죄를 입증하지 못한다면 그는 물론 그에게 기사의 작위를 내린 귀족까지 공범으로 그 죄를 묻게 되는 것이다.

뉴튼의 강압적인 자세에 그곳에 모여 있는 이들이 술렁거리며 뒤로 물러서려고 했다.

괜히 남의 일에 참견했다가 뉴튼의 검에 죽을 수도 있다는 생각에 두려웠다. 눈물을 흘리는 여인이 불쌍하지만, 자신의 안전이 최우선이기 때문이다.

사람들이 뒤로 물러나자 뉴튼은 그 자리를 벗어나려 했다. 그러나 그를 막아서는 이가 있었다.

"자신의 무죄를 주장하는데, 그걸 뒷받침해 줄 증거가 있는가?"

뉴튼이 소리가 들려오는 쪽으로 고개를 돌렸다. 그곳에는 10대 중반쯤으로 보이는 소년이 있었다. 레츠였다.

"어린아이가 무엇을 안다고 나서느냐! 나는 결백하다."

빨리 이곳을 벗어나고 싶은데 어린 녀석이 앞으로 나서서 초를 치니 자연 말이 고울 리가 없었다.

"그러니까 그 결백을 뒷받침할 증거를 가지고 있느냔 말이다. 증거를 가지고 있다면 지금 여기서 보여 줘라."

뉴튼이 어떤 행동을 하든 레츠는 증거를 요구하며 느긋하게 행동할 뿐이었다.

"보아하니 무죄를 입증할 증거도 없는 것 같은데, 그런 증거도 없으면서 무턱대고 기사의 명예를 들먹이다니."

고개를 저으며 말하는 레츠의 행동에 뉴튼은 미칠 것 같았다. 꼭 여인의 미모에 혹해 이런 상황에 빠진 자신의 모습을 비웃는 것 같았다.

"지금은 무죄를 입증할 만한 증거가 없다. 그러나 나는 기사다. 기사가 명예를 걸었다는 것은 그만큼 절박한 상황에 부딪혀 있으며, 나 스스로 나의 무죄를 입증하겠다는 것이다."

뉴튼의 결연한 의지가 느껴지는 말이 끝나도 레츠는 너무도 여유로웠다.

눈물을 흘리는 마르체나를 바라보고, 골목에서 피를 흘리며 쓰러져 있는 청년들도 바라봤다. 그리고 뉴튼을 바라봤다.

"자신이 처한 상황도 모르고 나는 기사다, 기사의 명예를 건다고 하면 과연 누가 믿을 수 있을까? 게다가 증거도 없으면서 자신의 검으로 무죄를 입증하겠다는 헛소리를 내뱉으면서 말이다."

여기서 레츠와 노닥거릴 시간이 없었다. 우선 빠른 시간 내에 이곳을 벗어나야 했다. 지금과 같은 처지에서는 자신의 주장을 믿어 줄 이의 도움이 절실히 필요했다.

"네놈이 어리다고 오냐 오냐 해 줬더니 이젠 나를 업신여기는구나. 나는 기사다. 나의 말을 믿지 못하겠다면 내 검이 내가 기사란 걸 말해 줄 것이다."

뉴튼이 클레이모어를 들어 올리며 하는 말에 레츠의 눈이 순간적으로 반짝였다가 사라졌다.

"기사는 레이디와 약자를 보호하는 것을 미덕으로 여긴다고 알고 있다. 그러나 지금 너의 행동은 자신의 힘을 믿고 레이디와 약자를 핍박하고 있을 뿐이다. 이것만 봐도 네가 기사가 아니라는 증거다."

레츠의 말이 화살이 되어 날아와 뉴튼의 가슴에 박혀 들었다. 레츠의 말이 하나도 틀리지 않았기 때문이다. 그러나 자신은 아무런 죄가 없었다.

"나는 죄가 없다. 그건 내가 기사로서 맹세할 때 사용한 이 검이 증명해 줄 것이다."

뉴튼이 레츠에게 최후통첩을 날렸다. 레츠는 그런 통첩을 기다렸다는 듯이 바로 받았다.

"그렇게 자신의 검술 실력에 자신이 있나? 그렇다면 내가 너의 검을 막아서겠다. 그리고 너에게 이번 일에 대한 죄를 묻겠다."

레츠가 검을 꺼내 드는 순간 주변에 모여 있던 사람들이 다급하게 몸을 피하기 시작했다. 한순간에 넓은 공간이 생겨나서 대결을 펼칠 수 있는 장소가 마련되었다.

뉴튼은 레츠가 검을 뽑아 들고 대결을 벌이자는 행동을 취하자 곧바로 레츠에게 달려들었다.

지금 돌아가는 상황이 자신에게 불리한 현실에서 시간을 오래 끌어 봐야 좋을 게 하나도 없었다.

최대한 빨리 레츠를 죽이고 자신의 무죄를 강력히 주장하는 계기로 삼아야 했다. 그래야 이 난관을 극복하기가 쉬웠다.

클레이모어를 잡은 손에 힘이 들어갔다.

뉴튼이 저돌적으로 밀어붙이며 레츠의 왼쪽 허벅지를 목표로 사선 방향으로 클레이모어를 올려쳤다.

우웅!

공기를 가르는 소리가 위협적으로 울려 퍼졌다.

뉴튼이 저돌적으로 밀고 들어올 때부터 레츠는 그의 움직임을 예의 주시하고 있었다.

레츠는 뉴튼의 공격을, 그가 밀고 들어온 거리만큼 뒤로 물러나며 쉽게 피해 냈다. 클레이모어에 의해 일그러진 풍압이 레츠의 얼굴을 때렸다.

레츠는 그런 와중에도 클레이모어에서 시선을 떼지 않았다.

공격이 실패로 돌아가자 뉴튼이 허리에 힘을 가하며 무릎을 약간 굽혔다. 그러자 목표를 잃고 위로 향하던 클레이모어가 꿈틀거렸다.

온몸의 체중을 이용해 클레이모어의 방향을 바꾼 것이다.

뉴튼에 의해 급격히 공격 방향을 바꾼 클레이모어가 레츠의 머리 위로 떨어졌다.

쾅!

굉음과 함께 흙과 자갈들이 하늘로 튀어 올랐다. 구경하고 있던 이들에게 자갈이 튀자 그들이 더욱 자리를 넓게 벌렸다.

레츠는 사각을 노리며 떨어지는 클레이모어를 뒤로 빠르게 움직이며 허리가 땅에 닿을 정도까지 깊숙이 숙이는 동작으로 피해 냈다.

뉴튼은 레츠가 허리를 숙이는 순간, 공격이 실패로 돌아갔다는 사실을 알 수 있었다. 그러자 아예 클레이모어를 땅속 깊숙이 박아 버렸다. 그러고는 땅속에 박힌 클레이모어를 지지대로 삼고 몸을 날렸다.

공격을 끊이지 않고 연계시키기 위한 행동이었다.

뉴튼의 몸이 왼쪽에서 오른쪽으로, 검 자루를 중심으로 커다란 원을 그렸다. 그 자체만으로도 레츠를 강하게 압박했다.

굽혔던 허리를 펴는 레츠의 눈에 하늘을 나는 뉴튼의 모습이 잡혔다. 거대한 몸을 띄우는 것만으로 그와의 거리는 아무런 의미도 없었다.

피할 수 없었다. 그러면 최소한 막아야 했다. 그렇지만 그냥 방어하면서 피하는 것은 싫었다.

레츠의 검이 뉴튼의 발목을 노리고 움직였다.

'젠장.'

이번 한 수에 레츠의 움직임을 봉쇄할 수 있다고 여겼다. 그러나 레츠가 같이 죽자는 식으로 나서니 뉴튼은 무릎을 굽히고 레츠의 검을 피했다.

무릎을 펴고 공격했다면 레츠를 가격할 수 있었을 것이다. 그러나 그렇게 하려면 뉴튼은 한쪽 발이 발목 아래로 잘리는 피해를 감내해야 했다.

세 번에 이은 연속된 공격이 실패로 돌아가자 뉴튼의 표정이 굳어졌다.

처음 공격은 직설적인 공격이라 몸을 피하기 쉬웠지만, 두 번째와 세 번째 공격은 레츠의 허를 노리고 그 틈을 파고드는 공격이었다. 실패할 거라고는 생각지도 못했다.

뉴튼이 땅속에 깊숙이 박혀 있는 클레이모어를 꺼내 들고는 클레이모어에 묻어 있는 흙을 털어 냈다. 한 손으로 흙을 털어 내면서도 레츠의 움직임을 살피는 데 소홀함이 없었다.

뉴튼은 시간이 촉박하다는 이유로 한 방에 해결 보려는 경향이 강했다. 그러나 잔뜩 힘이 들어간 상태의 공격으로는 재빠른 몸놀림을 보여 주는 레츠를 상대할 수 없었다. 뉴튼의 공격 방식이 바뀌었다.

두 손을 전부 이용한 공격 방식을 버렸다. 그 무거운 클레이모어를 한 손으로 능수능란하게 사용하기 시작한 것이다. 꿈틀거리는 근육의 움직임이 눈에 보였다.

두 손에서 한 손으로 바뀌자 뉴튼의 공격이 빨라졌다. 뉴튼의 공격이 빨라지자 레츠가 이전에 보여 주던 여유 있는 움직임이 사라졌다.

뉴튼의 검을 피해 내는 횟수보다 그걸 막아 내는 횟수가 증가하기 시작했다. 그렇다고 뉴튼의 파괴력이 약해졌냐 하면 그것도 아니었다. 마나를 적절하게 사용하기 시작하자 파괴력 또한 무시할 수 없었다.

레츠가 수세에 몰리는 것은 한순간이었다. 그러나 레츠는 기분이 좋았다. 뉴튼의 움직임을 통해 예전부터 레츠가 찾던 그 무언가를 확인했기 때문이다.

레츠는 태어나기를 워낙 약체로 태어나 상대적으로 힘은 물론 파괴력이 부족했다. 그런 사실이 레츠는 싫었다.

레츠가 지금까지 추구하는 검술은 귀족의 품위를 유지하며 상대를 제압하는 것이었다. 그 방식의 최고 정점은 일격필살이었다.

뉴튼이 양손무기인 클레이모어를 사용하는 방식을 보고 또 봤다. 그러고는 느꼈다. 근육의 움직임 하나하나, 클레이모어가 보여 주는 동선의 작은 움직임까지 보고 또 바라본 것이다. 그러고는 뉴튼의 움직임을 따라 하기 시작했다.

근육을 움직이는 방식을 따라 하고 검에 체중을 싣는 방식을 따라 했다. 다른 이의 검술을 배우고 따라 하는 것은 레츠에게는 아무런 문제가 되지 않았다.

자신의 앞날을 위해 필요하다면 레츠는 그것이 무엇이든지 배울 준비가 되어 있었다.

챙, 챙!

처음부터 지금까지 수세에 몰린 모습을 보여 주고 있지만, 클레이모어를 막아 내는 레츠의 행동에 여유가 묻어나기 시작했다. 그 짧은 순간에 뉴튼의 장점을 배운 것이다. 양손무기를 사용하는 방법과 그에 더해 파괴력을 올리는 방법을 말이다.

뉴튼의 장점을 배우고 그런 뉴튼보다 우위의 실력으로 찍어 누르는 것, 그것이 레츠가 꿈꾸는 이상이었다.

현재의 검술 실력만으로도 뉴튼을 이길 수 있지만, 그런 방법보다 뉴튼의 장점인 그 무엇을 배우고 그 무엇을 이용해서 뉴튼을 찍어 누를 때의 그 환희와 전율. 레츠는 그런 것에 푹 빠져 있었다.

일례로 위릿이 그의 장점인 정보를 통해 자코린과 비교 분석하면서 레츠를 평가 절하했다. 그러자 레츠가 위릿의 정보가 잘못되었다며 자코린을 죽여 버렸다. 그때 놀란 얼굴로 달려와 자신 앞에서 주억거리던 위릿의 모습을 잊을 수가 없었다.

뉴튼의 얼굴을 타고 땀방울이 흘러내렸다.

어느 순간부터 일방적으로 밀리기만 하던 레츠의 검이 무겁게 느껴지기 시작했다. 어떤 방법을 사용했는지 알 수 없어서 더욱 당황했다.

마나를 이용하여 소드 오러를 사용하는데도 결과는 달라지지 않았다. 그 말은 레츠도 마나를 사용할 수 있는 익스퍼트라는 소리였다.

목이 타들어 가기 시작했다.

아무런 상처 없이 레츠를 제압하겠다는 생각을 버렸다. 대결 와중에 일부러 빈틈을 보여서 레츠가 그 틈을 공격하는 순간을 노려 레츠의 목을 취하겠다고 마음을 다잡았다. 그러자 뉴튼이 뿌리는 살기가 짙어졌다.

레츠는 레츠대로 뉴튼을 통해 얻을 수 있는 모든 것을 얻은 이후였다. 이제는 자신이 세운 계획대로 추진할 때였다.

뉴튼이 레츠를 공격하며 자연스럽게 빈틈을 만들어 냈다. 그러나 레츠는 그것에 관심을 두지 않았다. 지금 뉴튼을 죽여서는 안 된다. 좀 더 이용해 먹어야 했다.

레츠는 뉴튼의 빈틈이 아닌 검을 빙글빙글 돌리며 클레이모어를 감싸고는 한 발 앞으로 다가섰다. 그렇게 순식간에 힘 대결로 몰고 갔다. 교착상태에 빠지게 한 것이다.

레츠와 뉴튼 간의 거리가 사라졌다.

뉴튼은 레츠의 돌발 행동에 당황하기 시작했다. 빈틈을 만들어 그곳을 공격하게 했더니, 생각지도 못한 교착상태를 스스로 만든 것이다.

힘 대결은 레츠에게 분리한 것이다. 누가 뭐라고 해도 힘은 레츠보다 뉴튼이 앞서는 상황이었다. 이와 같은 상황을 반대할 이유가 없었다.

이 상태를 잘만 이용한다면 상처 없이도 레츠를 제압할 수 있었다. 뉴튼이 어떻게 하면 레츠를 손쉽게 제압할 것인가에 대해 골몰하고 있을 때, 레츠가 뉴튼에게 말을 걸었다. 뉴튼만 들을 수 있는 목소리로 말이다.

“이런 개새끼! 죽여 버리겠다! 절대 죽여 버리고 말겠다!”

레츠의 말이 끝나기가 무섭게 뉴튼이 레츠를 향해, 아니 그곳에 있는 모두를 향해 적의를 풍기며 감정을 주체하지 못하고 폭발했다.

그러나 뉴튼이 어떤 반응을 보이건 레츠는 자신의 의도대로 흐르는 상황을 즐기고 있을 뿐이었다. 그런 그들의 반응에 그곳에 모여 있는 이들은 어찌 된 영문인지 모를 뿐이었다.

"이제는 아예 대놓고 죽이겠다고 떠드는구나!"

레츠의 비아냥거림이 듣기 싫었다. 모든 사건의 원흉인 레츠가 꼴도 보기 싫었다.

"입 닥쳐!"

뉴튼이 레츠를 힘으로 밀치면서 교착상태에서 빠져나왔다. 그러고는 앞뒤 가리지 않고 레츠를 향해 돌진했다.

"약자를 핍박하는 네놈의 모습을 보고 누가 과연 기사라고 생각하겠느냐? 더는 거짓말을 늘어놓지 말고 법의 심판을 받아라."

누가 핍박했단 말인가? 모든 것이 거짓이었다.

"닥쳐! 닥치란 말이 안 들리느냐! 네놈을 절대 곱게 죽이지는 않을 것이다. 그리고 이 일과 관련된 모든 이들을 전부 죽여 그 죄를 물을 것이다!"

한껏 분노가 담긴 뉴튼의 클레이모어가 레츠의 상체를 노렸다.

안전을 도외시하고 밀어붙이는 뉴튼을 정면에서 막아설 생각이 없는 레츠였다. 살짝 옆으로 피하며 뉴튼의 허리를 노렸다.

방어는 생각하지 않다 보니 레츠의 움직임에 반응하지 못하고 공격을 허용하고 말았다.

파악!

오른쪽 허리가 벌어지며 피가 뿜어져 나왔다. 상처를 도외시하고 움직이는 뉴튼으로 인해 상처가 더욱 크게 벌어졌다.

뉴튼이 광분하고 날뛰면 날뛸수록 레츠는 차분히 기다릴 뿐이었다. 그가 힘이 빠져 허우적거릴 때까지 말이다.

목적을 달성하기 전까지는 뉴튼의 움직임에 맞춰 행동했지만, 이제는 그럴 필요가 없었다. 레츠가 더욱 기민하게 움직이기 시작했다.

꽝!

레츠의 검과 뉴튼의 클레이모어가 정면으로 격돌했다.

그러자 놀랍게도 광분해서 날뛰던 뉴튼이 뒤로 밀려났다. 뉴튼의 표정에 당혹감이 드러났다. 애초에 뉴튼은 레츠가 검술 실력을 비롯해 모든 것을 따지고 따져서 고른 상대였다. 절대 질 수가 없었다.

뉴튼이 힘을 앞세우고 나선다면 더 큰 힘으로 찍어 눌러 버리면 되는 것이다.

육체적 능력만으로 본다면 뉴튼에게 밀리는 것이 사실이지만, 마나를 사용해 육체적 능력을 끌어 올린다면 뉴튼은 레츠의 상대가 될 수 없었다.

익스퍼트 초급의 끝자락에서 중급을 바라보는 뉴튼의 실력으로는 레츠를 상대할 수 없었다.

뒤로 밀려나는 뉴튼을 따라붙으며 레츠의 검이 위에서 아래

방향으로 큰 원을 그려 냈다.

쾅!

또 한 번 커다란 굉음을 동반하며 두 검이 격돌했다. 그 충격을 이기지 못한 뉴튼이 피를 토해 냈다.

울컥!

레츠의 검을 감싸고 있던 소드 오러를 뉴튼은 자신의 마나로 상쇄시키지 못했다. 그러자 막대한 양의 마나가 뉴튼을 향해 밀려들어 갔다.

10대 중반, 아니 많이 봐줘야 10대 후반으로밖에 보이지 않는 레츠에게 검술 실력으로 밀렸다는 사실을 받아들일 수가 없었다. 그러나 현실은 냉정했다. 마나에 의해 몸이 진탕되자 몸을 가눌 수가 없었다.

밖으로 토해 낸 피를 닦아 내고는, 상처 입은 오른쪽 허리를 감싸 안았다. 몸이 진탕된 것도 문제였지만, 대책 없이 흐르는 피 또한 문제였다. 피가 너무 많이 빠져나간 것이다.

"이제 순순히 자신의 잘못을 시인해라!"

"개소리."

아직도 레츠를 향한 적의를 거두지는 않았지만, 거칠어지는 숨소리로 봐서 더 이상은 대결을 펼치기 어려울 정도였다.

뉴튼은 죽을 작정이었다.

지금과 같은 상황에선 무죄를 입증할 수 없었다. 그렇다면 자신 때문에 다른 이가 피해를 보는 상황을 막기 위해서라도 여기서 깨끗하게 죽음을 맞이할 생각이었다. 그것이 자신을 기사로 만들어 준 귀족에게 해 줄 수 있는 유일한 길이라고 판단했다.

레츠 또한 뉴튼의 그런 의중을 파악할 수 있었다. 그러나 이렇게 뉴튼을 죽게 놔둘 수는 없었다. 아직 그의 계획은 모두 성공하지 않았다. 다시 뉴튼을 자극할 필요가 있었다.

레츠의 뜻에 따라 마르체나가 움직였다. 거친 숨을 몰아쉬는 뉴튼의 눈앞에 모습을 드러낸 것이다.

'……!'

웃고 있었다. 자신을 보며 웃고 있었다. 레츠와 서로 짜서 이 모든 일을 벌인 여자가 웃고 있었다.

"개년, 죽여 버리고 말겠다!"

다 죽어 가던 뉴튼이 어디서 그런 힘이 났는지 클레이모어를 머리 위로 치켜들고는 마르체나를 향해 내려쳤다.

"꺄악!"

뉴튼의 그런 행동에 마르체나가 제자리에서 무너지며 비명을 질러댔다. 그 모습이 어찌나 가녀린지 주위에서 지켜보고 있던 사람들이 자신들도 모르게 짧게 신음을 토해 낼 정도였다.

푸학!

뉴튼의 머리가 하늘로 떠오르며 피가 솟구쳐 올랐다. 어느새 뉴튼을 쫓아온 레츠가 목을 자른 것이다.

이번 사건은 뉴튼의 죽음으로 일단락 지어지는 것 같았다.

모든 죄는 뉴튼이 짊어지고 말이다. 그런데 눈에 보이지 않는 곳에서 시작된 소란이 크렌스피 영지를 강타하기 시작했다.

레츠 크렌스피에 관한 소문이었다.

헛소문으로 치부되었던 일들이 사실로 밝혀지면서, 레츠와 관계된 많은 소문이 더욱더 부풀려지고 확대 재생산되기 시작했다.

스토퍼스와 비교하는 건 말도 안 된다고 치부하던 이들이 더욱 난리를 부리며 레츠의 지혜가 대학자 스토퍼스를 넘어섰다고 떠들고 다녔다. 마치 그 일이 자신의 사명이라도 된 것처럼 말이다.

소문이 퍼지고 퍼져서 결국 대학자 스토퍼스가 레츠를 찾아가 직접 지혜를 겨뤘다는 소문이 돌기 시작했으며, 스토퍼스가 레츠의 지혜에 무릎을 꿇고 다시는 펜을 들지 않겠다는 선언을 했다는 지경까지 이르게 되었다.

마르체나를 겁탈하려다 레츠에 의해 죽은 뉴튼의 실력이 익스퍼트 중급으로 알려지면서 그런 뉴튼을 죽인 레츠는 과연 어느 정도의 실력을 갖추고 있느냐에 대해 논쟁이 벌어지기도 했다.

레츠가 의도하지 않은 부분까지 소문이 부풀려졌다. 이와 같은 소식을 처음 접한다면 허무맹랑한 소리라고 평가될 정도로 소문은 계속 부풀려졌다.

레츠의 능력이 어떻다고 떠들고, 그런 소리에 귀 기울이는 이들에게 이런 소문은 하나의 유흥거리였다. 평소 즐길 거리가 부족한 이들에게 레츠의 소문은 하나의 재미있는 소재일 뿐이었다.

결론부터 말하자면, 레츠는 소드 마스터의 실력을 갖추고 있다는 것이다.

10대 중반의 나이인 레츠가 중급 익스퍼트의 기사를 이겼다. 고로 레츠의 실력은 중급을 뛰어넘어 최소 상급이라는 것이다.

크렌스피 영지의 사람들은 또 한 명의 천재 탄생을 축하했다. 누군가의 손에 살해당한 자코린의 자리를 채우고도 남을 인재를 말이다.

지금 나이에 실력이 상급이라면 머지않아 소드 마스터의 경지에 도달할 것이란 의견이 대세를 이뤘다. 그러자 아예 레츠를 소드 마스터급으로 여기기 시작한 것이다.

대학자 스토퍼스가 레츠와의 지혜 대결에서 져서 다시는 펜을 들지 않겠다는 선언을 했을 뿐만 아니라, 레츠의 검술 실력이 소드 마스터에 올라서서 곧 제국의 황제가 레츠의 실력을 인정하고 공식 선언할 것이란 소문이 파다했다.

†제7장†

기회를 손에 넣다

레츠에 관한 소문으로 영지가 떠들썩거리는 그때, 영주 성에서는 또 다른 문제로 골머리를 앓고 있었다.

영주 성은 자코린을 살해한 범인을 찾지 못해 꼴이 말이 아니었다. 그런 와중에 타 영지에 속해 있는 기사가 크렌스피 영지에서 살해를 당했으니 일이 일파만파로 커지는 것은 어쩌면 당연했다.

레츠의 손에 죽은 뉴튼이 케레이트 영지에 소속된 기사라는 것도 문제였지만, 그것보다는 케레이트 영주가 직접 그를 기사로 임명했다는 것이 핵심이었다.

뉴튼의 어이없는 죽음이 두 영지의 외교 문제로 불거진 것이다.

뉴튼의 죽음이 알려지자 케레이트 영지에서 곧바로 강하게 유감을 표명하고 나섰다. 어떻게 케레이트 영지의 기사를 아무런 통보와 조사도 없이 현장에서 죽일 수 있느냐는 것이다.

케레이트 영지 쪽에서는 뉴튼이 정말 잘못을 저질렀다고 해도 그의 죄를 물을 수 있는 것은 제국의 황제를 제외한 케레이트 영지의 현 영주인 르네이 영주가 유일하다는 것이다.

그리고 그런 사실을 잘 아는 네이드빌 영주께서 뉴튼을 그 자리에서 살해되도록 방치한 이유가 뭐냐며 강하게 불만을 토로하고 나섰다.

더 나아가 케레이트 영지에서는 유감을 표명하는 데 그치지 않고 직접 조사관을 파견해 이번 사건을 직접 조사하기를 원하고 있었다.

그렇지 않아도 네이드빌 영주는 자코린이 살해된 일로 골머리를 앓고 있었다. 자코린의 뜻밖의 죽음으로 신경이 날카로운 상태에서 엎친 데 덮친다고 타 영지와의 외교 문제까지 불거지자 이를 참지 못하고 폭발할 정도였다.

뉴튼이 크렌스피 영지에서 저지른 잘못에 대해서는 모른 척하며, 그 때문에 발생한 뜻하지 않은 사건에 대한 허물만 들쑤시고 있다며 자꾸 이런 식으로 나오면 우리도 참지 않겠다고 들고 일어났다.

옆에서 란스 자작이 말리지 않았다면 크렌스피 영지와 케레이트 영지 간에 전쟁이 벌어졌을지도 모를 정도로 네이드빌 영주의 분노는 대단했다.

네이드빌 영주는 뉴튼이 죽었다는 소식을 케레이트 영지로

부터 전해 들었을 정도로 처음에는 크렌스피 영지에 알려지지 않은 사건이었다. 그러다 하루가 지나면 지날수록 뉴튼에 대한 소문이 퍼져 나갔으며, 그런 뉴튼을 죽인 레츠까지 덩달아 소문이 무성해져 갔다.

네이드빌 영주의 명령으로 이번 사건에 대해 면밀한 조사가 벌어졌다. 자코린 살해 사건과는 다르게, 사건 당사자와 수많은 증인이 있었으며 그들이 뉴튼의 잘못을 지적하고 레츠를 옹호하고 있었다.

네이드빌 영주는 조사관의 보고를 받고는 뉴튼이 잘못했다는 사실에만 집중했다. 레츠에 관한 일은 관심 밖이었다.

레츠에 관해 관심을 보인 건 일을 이 지경으로 만들어 버리고 나 몰라라 하는 그의 행태를 꼬집는 데 한했다.

네이드빌 영주는 물론, 크렌스피 영지의 귀족들은 케레이트 영지의 주장을 받아들일 생각이 없었다.

그들의 항의는 어느 정도 타당한 면이 없지 않아 있었지만, 그렇다고 크렌스피 영지에 대한 수사권을 발동하겠다는 그들의 주장은 크렌스피 영지에 대한 네이드빌 영주의 통치권을 인정하지 않는 것으로 받아들일 수밖에 없는 것이다.

이런 상황에서도 이번 사건에 대해 조사를 하고 싶다면, 뉴튼 살해 사건에 대한 증거와 증인을 케레이트 영지로 보내 주겠으니 그곳에서 조사하건 말건 알아서 하라며 강하게 항의 서한을 보냈다.

그러면서 뉴튼의 잘못된 행동과 그 때문에 기사들의 명예를 실추시킨 정황을 면밀히 조사해서 따로 작성하고 첨부해서 보내기까지 했다.

두 영지가 한 치의 양보도 없는 상황에서 영지 간의 관계가 악화 일로로 치달은 것은 어쩌면 당연했다.

두 영지 간의 분위기가 냉랭해지자 이와 같은 상황이 제국 전역에 퍼져 나갔다. 언제 영지전이 발생해도 이상할 게 없다는 분위기였다.

타 영지의 기사를 아무런 사전 통보도 없이 죽인 크렌스피 영지의 행동을 비난하던 귀족들이 케레이트 영지에서 크렌스피 영지에 대한 수사권을 요구하자 그런 행동 또한 심하다고 케레이트 영지를 비난하기도 했다.

그러다 뉴튼이 저지른 잘못된 행동들이 크렌스피 영지에서 제국으로 퍼져 나가자 이번 사건은 총체적으로 크렌스피 영지보다 케레이트 영지의 잘못이 크다는 의견이 주를 이루었다.

귀족들의 여론이 크렌스피 영지의 손을 들어주자 케레이트 영지에서 한발 물러섰으며, 그 때문에 뉴튼의 죽음에 관한 일련의 사건이 수면 아래로 가라앉게 되었다.

사건이 어느 정도 정리가 되자, 영주 성에서는 이번 일을 크게 벌려 영지에 위해를 끼친 레츠의 행동을 비난하는 목소리가 터져 나왔다.

아무런 권한도, 그렇다고 영지민을 보호해야 하는 의무도 없는 레츠가 공명심 때문에 영지의 안전을 위협했다는 것이다.

영주 성의 이 같은 반응은 곧바로 사람들에게 퍼져 나갔으며, 머지않은 시일 내에 레츠에게 죄를 물을 것이라는 소문이 파다했다.

돌아가는 분위기가 자신에게 좋지 않다는 사실을 알게 된 레츠는 그들의 결정에 분통을 터트렸다.

영주 성에 있는 귀족들은 자신의 존재 자체를 부정하고 있는 것이다. 그런 사실이 레츠는 참을 수 없었다.

그가 왜 이런 일까지 벌여 가면서 자신의 존재를 알리려고 했는지를 파악해 본다면 귀족들의 폐쇄성이 얼마나 심한지 알 수 있었다.

레츠가 처음부터 목표를 정할 때, 타 영지의 기사를 우선하여 정했다. 더 나아가 영주가 직접 기사로 임명한 이들을 찾는데 얼마나 많은 시간과 정성을 쏟았는지 이루 말할 수 없을 정도였다.

배경이 어느 정도 되는 인물이어야만 커다란 이슈를 만들 수 있다고 여긴 것이다. 그런 레츠의 판단은 정확했다.

결과가 자신의 뜻과는 다르게 흘러가고 있지만, 레츠 자신의 이름을 알리는 데 이보다 더한 사건은 없었다.

리콘도 레츠에 관한 소문을 접하고는 상당한 걱정을 토로하고 있었다. 기사가 되어 가문을 이어 갈 줄 알았는데 자신으로서는 절대로 해결할 수 없는 사건에 한숨만 내쉴 뿐이었다.

영주 성의 반응이 레츠의 생각과 딴판으로 흐르자 가장 민감하게 반응한 이는 위릿이었다.

위릿은 레츠를 믿고 엄청난 위험을 감수하며 이번 일에 개입했는데 한 번에 쪽박을 차게 생겼으니 몸이 달아오르는 것은 당연했다.

최악의 순간에는 배신까지 생각할 정도로 위릿은 이번 일을 심각하게 받아들이고 있었다. 위릿뿐만이 아니었다. 도둑 길드 자체에서 위릿이 어떻게 결정할지 촉각을 곤두세우며 바라보고 있었다.

위릿의 결정이 도둑 길드를 위험에 빠지게 만들었으니, 위릿 자체를 끌어내려서라도 안전을 도모하려는 움직임까지 보였다. 이런 상황에서 위릿이 민감하게 반응하는 것은 당연했다.

레츠 자신도 사면초가에 빠진 현재 상황을 정확히 인식하고 있었다. 어떻게 해서든 영주 성의 공식적인 발표가 있기 전에 해결책을 마련해야 했다. 그것은 빠르면 빠를수록 좋은 것이었다.

아무리 생각해도 레츠는 이번 일을 정면에서 맞부딪히는 방법밖에 없다고 생각했다. 직접 네이드빌 영주를 만나서 그를 설득할 생각이었다. 결정을 내리자 행동으로 옮기는 것은 빨랐다.

호크를 불러들여 자신의 생각을 밝혔다.

"영주 성으로 간다!"

"네?"

레츠의 부름에 별생각 없이 찾아왔던 호크에겐 날벼락도 이런 날벼락이 없었다.

레츠가 무슨 생각으로 영주 성을 찾아간다고 했는지는 모르지만, 분명히 좋은 일로 찾아가지는 않을 거라는 것만은 분명했다.

말리고 싶었다. 어떻게든 말리고 싶었다. 그러나 눈앞에 검을 들이밀며 위협하는 레츠의 행동에 더 이상의 제지는 할 수 없었다.

레츠는 그렇게 호크만을 대동하고 영주 성으로 출발했다. 네이드빌 영주와 담판을 짓기 위해서였다.

레츠가 네이드빌 영주를 만나려면, 우선 성문을 지키는 병사부터 상대해야 했다.

"네이드빌 크렌스피 영주님을 만나러 왔다."

"그렇습니까? 영주님이 만나 주시겠다는 사전 허락이 떨어졌습니까?"

"그렇지는 않다. 오늘 영주님을 급하게 만나야 하는 일이 있어서 직접 찾아왔다."

레츠가 사전에 허락을 받지 않았다고 말하자 친근하게 그를 대하던 병사들이 태도를 바꿨다.

"죄송합니다. 어떤 일인지는 모르지만, 사전에 허락이 떨어지지 않은 이상 이곳을 통과할 수는 없습니다."

레츠가 아무리 현재 자신이 처한 상황을 이야기하며 네이드빌 영주와의 만남이 필요하다고 말해도 병사들은 요지부동이었다.

영주님을 만나려면 사전에 허락을 받으라는 것이다. 그리고 그 증거를 보여 달라는 것이었다.

이곳은 영주는 물론 영주의 가족이 사는 곳이다.

안전을 그 무엇보다 우선시하는 것은 당연했다. 네이드빌 영주의 최측근인 란스 자작 또한 영주를 만나기 위해서는 사전 허락을 받아야 한다는 것을 영지법으로 규정해 놓을 정도로 그 절차가 매우 까다로웠다.

물론 항시 영주 성에 들르는 이들을 위해 상시 통행증을 발급해서 따로 관리하고 있지만, 원칙적으로 란스 자작이라도 영주 성에 들어서려면 네이드빌 영주의 허락이 필요했다.

"레츠 님, 안 되겠습니다. 다음에 정식으로 면담을 요청해서 찾아와야겠습니다."

호크는 그래도 자신이 모시는 이가 일개 병사들에게 무시를 당하는 모습을 계속 지켜볼 수만은 없어서 레츠에게 이만 돌아갈 것을 종용했다. 그러나 레츠는 요지부동이었다.

쉽게 네이드빌 영주를 만날 수 있을 거라고는 생각지도 않았다. 병사들에게 문전박대당할 거라는 것 또한 예상했던 일이다.

병사들과 어느 정도 승강이를 벌이던 레츠가 뒤로 열 걸음 정도 물러나더니, 마차와 사람들이 계속 오가는 도로 한복판에 자리를 잡고는 검을 꺼내 들었다.

레츠가 검을 꺼내 드는 모습을 확인한 병사들이 그를 제지하고자 움직이려던 그때, 레츠가 꺼내 든 검을 있는 힘껏 바닥에 꽂아 넣었다.

쾅!

마차가 다니는 길이라 커다란 바위들을 이용해 길을 정비했기에 길 전체가 바위가 깔리지 않은 곳이 없을 정도였다. 레츠가 그런 바위에 검을 박아 넣은 것이다.

"소신 레츠 크렌스피가 크렌스피 영지를 통치하시는 네이드빌 크렌스피 영주님께 알현을 청하나이다!"

레츠의 목소리가 병사들이 있는 성문은 물론 영주 성 구석구석까지 퍼져 나갔다.

레츠의 돌발 행동에 병사들이 당황하기 시작했다. 웬 미친 놈이 그것도 자신들이 근무 서는 시간에 찾아와서 행패를 부리냔 말이다.

레츠의 소란이 심하면 심할수록, 병사들이 그 모든 책임을 져야 하기 때문에 두 눈에 쌍심지를 켜고 레츠에게 달려들었다.

레츠는 레츠대로 심각한 상황이었다.

모 아니면 도인 상황에서, 지금 여기까지 와서 아무런 성과도 없이 돌아선다는 것은 있을 수도 없는 일이었다. 지금까지의 모든 노력과 그에 따른 결과물을 포기해야 했다.

레츠는 정말 간절했다.

정말 원하는 것을 손에 넣을 수 있는 절호의 기회가 찾아왔다. 자신의 존재를 영주 성 안에 있는 그들에게 각인시켰다. 이제 그 열매를 따 먹기만 하면 되는 것이다. 레츠는 그렇게 믿고 있었다.

검을 바닥에 꽂아 넣고는 그 자리에 털썩 주저앉았다. 병사들이 아무리 뭐라고 해도 절대로 일어날 생각이 없었다.

병사들도 말로 해서는 안 된다는 것을 깨달았는지 물리력을 사용하려고 했다. 말이 통하지 않으면 강제로라도 끌어내야 했다. 사건이 더 커지는 것은 무조건 막아야 하는 병사들이었다.

잘못하다 지위가 높은 사람의 심기를 건드리게 된다면 병사들은 지금의 지위는 물론 목숨까지 위협 받을 수 있었다.

병사들도 레츠 못지않게 절박한 상황이었다. 그러나 병사들은 원하는 바를 이루지 못했다. 레츠가 격렬하게 반항했기 때문이다.

레츠는 자신이 사용할 수 있는 모든 마나를 한 번에 그러모으기 시작했다. 발바닥에서 시작된 마나의 소용돌이가 용솟음치더니, 이내 온몸을 휘감고 도는 마나가 확연히 눈에 보일 정도였다.

레츠에게 다가서던 병사들의 몸이 레츠가 뿜어 대는 기운에 의해 움직이지 않았다. 레츠에게 다가가는 것이 위험하다는 것을 본능적으로 느낀 것이다.

레츠가 표출한 기운이 바람을 타고 영주 성으로 날아갔다.

네이드빌 영주가 위치한 곳이 어디인지 모르기에 영주 성 구석구석 기운이 퍼져 나가게 만들어 영주 성 전체를 감쌀 작정이었다. 그렇게 자신의 존재를 네이드빌 영주에게 직접 알리려고 했다.

그런 레츠의 행동을 막아서는 이가 있었다.

"레츠 님, 멈추십시오. 지금 레츠 님이 하는 행동은 자칫 네이드빌 영주님을 해하려는 의도로 비칠 수 있습니다."

병사들과 같이 레츠가 뿜어내는 기운에 의해 몸이 억압되어 자유롭지 않았던 호크가 레츠를 막아섰다. 이와 같은 방법으로는 역효과만 불러온다는 것이다.

호크의 판단은 정확했다.

이미 레츠가 뿜어 대는 기운을 감지한 이들이 있었다. 그리고 기운을 뿜어낸 존재를 찾으려고 혈안이었다. 그중에 한 사람이 영주 성의 경비를 총책임지는 경비대장 와이든이었다.

"감히 누가 영주님을 향해 적의를 표출하고 있는 것이냐! 당장 병사들을 불러 모아라!"

와이든의 명령으로 영주 성에 항시 대기 중이던 경비대에 비상이 떨어졌다. 그들은 짧은 시간 내에 완전군장을 갖추고 와이든의 앞으로 모여들었다.

와이든은 그들을 이끌고 레츠가 있는 정문으로 향했다.

레츠는 호크의 말에 하던 행동을 멈췄다. 호크의 말이 일리가 있다고 판단한 것이다. 사지를 억압하던 기운이 풀리자 병사들이 레츠를 향해 달려들었다.

"네놈이 죽고 싶어 환장했구나!"

"여기가 감히 어디라고 소란을 피우는 것이냐!"

병사들이 레츠의 팔을 잡고는 뒤로 꺾으려고 했다. 그러나 레츠의 팔은 꼼짝도 하지 않았다. 아무리 병사들이 용을 써도 레츠는 요지부동이었다.

레츠는 자신의 뜻을 직접 네이드빌 영주에게 전달할 수는 없었지만, 그렇다고 뜻까지 꺾지는 않았다. 그리고 아무리 영주 성의 정문을 지키는 병사라고 하나 그들은 평민이었다. 죽으면 죽었지 평민에게 숙일 생각은 전혀 없었다.

호크가 그런 레츠의 행동에 발만 동동 구르며 어쩔 줄을 몰라 했다.

영주 성을 지키는 병사에게 위해를 가하는 것은 네이드빌 영주에게 반기를 드는 것과 동일시하고 있었다. 병사들의 요구에 순순히 응해야 했다.

지금의 레츠의 행동이 네이드빌 영주에 반하는 행동으로 여겨지면 그 자리에서 즉결심판에 처해질 정도로 중죄에 해당하는 것이었다.

레츠 또한 이런 사정을 잘 알고 있었다. 알고 있으면서도 굽힐 생각이 없었다. 반역으로 몰려 죽는다고 해도 말이다.

레츠가 체포하는 것에 불응하자, 병사들이 허리춤에 찬 검을 꺼내 들었다. 레츠가 힘을 사용해 반항하자 사지의 힘줄을 잘라서라도 제압하기 위해서였다.

병사들의 행동은 조금의 거리낌도 없었다.

레츠가 반항하자 검을 꺼내고는 곧바로 왼손 손목을 베어 버렸다.

레츠는 병사가 검을 꺼내 드는 모습을 바라봤다. 그리고 병사가 하려는 것이 어떤 것인지 알고 있었다. 다시 마나를 모았다. 이대로 허무하게 당할 수는 없었다.

"크윽!"

손목 위로 검이 지나가자 살이 베이며 피가 흘러내렸다.

비명이 터져 나오는 것은 어쩌면 당연했다. 그러나 상처가 깊지 않았다. 검에 베이는 순간 마나를 사용해 힘줄을 보호한 것이다.

병사는 피가 튀어 오르자 당연히 힘줄을 베었다고 여겼다. 그러고는 아무런 의심도 없이 오른손의 손목도 베어 버리려고 했다. 그때 병사의 행동을 저지하는 이가 등장했다.

"그만. 네 실력으로는 그놈의 힘줄 하나 자를 수 없다!"

경비대장 와이든이 부하들을 이끌고 정문에 모습을 드러냈다. 상관이 모습을 드러내자 병사들이 동작을 멈추고 뒤로 물러섰다.

"체포에 불응한 것도 모자라 마나를 이용해 힘줄을 보호하다니, 네놈이 정녕 죽고 싶었던 모양이구나."

와이든의 등장에 레츠는 자신의 뜻에 따라 일이 풀리고 있다고 여겼다. 병사들을 통솔하는 와이든이 높은 지위를 가지고 있을 거라고 판단한 것이다.

와이든이 자신과 네이드빌 영주와의 만남을 주선해 줄 거라고 생각했다.

"나는 네이드빌 영주님을 뵙고 싶을 뿐, 다른 의도는 전혀 없습니다."

레츠의 말이 끝나자 와이든의 시선이 정문을 지키고 있던 병사에게로 향했다. 어떻게 된 일인지 설명하라는 눈빛이었다.

병사들이 곧바로 이번 일을 상세하게 설명하기 시작했다.

"이자는 사전 허락 없이 영주님과의 만남을 청했습니다. 그래서 저희가 정식으로 면담을 요청하라고 했으나, 이자가 그에 따르지 않고 이렇게 소란을 피운 것입니다."

와이든의 시선이 병사에게서 레츠에게로 움직였다.

"사실인가?"

흘러가는 분위기가 이상했지만 레츠는 다시 한 번 자신의 목적을 와이든에게 설명했다.

"나는 네이드빌 영주님을 뵙고 싶을 뿐입니다."

아무리 레츠가 간절하게 원해도 해 줄 수 있는 일이 있고, 해 줄 수 없는 일이 있다. 네이드빌 영주와의 면담은 해 줄 수 없는 일이었다.

"사실이군. 돌아가라. 일이 커지는 것은 원치 않는다. 오늘 소란을 피운 행위에 대한 처벌은 왼손으로 대신하겠다."

와이든은 영주 성을 향해 적의를 보인 자를 절대 용서할 생각이 아니었다. 그런데 정문에 도착하고 보니 난동을 피우는 자가 아직 새파랗게 어린 놈이었다.

거기다 왼손의 힘줄이 이미 병사에 의해 손상을 입은 후였다. 마나를 사용해서 힘줄이 끊어지지는 않았지만, 손상을 입는 것만은 막지 못했다.

인재를 아끼는 마음이 강한 와이든이 레츠의 왼손 힘줄이 손상되었다는 사실에 흔들렸다. 그 나이 대에서 찾아보기 어려운 실력을 겸비하고 있었기 때문이다. 그래서 레츠에게 기회를 줬다. 젊은 객기로 소란을 피웠다고 여겨 줄 것이니 조용히 물러나라고 말이다.

레츠는 와이든이 뭐라고 하든 네이드빌 영주를 만나야 했다. 꼭 말이다. 이곳에서 물러선다는 것은 지금까지 이룩한 모든 것을 포기하는 것과 같았다.

"나는 오늘 무슨 일이 있어도 네이드빌 영주님을 만날 것입니다. 오늘은 안 된다고 한다면 내일까지 여기서 기다릴 것이며, 내일도 안 된다면 모레까지 기다릴 것입니다. 네이드빌 영주님을 만날 때까지 이곳에서 한 발자국도 움직일 생각이 없습니다."

레츠의 막무가내식의 요구가 거세질수록, 와이든의 결심은 더욱 굳건해졌다. 안 되는 것은 안 되는 것이다.

"마지막 기회다. 오늘은 그냥 돌아가라. 그리고 정식으로 면담 신청을 해라. 그럼 그 내용을 면밀히 따져 보고 영주님과의 만남을 주선해 줄 것이다!"

"내게 내일은 없습니다. 오늘 이곳에서 물러나라는 것은 나에게 죽으라고 하는 것과 같습니다."

레츠는 결연했고, 그런 레츠의 밀어붙이기에 와이든의 표정이 굳어졌다.

아무리 소신이 있다고 하지만, 원칙까지 깰 정도는 아니었다. 원칙적으로 레츠가 하는 행동은 영지법에 명기된 내용 자체를 무시하는 짓이었다.

"네놈이 굳이 나의 권유를 마다하고 영지법을 무시하고 있으니 원칙대로 네놈을 대하겠다. 저놈을 이곳에서 당장 끌어내라!"

와이든의 명령이 떨어지자 경비대가 움직였다.

"네!"

와이든의 뒤에서 대기하고 있던 경비대가 움직여 레츠의 양손을 포박했다. 강제로 끌어내기 위해서였다.

영지법에 명시된 대로라면, 영주 성에서 영주와 그의 직계 손을 해하려는 행동과 그에 준하는 행위를 한 자는 그 자리에서 즉결 처형한다고 명시되어 있었다.

레츠가 마나를 풀어 영주 성 안으로 침투시킨 것은 영주 및 그의 직계 손을 해하는 움직임에 준하는 행위로 간주되는 것이다.

어째서 레츠가 죽음을 불사하면서까지 네이드빌 영주를 만나야 하는지는 별개의 사항이었다. 그건 와이든이 판단할 일이 아니었다.

와이든은 자신의 소신과는 위배되지만 영지법에 따라 레츠를 정말 사형에 처할 정도로 원리 원칙에는 철저한 사람이었다. 다만 감옥이 영주 성에 있어서 그곳으로 이동해야 했다.

와이든의 지시로 레츠는 경비대에 의해 감옥으로 끌려갔다. 레츠는 경비대의 행동에 순순히 응했다.

오늘 이곳에서 네이드빌 영주를 만나지 못한다는 것은 앞으로도 절대 네이드빌 영주를 만나지 못한다는 것이나 다름없었다.

오늘의 소란으로 경비대의 블랙리스트에 이름이 오를 것이다. 그 때문에 네이드빌 영주와의 만남은 더욱 힘들어질 것이 자명했다.

감옥은 영주 성 안에 있었다.

현행범으로 체포돼서라도 영주 성 안으로 들어가야 했다.

레츠는 목숨을 걸고 마지막 도박을 단행했다.

"나의 이름은 레츠 크렌스피다. 귀족이란 말이다. 아무리 죽을죄를 지었을지언정 귀족에게 맞는 대우를 해 주길 바란다."

레츠의 목소리가 영주 성 안에 울려 퍼졌다.

영주 성 밖에서 크렌스피라는 성이 가진 의미는 미미했지만, 영주 성 안에서 크렌스피라는 성이 가진 힘은 분명히 다를 것이라고 여겼다.

레츠는 크렌스피라는 성이 과연 힘이 있는지 없는지 시험해 보고 싶었다.

마지막의 마지막까지 와서야 목숨을 걸고 하는 것이지만, 꼭 확인해 보고 싶기도 했다. 과연 자신이 태어나서 지금까지 짊어진 것이 권력인지 굴레인지 말이다.

자이엔느는 자신의 전속 시녀인 네티와 정원을 거닐고 있었다.

정원 가꾸는 일을 취미로 삼고 있는 관계로 하루가 멀다 하고 정원을 찾았으며 이곳에서 시간을 보내는 것을 즐겼다.

하루 중 유일하게 좋아하는 일을 할 수 있는 시간이라 자이엔느는 정원에 있을 때만이라도 그 무엇으로부터도 방해 받는 것을 싫어했다.

거처에서 나와 산책을 얼마 하지 않았을 때였다. 정문이 시끄러워진 것은 말이다. 하지만 모른 척하며 지나갔다. 직접적으로 산책하는 것을 방해한 것도 아니고, 시끄럽다고 일일이 찾아가서 따지는 것은 그들보고 근무를 서지 말라는 것과 같았다.

일부러 더 빨리 그곳에서 벗어나려고 했다. 그런데 한순간 주변 공기가 피부로 느껴질 정도로 달아오르더니 이후 와이든 경비대장이 모습을 드러냈다.

와이든의 등장에 뒤에서 조용히 따라오던 네티가 앞으로 나서서 자이엔느에게 말했다.

"아가씨, 정문에서 무슨 사건이 발생했나 봐요. 이곳에 오래 계시는 것은 위험할 수도 있으니 산책은 그만 하시고 거처로 돌아가요."

자이엔느가 평소 소란스러움을 싫어하는 관계로 정원을 산책할 때만이라도 경호원을 따로 떼어 놓고 다니기에 네티의 불안감은 커져 갔다.

"잠시만 기다려라. 무슨 일이지 확인해 봐야겠다."

하루에도 수많은 사람이 네이드빌 영주를 알현하기 위해 영주 성을 찾아왔기에 정문에서는 끊임없이 문제가 발생하고 소란스러웠다. 그러나 지금처럼 소란이 커져 경비대장인 와이든이 출동한 경우는 거의 없었다.

와이든의 모습을 발견한 이상 이번 소란은 평범하지 않은 것이었다. 자이엔느는 이곳에서 사건이 해결될 때까지 기다렸다가 최소한 와이든을 통해 사건의 경위를 들어야겠다고 판단했다. 그것이 현 영주의 유일한 자식으로서 해야 할 역할이었다.

자이엔느가 그곳에 서서 와이든을 기다린 시간이 오래되어 가자 네티가 자이엔느에게 의중을 물어 왔다.

"제가 가서 알아보고 올까요?"

"조금만 더 기다려 보자."

"네."

이번 일에 대해 궁금한 것은 사실이지만, 아랫사람을 믿고 기다리지 못하고 너무 조급한 모습을 보이는 것은 좋지 않은 것이었다.

자이엔느가 조금만 더 기다리기로 마음을 정한 그때였다.

"나의 이름은 레츠 크렌스피다. 귀족이란 말이다. 아무리 죽을죄를 지었을지언정 귀족에게 맞는 대우를 해 주길 바란다."

와이든을 기다리던 자이엔느는 경비대에 의해 끌려오던 레츠의 외침을 듣게 되었다.

"아가씨."

네티도 레츠가 외치는 소리를 들었다. 자이엔느가 네티를 보며 고개를 끄덕였다. 어떻게 된 일인지 알아보라는 뜻이었다.

네티가 종종걸음으로 와이든에게 다가갔다.

레츠가 이상함을 느낀 것은 경비대가 모두 제자리에 멈춰서고도 한참이 지난 이후였다. 네티가 와이든에게 자이엔느의 뜻을 전하고 와이든이 자이엔느에게 불려 가는 장면을 확인하고서야 자신이 원하던 대로 흐를지도 모른다는 희망이 피어났다.

와이든은 와이든대로 당황하고 있었다. 자이엔느가 이 근처에 있을 것이라고는 상상도 하지 못했던 것이다. 와이든은 네티가 가리키는 방향에 서 있는 자이엔느를 확인하고는 그녀를 향해 뛰다시피 다가갔다.

와이든이 다가오자 자이엔느가 조용히 물어 왔다.

"이게 어떻게 된 일인가요?"

"아가씨, 그것이, 저자는 사전 허락도 없이 영주님을 만나고 싶다며 소란을 피웠습니다."

"저분의 신분을 확인하고 연행하는 것입니까? 제가 듣기로는 크렌스피 성을 사용하고 있다고 하는데 말입니다."

"그것이……."

와이든은 자이엔느 앞에서 쩔쩔매며 제대로 된 사건 경위조차 설명하지 못했다. 자이엔느는 한참이 지난 후에야 와이든을 통해 상황을 전해 들을 수 있었다.

"소란을 피운 것은 둘째로 치더라도 저분이 정말 크렌스피 성을 사용하고 계시다면 영주님과의 면담을 요청할 수 있는 신분을 갖추고 있습니다. 제가 직접 저분의 신분을 확인하겠습니다."

와이든을 통해 원하는 답을 얻지 못한 자이엔느가 레츠에게 직접 질문을 하겠다고 나섰다. 그러자 와이든이 반대했다.

"아가씨, 아무리 그래도 저자는 영지법을 어긴 현행범입니다."

"법을 어겼는지 어땠는지 제가 직접 확인하겠다는 말입니다. 알아들으셨습니까, 와이든 경!"

자이엔느의 목소리가 높아지자 와이든은 고개를 주억거릴 수밖에 없었다. 네이드빌 영주도 자이엔느의 말이라면 껌뻑 죽는 시늉까지 하는 마당에 일개 경비대장이 어떻게 할 수 있는 상황이 아니었다.

와이든에게 레츠는 크렌스피 성을 사용하고 있다고 하더라도 실정법을 어긴 현행범일 뿐이었다. 그러나 자이엔느에게는 레츠가 크렌스피 성을 사용한다면 그를 보호해 줄 의무가 있었다.

누가 뭐라고 해도 크렌스피라는 성을 사용하는 레츠가 자신은 물론 네이드빌 영주와 친인척인 것은 사실이었다.

좀 더 가까이에서 레츠를 바라본 자이엔느는 우선 레츠가 생각보다 어리다는 사실에 놀랐다. 거기에 더해 레츠의 손목에서 흐르는 피를 확인하자 표정이 굳어지는 건 순식간이었다.

레츠는 자이엔느가 피를 흘리는 손목을 보고 표정이 좋지 않자 살짝 뒤로 숨겼다. 레츠의 그런 행동까지 자이엔느는 안

타까움을 금할 수가 없었다.

자이엔느가 레츠의 눈을 바라보며 처음으로 질문을 했다.

"성함이 어떻게 되십니까?"

"레츠 크렌스피입니다."

자이엔느는 레츠의 대답에 그의 이름을 곱씹었다. 하지만 레츠에 대한 기억이 없었다. 그런 사실이 부끄러운 자이엔느였다.

"죄송하지만 아버님의 성함이 어떻게 되십니까?"

미안함이 묻어나는 자이엔느였지만, 자신의 이름을 듣고도 누군지 모른다고 하니 착잡해지는 레츠였다.

"리콘 크렌스피라고 합니다."

"리콘, 리콘."

자이엔느가 조용히 리콘의 이름을 되뇌기 시작했다. 그러곤 이내 그가 누구인지 기억해 낼 수 있었다. 누구인지 기억이 나자 저도 모르게 박수를 치는 자이엔느였다.

짝!

"이스틴 마을 트레제 크렌스피 님의 손자이시군요. 하지만 리콘 님의 자제 분은 두 분으로 알고 있었는데."

"제가 셋째이자 막내입니다."

"아!"

자이엔느는 자신이 레츠에 대해 모르고 있다는 사실에 얼굴이 붉게 달아올랐으며, 레츠는 자신의 처지가 어떠한지를 다시 한 번 깨닫는 순간이었다.

"죄송한 질문이지만, 영주님을 만나고 싶은 이유를 물어도 되겠습니까?"

자이엔느의 질문에 레츠는 드디어 자신에게도 기회가 찾아왔음을 깨닫게 되었다. 왠지 그녀라면 자신의 부탁을 들어줄 것 같았다.

"제가 훗날 귀족에서 평민으로 강등된다고 하더라도 지금은 엄연한 귀족이라고 생각했습니다. 그런데 그것이 아니었습니다. 제가 착각하고 있었던 것이죠. 그래서 묻고 싶었습니다. 제가 정말 귀족인지 말입니다."

자이엔느는 레츠가 영지 내에서 돌고 있는 소문의 주인공이란 사실과 그로 인해 영지가 어떤 상황에 처해 있었는지까지 알고 있었다. 다만 레츠가 누구의 자식인지 정확히 모르고 있었을 뿐이다.

자이엔느는 특유의 조용하고도 차분한 목소리로 레츠의 의중을 물어 왔다.

"레츠 님이 하신 행동으로 크렌스피 영지가 곤란에 처해 있습니다. 그것에 대해서는 어떻게 생각하십니까?"

"그것에 대해서는 저도 할 말이 많습니다. 아무런 죄가 없는 영지민이 눈앞에서 죽게 생겼는데 모른 척할 수 없었을 뿐입니다. 그것이 타 영지와의 외교적 마찰을 불러온다고 하더라도 말입니다."

레츠의 말에 자이엔느가 반색을 했다. 오랜만에 자신과 비슷한 가치관을 가진 이를 만났기 때문이다.

"그 한 명의 영지민 목숨을 지키는 대신 수만에 이르는 영지민을 죽음에……."

레츠가 자이엔느의 말을 중간에 막았다. 이는 대단히 위험한 행동으로 자이엔느에게 모욕을 주는 행위로 비춰질 수도 있었다.

"중간에 말을 자른 행동을 용서해 주십시오. 영애님이 하신 말씀은 못 들은 것으로 하겠습니다. 저는 한 명이 되었든 수만이 되었든 영지민의 목숨은 누구나 똑같다고 생각하고 있습니다. 수만의 안전을 위해 한 명의 목숨쯤은 아무것도 아니라고 여기지는 않습니다."

레츠의 말에 자이엔느의 얼굴이 또다시 붉어졌다. 레츠가 자신의 말을 오해하고 있다고 여겼다. 자신은 절대 그런 생각을 가지고 있지 않은데 말이다.

"제 말을 오해하고 계시군요. 저 또한 레츠 님과 같은 생각입니다. 다수를 위해 소수의 희생을 당연시하지는 않습니다."

레츠는 자이엔느의 말에 고개를 살짝 숙였다. 그녀의 말을 존중한다는 의미를 담고서 말이다.

레츠의 오해를 풀었다고 생각한 자이엔느가 웃으면서 말했다. 레츠가 원하는 것을 들어주기 위해서였다.

"레츠 님의 생각을 잘 들었습니다. 제 개인적인 생각이지만 레츠 님이 영주님께 면담을 요청할 자격은 충분합니다. 다만 오늘은 많이 어수선하고, 영지에도 법이라는 것이 있습니다. 영주님과의 면담은 제가 직접 주선해 드리겠으니 오늘은 이만 돌아가시는 것이 좋겠습니다."

"자이엔느 님이 그렇게 말씀하신다면 저 또한 한발 물러서는 게 이치에 맞는 것이겠지요."

오늘 무슨 일이 있어도 해결을 보려던 레츠였지만 자이엔느의 부탁을 무시할 수는 없었다. 자신의 억울함과 그것을 뒷받침할 수 있는 증거를 가지고 있다 하더라도 더 이상을 바라는 것은 억지일 뿐이었다.

자이엔느는 레츠와 만나고 나서 네이드빌 영주를 찾아갔다. 영주가 이 일에 대해 어떻게 생각하고 있는지 확인하기 위해서였다.

"어서 오너라. 방금 전의 일은 따로 전해 들었다."

네이드빌 영주가 이미 알고 있다고 하니 말을 꺼내기가 쉬워졌다. 자이엔느의 웃음이 짙어졌다.

"아버님 생각을 물어보고 싶어서 이렇게 찾아왔습니다."

자이엔느가 네이드빌 영주를 향해 고개를 숙이며 말을 꺼냈다.

"이번 일에 대해서는 내 생각보다 너의 생각을 듣고 싶구나."

네이드빌 영주는 그 무엇보다 자이엔느의 결정이 우선이었다. 될 수 있으면 그녀의 결정을 존중해 주고 싶었다.

"아버님이 그리 물으시니, 소녀가 한 말씀 올리겠습니다. 레츠 님의 행동으로 영지가 곤란에 처한 것은 사실입니다. 그러나 그런 이유만으로 레츠 님의 행동이 잘못되었다고 몰아가는 것은 잘못되었다고 생각합니다."

"그러면 내가 어떻게 해 주길 바라느냐?"

자이엔느 또한 네이드빌 영주가 그녀를 배려해 주고 있다는 사실을 알고 있었다. 자이엔느의 고개가 다시 한 번 숙여졌다.

"레츠 님과 만나서 그분이 영지민을 위해서 그런 것인지, 아니면 공명심에 의해서 그런 것인지 판단해 주시길 바랍니다."

네이드빌 영주가 자이엔느의 결혼 상대자를 찾는다고 정식으로 발표했을 때, 자이엔느가 찾아와 하루 종일 옆에서 울음을 터트린 적이 있었다.

귀족의 여식으로서 이번 결정에 반대하지는 않지만, 여자로서는 이번 결정을 따르지 못하겠다는 것이었다. 그런 자이엔느를 바라보는 네이드빌 영주의 마음 또한 좋을 수가 없었다.

그래도 자코린이 살아 있을 때는 자이엔느도 어느 정도 그에게 관심을 가지고 있어서 큰 문제가 되지는 않았지만, 자코린이 살해당하고 난 이후부터 자이엔느의 성격이 조금씩 변하고 있었다.

자신의 결혼 상대자를 고르는 데 상대방의 조건을 우선적으로 따지는 것이었다. 그래야 나중에 자코린처럼 문제가 발생해도 마음의 상처를 덜 받기 때문이다.

자이엔느가 생각하기에 조건으로 치자면 레츠도 인맥을 제외한 부분에선 다른 후보들 못지않았다. 자신의 결혼 상대자 후보에서 빠질 이유가 없었다.

네이드빌 영주는 자이엔느의 의견을 따를 생각이었다. 그녀의 부탁을 들어주지 않을 이유가 없는 것이다.

다음 날 네이드빌 영주의 이름으로 레츠를 정식으로 영주성으로 불러들였다.

†제8장†

자격이 주어지다

리콘은 직접 자신의 손에 들려 있는 초대장을 읽고 있는데도 믿을 수가 없었다.

"이게 정말 네이드빌 영주가 보낸 초대장이란 말이지?"

격해지는 감정을 주체할 수 없었던 리콘이 의자에 몸을 깊숙이 뉘었다. 그러면서 작은 목소리로 중얼거렸다.

"됐어, 됐어."

정말 꿈같은 일이 일어나고 있었다. 처음부터 전력 외로 치부되던 레츠가 구원자가 될 줄은 생각지도 못했다.

가문의 모든 것은 레츠를 중심으로 돌아간다는 말도 가문 자체가 힘이 없어 현실적으로 보탬은 안 되지만, 상징적인 의미라도 레츠에게 주고 싶었을 뿐이었다.

그런데 이런 열악한 환경 속에서, 레츠가 스스로의 능력으로 네이드빌 영주에게 인정을 받았다고 하니 기쁘기가 이루 말할 수 없었다.

솔첸과 라이덕 역시 초대장을 받은 레츠를 치켜세우기에 바빴다. 레츠가 이번 기회를 제대로 살려 주기만 한다면 분명 자신들에게도 이익이 돌아올 것이라는 것을 알고 있었다.

네이드빌 영주의 편지에 조금은 들떠 보이는 레츠를 향해 리콘이 충고를 아끼지 않았다.

"너무 건방지지도, 그렇다고 너무 비굴하게 굴지도 말고 당당하게 자신의 의견을 밝히길 바란다."

"걱정하시지 마십시오. 제가 죽으러 가는 것도 아니고. 좋은 소식을 가지고 돌아오겠습니다."

레츠가 말안장에 올라타며 말했다. 그런 레츠가 듬직해 보이는 리콘이었다.

레츠는 유일한 수하인 호크도 대동하지 않고 혼자 영주 성까지 말을 타고 이동했다. 멀리 영주 성이 보였는데 이내 정문 앞까지 순식간에 내달리는 레츠였다.

꿈에서도 잊어 본 적 없는 목표를 눈앞에 두고도 참 멀리 돌아왔다고 생각했다.

어제 정문을 바라보던 심정과 오늘 자신을 맞이하려고 활짝 열린 정문을 바라보는 심정이 이렇게 다를 수가 없었다.

돌고 돌아서 드디어 자신의 꿈을 향해 한 발 내디디려 하고 있었다.

영주 성에서는 이미 레츠를 맞이할 준비가 끝나 있었다. 레츠가 도착하자마자 그를 이끌고 응접실로 들어섰다. 응접실에서 잠시 기다리자 네이드빌 영주가 모습을 드러냈다.

정식으로 인사를 드리려는 레츠를 네이드빌 영주가 막아섰다.

"자네가 레츠인가?"

"그렇습니다."

어떻게 보면 네이드빌 영주가 형식을 중요하게 여기지 않는다며 그냥 넘어갈 수도 있는 일이었지만, 레츠는 그렇게 생각하지 않았다. 정말 제대로 충격을 받았다.

착각했다.

아주 잠깐 네이드빌 영주를 본 순간 정말 모든 것을 이뤘다고 착각했었다. 치명적인 실수를 저지를 뻔했다.

"따라오게."

응접실로 레츠를 초대하고는 인사도 없이 등을 보이고 사라져 버렸다.

레츠는 그런 네이드빌 영주의 뒤를 향해 앞에서는 끝내 하지 못한 인사를 했다. 네이드빌 영주의 등을 향해 고개를 숙인 것이다. 그러고는 네이드빌 영주를 따라 응접실을 나섰다.

앞장서서 걷던 네이드빌 영주가 멈춰 서더니 레츠를 향해 말했다.

"지금 이곳에서는 자네를 어떻게 해야 할지 회의를 하고 있다."

"네?"

응접실에서 얼마 떨어지지 않은 곳에 회의장이 있었다. 네이드빌은 그곳을 가리키고 있었다.

"자네가 뉴튼을 죽인 행동이 영지에 끼친 영향과 그에 따라 앞으로 어떻게 대처해야 하는지 회의를 벌이고 있단 말일세."

네이드빌은 갑작스런 말에 당황하는 레츠를 두고 회의장 안으로 들어가 버렸다.

혼자 남은 레츠는 다시 응접실로 돌아가 기다려야 하는지, 아니면 네이드빌 영주를 따라 회의장으로 들어가야 하는지 갈피를 못 잡고 당황하기 시작했다.

레츠가 결정을 못 내리고 우왕좌왕할 때 회의장 안에서 네이드빌 영주의 목소리가 들려왔다.

"안 들어오고 뭐 하나? 자네가 자이엔느에게 이번 일에 대해 해명할 기회를 달라고 하지 않았는가?"

"그렇습니다."

네이드빌 영주의 말에 레츠가 회의장 안으로 들어갔다. 레츠가 회의장으로 들어가 처음 본 모습은 네이드빌 영주를 향해 인사를 하는 귀족들의 모습이었다. 크렌스피 가문을 보좌하는 가신들이었다.

"당사자가 왔으니 회의를 속개해라."

"네."

네이드빌 영주의 말이 끝나자 란스 자작이 바로 대답했다.

그러고는 레츠를 바라보며 노골적으로 한심하다는 표정을 숨기지 않았다.

"이제 겨우 16살이라고 알고 있는데, 검술 실력이 정확히 어느 정도인가?"

란스 자작의 질문에 레츠는 이제부터가 시작이란 생각을 했다.

레츠는 굳이 실력을 숨길 필요를 느끼지 못했다. 여기서는 자신의 실력에 대한 자랑을 한껏 늘어놓을 생각이었다.

"마나를 다룰 수 있는 익스퍼트입니다. 좀 더 세밀하게 말한다면, 마나를 다루는 능력은 상급, 검을 다루는 능력도 상급, 타고난 체격과 체력 조건은 중하급, 검술 대련과 실전이 부족한 관계로 동급의 실력자와 겨루면 패배할 확률이 7~80% 정도입니다. 이 모든 것을 따지면 중상급을 웃돌지만, 상급에는 조금 미치지 못한다고 여겨집니다."

란스 자작의 질문에 레츠는 너무도 담담하게 자신의 현재 실력을 밝혔다. 레츠가 자신의 실력을 밝히는 중간마다 4대 가신들은 믿지 못하겠다며 놀람을 표시하기도 했다. 특히 잉그리안 자작은 말도 안 된다며 펄쩍 뛸 정도였다.

6클래스 유저에 속해 있는 잉그리안 자작은 마나를 다루는 능력을 어떤 식으로 등급을 나누는지 알고 있었다. 레츠가 밝힌 상급에 속해 있다는 것은 5클래스의 마법사가 마나를 다루는 능력과 똑같다는 말이었다.

16살밖에 안 되는 애송이가, 그것도 마법사가 아닌 검을 다루는 자가 5클래스에 비견될 정도의 능력을 갖추고 있다니 당연히 믿지 못하는 것이다.

레츠가 다시는 태어나기 어려울 정도의 천재라고 해도 16살에는 절대 불가능하다고 말할 수 있을 정도였다.

잉그리안 자작이 레츠의 발언에 펄쩍 뛰고 있던 그때, 란스 자작은 별다른 반응을 보이지 않았다. 레츠가 생각했던 것보다 높은 수준을 보유하고 있었지만, 실력이 어느 정도인지 이미 예측하고 있었기 때문이다.

"기사 뉴튼이 익스퍼트 초급을 상회하는 실력을 지녔지만, 지금 네가 밝힌 실력으로 볼 때 마음만 먹는다면 생포하는 데 아무런 문제가 없었다. 이 점에 대해 어떻게 생각하는가?"

란스 자작의 차분한 질문에 펄쩍 뛰며 소란을 피웠던 잉그리안 자작이 조용히 자리에 도로 앉았다. 지금 이 자리가 어떤 자리인지 상기한 것이다.

"실력만을 놓고 보았을 때, 그리고 뉴튼 경과 대결을 펼치면서 느낀 점으로 미루어 보아 그럴 마음만 있었으면 생포도 가능했다고 봅니다."

"그 말은 처음부터 생포할 생각이 없었다는 것인가?"

레츠는 이번에도 사실을 숨길 필요를 느끼지 못했다. 짧게 긍정을 표시했다.

"그렇습니다."

꽝!

레츠의 말이 끝나자 란스 자작이 손으로 테이블을 내리쳤다.

"네놈의 같잖은 공명심 때문에 영지가 곤란에 처해 있다는 것을 알고 있는가?"

란스 자작이 자신의 행동을 비난해도 레츠는 자신이 잘못했다고 여기지 않았다. 겉으로 드러난 사실만을 따졌을 때, 절대 공명심 때문이라고 단정 지을 수 없었다.

"공명심 때문이 아니었습니다. 저는 범죄 현장을 직접 목격했으며, 살상 무기를 든 범인으로부터 영지민을 지킬 생각이었습니다."

레츠가 강하게 자신의 행동을 해명하고 나서자 란스 자작은 다른 문제점까지 들고 나왔다. 많은 문제를 한꺼번에 지적하여 레츠가 당황해서 실수하게 만들려는 것이었다.

"뉴튼의 범행이 사실로 드러났으니 그것은 넘어가더라도, 뉴튼은 스스로 자신을 기사라고 밝혔다. 그리고 범죄를 저질렀다고 하지만 기사의 명예를 걸고 자신의 무죄를 주장했다. 뉴튼이 그런 주장을 한 이상 생포했어야 하는 것이 아닌가!"

란스 자작이 어떻게 나서든 레츠는 적절하게 충분히 해명할 시간을 확보하고 있었다.

"앞서 밝혔듯이 저는 실전 경험이 전무하다시피 합니다. 그래서 돌발 상황에 대해서는 너무도 취약합니다. 그때도 뉴튼

경이 저와 대결 도중 갑자기 방향을 바꿔 사건의 피해자인 여인을 죽이려고 했기 때문에 급한 마음에 앞뒤 잴 겨를도 없이 뉴튼 경을 죽일 수밖에 없었습니다."

레츠의 말에 콧방귀를 뀌는 란스 자작이었다. 레츠의 해명이 너무 조잡하다고 느꼈기 때문이다.

"익스퍼트 상급에 준하는 실력을 지녔다는 자가 실전이 부족하다는 이유로 돌발 상황에서 제대로 대처를 못했다는 말을 믿으라는 것이냐? 너는 순발력이란 단어를 알고는 있느냐? 상급 익스퍼트를 바라보는 자가 순발력이 부족하다는 말은 못하겠지. 그리고 내가 볼 때는 아예 처음부터 자신의 실력을 밝히면서 스스로 실전 경험이 전무하다는 식으로 미리 말을 꺼내 놓은 것은 아니고?"

"제 말을 신뢰할 수 없다고 하신다면 저는 할 말이 없습니다. 그러나 기사는 레이디와 약자를 보호해야 하지만 뉴튼 경은 레이디를 범하려 했고, 그것도 모자라 레이디를 지키려 했던 동료를 죽이려고까지 했습니다. 뉴튼 경이 한 짓은 기사의 명예를 더럽히는 행위입니다. 지금도 경이라고 그를 높이는 것조차 기사들에게 있어 수치스러운 일이라고 생각합니다."

레츠의 말이 끝나자 다시 한 번 테이블을 내리치는 란스 자작이었다. 이 점이었다. 뼛속까지 기사로서의 자부심이 대단한 란스 자작은 이 점이 불만이었다.

레이디와 약자를 보호해야 하는 기사의 의무를 저버린 뉴튼이나, 그렇다고 기사도 아닌 레츠가 기사의 의무와 명예를 들먹이며 뉴튼의 잘못을 지적하는 것이 마음에 들지 않는 것이었다.

란스 자작이야 스스로 그만한 지위와 능력을 갖추고 있으니 당연하다고 볼 수 있지만, 레츠가 그런 란스 자작을 상대로 한 치의 물러섬이 없이 자신의 주장을 펼치는 것은 대단한 것이었다. 알게 모르게 다른 가신들에게 후한 점수를 받고 있을 것이었다.

이번 사건에 조사단이 조사한 결과를 놓고 봤을 때도 란스 자작보다는 레츠의 해명에 힘이 쏠리는 것은 어쩔 수 없었다. 란스 자작의 말에 힘이 빠졌다.

"드러난 정황을 놓고 봤을 때, 너의 해명에 힘이 실리는 것은 당연하다. 하지만 네가 뉴튼을 생포하지 않고 죽임으로써 영지가 입게 된 피해가 실로 대단하다는 것이 문제이다."

"그 점에 대해서는 저는 할 말이 없습니다. 다만 아무런 죄가 없는 영지민이 눈앞에서 죽게 생겼는데 가만히 손 놓고 바라볼 수만은 없었습니다."

잘못된 점에 대해서는 인정하고 머리를 숙이는 레츠의 행동에 더는 꼬투리를 잡지 않는 란스 자작이었다.

"좋다. 마지막으로 하나만 더 질문하지. 만일 이와 똑같은 상황에 부닥치게 되었을 때는 어떻게 하겠느냐?"

"저는 단 한 명의 영지민이라도 다른 영지민들의 안전을 위해 모른 척하지 않을 것입니다."

레츠의 답변을 끝으로 란스 자작은 뒤로 한발 물러섰다. 회의장에서 란스 자작 말고도 레츠에게 질문을 할 귀족은 3명이나 더 있었다.

"마나를 다루는 능력이 상급이라고 한 말이 정말인가?"

란스 자작이 앞에 나서서 강도 높은 추궁을 하고 있었기에, 궁금함을 꾹꾹 눌러 참고 있던 잉그리안 자작이 기회를 잡고는 레츠에게 질문을 했다.

"그렇습니다."

너무도 담담하게 인정하는 레츠였다. 사실을 말하는 데 거리낌이 있을 수가 없었다.

"믿을 수 없어. 네 나이는 이제 고작 16살, 아무리 천재라고 해도 그 나이에 그런 실력을 쌓았다니 믿을 수가 없다. 더군다나 마법사도 아니고 말이다."

단정하듯 터져 나온 잉그리안 자작의 말에 한발 뒤로 물러섰던 란스 자작이 발끈해서 나섰다.

"잉그리안 자작님, 그 말의 진의가 의심스럽습니다. 마나를 다룰 수 있는 것이 마법사만 있는 것도 아닌데, 자작님의 말씀은 기사를 폄하하는 모습으로 받아들일 수 있습니다."

란스 자작이 강하게 불만을 나타냈지만, 잉그리안 자작은 그것에 일일이 반응하지 않았다.

어차피 잉그리안 자작과 란스 자작은 틈만 나면 마법사가 잘났네, 기사가 잘났네 하면서 매번 싸워 왔었다. 결론도 안 나는 싸움보다는 궁금증이 우선이었다.

레츠에 대한 불신이 가득한 잉그리안 자작이었다. 16살에 마나를 다루는 능력이 상급에 다다랐다니 믿을 수가 없는 것이 당연했다.

“언제 마나를 느낄 수 있었지?”

“14살 때 처음 마나란 것을 알게 되었으며, 그 후 각고의 노력 끝에 마나를 느낄 수 있었습니다.”

레츠의 대답이 끝나자 잉그리안 자작의 목소리가 회의장 구석구석까지 울려 퍼질 정도로 크게 터져 나왔다.

“이놈! 지금 날 가지고 장난치는 것이냐! 네놈이 하는 말을 지금 나보고 믿으라는 것이냐!”

16살이란 나이에는 도저히 달성할 수 없는 실력을 보유했다고 하는 것도 모자라 이제는 2년이라는 짧은 시간 동안에 이뤄 낸 성과라고 하니 잉그리안 자작이 크게 화를 내는 것은 당연했다. 이는 란스 자작 또한 마찬가지였다.

말이 상급이지, 기사가 마나를 다루는 능력이 상급이라는 소리는 소드 마스터란 소리와 똑같은 것이었다. 레츠는 지금 소드 마스터와 똑같은 능력을 단 2년 만에 이루었다고 하는 것이었다.

“제가 14살에 처음으로 마나를 느꼈다는 사실은 조금만 조사해 보면 알 수 있을 것입니다. 그리고 마나를 다룰 수 있는 능력이 상급에 이르렀다는 것은 보시는 바와 같이 사실입니다."

레츠가 잉그리안 자작을 담담히 바라보며 대답하면서 몸속에 흐르는 마나를 서서히 활성화하기 시작했다. 그러자 레츠의 등 뒤로 아우라가 발생하더니 눈으로 볼 수 있을 정도로 화려한 빛을 뿜어 대기 시작했다.

레츠의 몸속에 자리하고 있던 마나와 회의장 안에 흐르고 있던 마나가 서로 반응해서 빛을 발산한 것이다. 그 빛을 바라본 모든 이가 탄성을 터트렸다.

"이럴 수가!"

회의장 안에 있는 귀족들이 믿을 수 없다는 반응을 보였다. 레츠가 보여 준 아우라는 잉그리안 자작 또한 할 수 있었다. 하지만 마나를 다루는 능력이 상급의 수준이라고 해도, 아우라를 만들 수 있는 자는 상급 중에서도 마나에 탁월한 친화력을 보이는 자들만이 가능한 조화였다.

모두 넋 놓고 아우라를 바라보고 있을 때 레츠는 별것도 아닌 것에 놀라지 말라는 듯 차분하게 설명했다.

"세상에 알려진 마나에 대한 개념을 조금 다르게 해석하면 이 정도는 아무것도 아닙니다."

잉그리안 자작이 엉덩이를 들썩이며 레츠를 재촉했다.

"어떻게, 어떻게 다르게 말인가?"

"마나는 기본적으로 세상에 널리 분포되어 있습니다. 일반 사람은 이를 느끼지 못하지만 숨을 쉬고 내쉬는 동작에도 마나가 몸속에 들어왔다가 빠져나가고 있지요. 즉, 이 말은 숨을 쉬기 위해 몸속에 들어온 공기는 몸의 열기 때문에 밖에 있는 공기와 그 성질이 달라지게 된다는 것입니다. 숨 쉬는 과정에서 몸속의 공기와 몸 밖에 흐르는 공기가 서로 어떻게 반응하고 있는지만 알면 이 정도는 우습게 할 수 있습니다."

레츠의 설명은 너무 뜬구름 잡기 식이었다. 중요한 무언가가 빠져 있었다. 이렇게 되자 안달이 나는 잉그리안 자작이었다.

"그게 무슨 원론적인 말인가? 좀 더 자세히 설명해 주게."

"잘 보십시오. 직접 시범을 보여 드리겠습니다."

레츠가 가볍게 심호흡을 했다. 이어진 호흡에서 입 밖으로 빠져나가는 공기가 밖의 공기와 만나면서 빛을 뿜어냈다. 아주 짧은 시간 동안이었지만 분명 아우라였다.

"잘 보셨습니까? 처음에 했던 심호흡과 두 번째 했던 심호흡은 제가 평소에 하던 호흡과 똑같습니다. 그런데 처음은 아무런 반응도 없는데 두 번째는 마나끼리 서로 반응하며 빛을 뿜어냈습니다. 제 몸속에 들어와 뜨거워진 공기가 제 몸속에 흐르는 마나라는 말입니다. 마나라고 다 똑같은 것이 아닙니다. 제 몸속에 있는 마나는 세상에 분포하고 있는 마나와 그 성질이 다른 것입니다."

레츠가 말하는 도중에도 호흡에 따라 한 번은 평범한 심호흡이었으며, 다른 한 번의 심호흡은 서로 다른 마나가 만나 반응을 일으키며 빛을 뿜어 대고 있었다.

뉴튼에 대해 해명할 시간을 주고는 일방적으로 쫓아내다시피 레츠를 응접실로 보냈다. 레츠가 빠져나가자 회의장 안에 있던 귀족들이 진지해졌다. 그런 그들에게 네이드빌 영주가 질문을 던졌다.

"그래, 다들 레츠를 어떻게 대했으면 좋겠는가?"

란스 자작이 조용하지만 힘 있게 자신의 뜻을 밝혔다.

"트레제는 준남작의 지위를 가지고 있습니다. 레츠가 그의 손자인 이상 영지법에 의해 귀족으로 분류되어 있으며, 회의장 안으로 들어올 수 있다는 것 자체가 이미 그를 인정한다는 반증입니다."

매번 란스 자작과 티격태격하던 잉그리안 자작도 란스 자작의 의견에 별다른 이견을 표하지 않았다.

"저도 동감입니다. 우리가 트레제의 자손을 인정하지 않는다는 것은 트레제를 인정하지 않는 것으로 비칠 수 있습니다. 그렇게 되면 많은 귀족의 반발이 생길 수 있습니다."

란스 자작에 이어 잉그리안 자작까지 레츠를 귀족으로 받아들이는 것에 찬성했다. 하지만 4대 가신 중 또 다른 기사의 가문인 테일 자크 남작은 다르게 생각하고 있었다.

"저는 반대입니다. 트레제가 죽은 이후 그의 자식들은 크렌스피 성을 반납해야 합니다. 그런데 이제 와서 귀족이라며 크렌스피 성을 사용하게 할 수는 없습니다. 우리는 트레제를 존중하는 의미로 그의 자식에게도 크렌스피 성을 사용하게 했다는 사실을 잊으면 안 됩니다."

테일 남작의 말이 끝나자 아직 의견을 제시하지 않았던 에이드 블라스트 남작이 나섰다. 허스키한 목소리와 하얀 백발이 인상적인 귀족이었다.

"그건 아닙니다. 테일 남작의 의견은 트레제 이후의 문제입니다. 아직 트레제는 살아 있고, 그가 준남작이란 사실은 변하지 않았습니다. 그의 아들과 손자가 크렌스피 성을 사용하고 있다는 사실도 변하지 않았습니다. 혈통에서는 그들이 다른 후계자들과 비교도 할 수 없을 정도로 부족하지만, 그래도 크렌스피 성을 사용하고 있는 귀족입니다."

에이드 남작을 끝으로 가신들의 의견을 경청하고 있던 네이드빌 영주가 결론을 내렸다.

"트레제가 아직 살아 있고 그의 자식이 크렌스피 성을 사용하고 있는 것은 사실이다. 크렌스피 가문의 일원 중 하나임을 부인할 수 없는 것이다. 가문의 최고 어른으로서 트레제의 자식들도 가문의 일원임을 인정한다."

네이드빌 영주가 레츠를 인정한 이상 다른 말은 필요치 않았다. 4대 가신 모두가 자리에서 일어나 네이드빌 영주에게 고개를 숙였다. 그의 결정을 존중한다는 의미였다.

"트레제 집안을 가문의 일원으로 받아들인 이상, 트레제의 자손에게도 영주의 자리는 열려 있다. 자신의 의견을 주저 없이 말해 보도록."

현재까지 차기 크렌스피 가문을 이을 후계자를 정하지 못했다. 후보는 넘쳐 났지만, 아직 최종 결정까지 그들이 넘어야 할 관문은 많았다. 이제부터 시작이었다.

가문의 일원이며 미혼인 사람 중에 능력이 있는 자는 누구나 영주가 될 수 있었다. 현재 모든 후보들도 4대 가신들에 의해 영주로서의 자질과 능력을 평가 받고, 그리고 인정받았다.

솔첸과 라이덕이 차례로 자질과 능력을 검사 받았다. 영주가 될 재능과 능력을 보이는지 하나에서 열까지 전부 철저하게 따졌다. 그리고 레츠 차례가 되었다.

레츠가 4대 가신들에게 능력을 인정받는다면 후계자 후보에 이름을 올릴 것이다.

역시나 란스 자작이 가장 먼저 입을 열었다.

"직선적으로 거침없이 내뱉는 말과 자신이 생각하고 판단한 것에 따라 행동한 것은 그 결과가 어떻게 되었든 무조건 맞다라는 확신을 하고 있습니다. 그걸 보면 다른 이의 주장에 귀 기울인다는 생각 자체를 하지 않는 것 같습니다."

란스 자작의 발언이 끝나자 테일 남작이 나섰다.

"란스 자작님의 말씀에 동의합니다. 레츠는 우리가 가장 경계하고 지양해야 하는 독단적인 성격입니다."

란스 자작의 주장에 힘을 실어 주며 레츠를 압박했다.

"저는 테일 남작 의견에 반대입니다. 란스 자작의 말처럼 레츠는 자신이 한 번 정한 일에 대해 웬만하면 번복을 하지 않는다는 것은 맞는 말입니다. 하지만 오늘 직접 확인했다시피 그 결과에 대한 책임을 지려 했습니다. 우리가 보기엔 우습고 유치해 보이지만, 그 나름대로의 기준을 세우고 그 기준에 맞게 행동했음을 알 수 있었습니다."

잉그리안 자작의 말에 가만히 그의 의견을 듣고 있던 테일 남작이 곧바로 반대 의견을 피력했다.

"그것이 문제라는 것입니다. 영지를 다스리는 데 결단력과 추진력이 필요한 것은 사실입니다. 하지만 영주가 되어서 자신의 정책을 추진하게 될 때마다 여기저기서 찬반양론이 많아질 것은 뻔합니다. 그런데 레츠가 과연 반대편에 있는 이들의 이야기를 귀담아들으려고 할까요? 정책이 실패했을 때, 과연 독단적인 레츠가 어떤 반응을 보일까요?"

테일 남작이 계속 레츠를 안 좋게 평가하자 잉그리안 자작이 참지 못하고 역정을 쏟아 냈다.

"왜 테일 남작은 레츠가 독단적이라고 단정을 하는가? 영주님, 사람마다 다르지만 누구나 자신의 생각이 옳다라고 하는 전제를 깔고 있습니다. 테일 남작만 봐도 레츠가 독단적이라고 벌써 단정하고 있지 않습니까?"

"저도 아직은 레츠가 독단적이라고 단정하는 것은 좋지 않다고 여겨집니다."

잉그리안 자작에 이어 란스 자작까지 반대하자 테일 남작이 뒤로 한발 물러설 수밖에 없었다.

"죄송합니다. 아직 확정되지 않은 사안에 대해 영주님 앞에서 제 의견이 맞다고 목소리를 높였습니다."

테일 남작의 사과에 네이드빌 영주가 고개를 저었다.

"이 자리는 자신이 판단했던 사항을 밝히는 자리다. 다만 어느 한 면이 강하다고 해서 독단적이라고 단정하는 것보다 독단적인 성격을 보이고 있다고 하는 표현이 좋겠다."

"알겠습니다."

테일 남작의 수긍에 고개를 끄덕이던 네이드빌 영주가 지금까지 아무런 말도 하지 않는 에이드 남작을 바라봤다.

"그건 그렇고 에이드 남작은 왜 자신의 생각을 말하지 않는가?"

"죄송합니다. 아직 생각이 정리되지 않아서 잠시 정리하는 시간을 가졌습니다."

네이드빌 영주의 말에 본격적으로 회의에 참석하려는지 에이드 남작이 두 손을 깍지 끼고는 테이블 위에 올려놓았다.

"뜬금없이 들리실지 모르겠지만 저는 이런 생각을 해 봤습니다. 우리가 처음 뉴튼에 대한 사건을 듣기 전에는 레츠라는 사내에게 관심이 있었나 하는 것입니다. 자이엔느 영애님의 부탁이 없었다면, 지금 이 자리는 레츠를 어떻게 처벌할 것인지 의견을 조율하는 자리였을 겁니다."

"자네의 말은 레츠가 의도적으로 접근했다는 것인가?"

에이드 남작의 말에 지금까지 한발 물러서 관망하는 자세를 취하던 네이드빌 영주까지 회의에 참여하게 하였다.

에이드 남작의 시선이 네이드빌 영주를 향했다.

"정말 공교롭지 않습니까? 트레제를 제외하고는 그 집안에서 우리가 관심을 둬야 하는 사람은 없습니다. 그런데 트레제의 아들도 아닌 그 손자가 갑자기 나타났습니다. 영지를 뒤흔든 커다란 사건을 일으키면서 말입니다."

"뭐야, 그럼 이 사건 자체가 조작되었다는 것인가?"

에이드 남작의 말이 끝나자 란스 자작이 두 손을 들어 올리며 어이없다는 듯 나섰다. 란스 자작의 반응에도 에이드 남작은 차분함을 유지할 뿐이었다.

"조사단의 조사 결과를 봐도 알 수 있듯이 뉴튼 사건은 조작되지 않았습니다. 다만 레츠는 실전 경험이 부족함을 들며 돌발 상황에 제대로 대처하지 못하고 뉴튼을 죽였다고 했습니다."

에이드 남작의 말에 어이없다는 반응을 보이던 란스 자작이 다시 한 번 문제점을 지적했다.

"레츠가 뉴튼이 범행을 저지른 것을 눈으로 봤기에 처음부터 생포할 생각이 없었다고 말했던 것으로 알고 있는데."

에이드 남작도 레츠가 그런 발언을 한 취지를 의심하고 있었다. 자신에게 불리한 내용이었는데도 거침없이 말하는 레츠를 이해할 수 없었다.

"란스 자작님의 말씀이 맞습니다. 레츠는 그런 이야기를 했습니다. 그런데 그 이후의 레츠의 움직임을 떠올려 보십시오. 영지민들 사이에서 레츠에 대해 좋은 쪽으로 소문이 부풀려지고 있을 때는 조용하더니, 우리가 레츠에게 책임을 물어야 한다는 말이 오고 갔다는 소문이 돌자 곧바로 반응을 보였습니다. 마치 기다리기라도 했다는 듯이 말입니다."

에이드 남작이 이야기 도중 깍지를 풀고는 오른손으로 턱을 쓰다듬기 시작했다. 에이드 남작이 꺼낸 이야기가 가진 심각성을 알고 있는 다른 가신들도 그의 말에 귀 기울이고 있었다.

"어제도 정문 앞에서 영주님을 만나게 해 달라고 소란을 피웠으며, 그런 과정 중에 과격한 행동으로 끝내는 경비대에 체포되기까지 했습니다. 결국 감옥으로 끌려가는 도중, 자이엔느 영애님과 마주쳤고 말입니다. 경비대장의 말을 들어 보니, 이번 일에 대해 책임을 묻지 않고 돌려보내 준다고 했는데도 끝까지 소란을 피웠다고 합니다."

가만히 듣고만 있던 란스 자작이 에이드 남작의 말에 반대 의견을 제시했다.

"그 말은, 레츠가 뉴튼을 죽인 이유가 처음부터 계획된 목적에 의해 진행되었다는 이야기가 되네. 하지만 내가 알기엔 뉴튼과의 사건이 벌어지기 며칠 전에도 레츠에 관한 소문이

나돌았던 것으로 아는데. 레츠가 소문에 어떻게 대응하느냐에 따라 그를 판단하는 것은 섣부른 생각이라고 여겨지는군."

영지민들에 한 한 이야기였지만 레츠는 이미 예전부터 소문을 몰고 다니는 사내였다.

"그렇습니다. 레츠에 관한 소문이 떠돌았었습니다. 그러나 그뿐이었습니다. 그런 소문이 돌았다는 사실을 이제야 알게 될 정도로 우리는 레츠를 몰랐습니다. 레츠에게는 다른 돌파구가 필요했습니다. 그런데 기회가 찾아온 것이죠. 뉴튼이 범죄를 저지르는 현장을 목격한 것입니다."

에이드 남작의 말은 들으면 들을수록 앞뒤가 딱딱 들어맞는다고 여겨질 정도였다. 란스 자작은 에이드 남작이 생각하는 바를 명확하게 알고 싶었다.

"그 말은 레츠가 뉴튼을 자신의 존재를 세상에 알리는 계기로 삼았다는 것인가? 영주 성 앞에서 소란을 피운 것도 전부 계획된 것이고?"

"그것뿐이겠습니까? 조금 전 우리 앞에서도 대놓고 자신의 자랑을 늘어놓았죠. 단 2년 만에 마나를 이용해 아우라를 만들 정도라고 말입니다. 그의 그런 자랑에 저는 물론 잉그리안 자작님까지 넘어가지 않았습니까."

잉그리안 자작과 에이드 남작은 마법사였다. 마나에 대한 개념을 새롭게 정리하는 이가 나타났는데 마법사가 관심을 보이지 않을 수 없었다. 레츠가 자신의 능력을 일부 보여 줌으로

써 4대 가신 중 두 명의 마음을 흔들어 놓을 수 있었다.

"자네의 말대로라면 레츠가 이 회의장에 들어오려고 모든 것을 계획하고 실행했다는 것인데, 그것이 가능하다고 보는가? 정말 그랬다면, 나는 레츠가 영주 후보로서 차고도 넘치는 능력을 보여 줬다고 생각한다."

에이드 남작의 말을 듣기 전에는 레츠에 대해 부정적으로 생각하고 있던 란스 자작은 정말 레츠가 그만한 역량을 보여 줬다고 한다면 레츠를 영주 후보로 적극적으로 추천할 생각이었다.

이건 재능이 있고 없고의 차이가 아니라, 아예 처음부터 레츠의 손바닥 위에서 모든 것이 이루어졌다고 보는 것이다.

영주로서 사람을 자신의 뜻대로 움직이는 능력만큼 좋은 것도 없었다.

"정말 에이드 남작님의 말이 사실이라고 한다면 저는 무조건 반대입니다. 뉴튼이 죄를 지었다고 하더라도 한 사람의 목숨을 취하면서까지 자신이 원하는 것을 손에 넣는 것은 있을 수도, 있어서도 안 되는 일입니다."

테일 남작은 처음부터 끝까지 레츠에 대해 반대 의견만을 제시했다. 지금도 마찬가지였다.

독단적으로 보이는 성격에 이어서 지금 벌어진 모든 것이 레츠가 벌인 것일지도 모른다는 의견이 나오자 더욱 강하게 반대 의견을 제시했다.

잉그리안 자작은 계속 반대만을 외치는 테일 남작이 싫었다. 그렇지만 그것 또한 크렌스피 영지를 위한 일이라 여기고는 속으로 삭일 뿐이었다.

"영주님, 에이드 남작의 말은 지금까지 있었던 일을 가지고 추론한 것이지 그것이 진실일 수는 없습니다. 제가 이런 말을 하기에는 조금 그렇지만, 레츠가 그 누구보다 재능이 뛰어나다는 것은 여기 있는 모든 사람이 확인한 사실입니다. 우리는 확인된 사실만을 바탕으로 레츠를 평가해야 한다고 생각합니다."

잉그리안 자작의 말 또한 중요했다. 에이드 남작의 가설이 정말 그럴싸해 보인다고 해도, 아직은 밝혀지지 않은 사건이었다. 레츠에 대한 판단은 우선 정확한 사실을 바탕으로 해야 했다.

레츠가 어떻다고 평가를 하기에는 그를 눈여겨서 지켜본 시간이 모자랐다. 뉴튼에 대한 사건이 터지고 나서야 레츠가 어떤 사람인지 조사를 했을 정도이니 레츠에 대해 알려진 것이 많이 부족한 것이 현실이었다.

반대로 레츠의 재능이 어떤지는 직접 눈으로 확인한 일이었다. 크렌스피 영지의 영주로서 한 치의 모자람도 없는 재능과 능력을 갖췄다.

이 두 가지 의견이 팽배하게 맞서고 있었다.

후계자 후보를 뽑는데 이처럼 의견이 대립되기는 처음이었다. 솔첸과 라이덕처럼 반대 의견이 절대적으로 많거나, 자코린의 경우처럼 찬성 의견이 대세를 이루는 경우가 대부분이다. 그만큼 레츠에 대해 모든 걸 알기에는 검증 기간이 너무 짧았다.

그때 네이드빌 영주가 나섰다. 두 가지 의견 모두 무시할 수 없었다. 그래서 다 들어주는 방향으로 결정하기로 했다.

레츠의 재능을 인정해 후계자 후보로 발탁은 하지만, 아직 레츠를 제대로 검증한 것이 아니었다. 시간이 모자랐던 것이다. 레츠를 후보로 인정은 하지만, 앞으로 커다란 흠이 발견된다면 후보 자격을 박탈한다는 전제를 달았다.

†제9장†

마창시합

후계자 후보에 레츠의 이름이 올랐다고 전해지자 귀족사회가 들썩이기 시작했다. 그중에서 레츠와 같이 후보자에 이름을 올린 이들이 거세게 들고일어났다.

어제까지만 해도 케레이트 영지와 외교 문제로까지 번진 살인 사건의 중심인물로 대두되면서 처벌이 불가피하다고 소문이 났던 레츠였다. 그런데 하루도 지나기 전에 처지가 뒤바뀐 것이다.

그들은 영지를 위기에 빠뜨린 레츠를 후보로 인정할 수 없다며 반발했다. 그러나 네이드빌 영주는 그런 의견에 귀 기울이는 대신 레츠의 현재 실력을 공개적으로 밝히면서 다른 후보들의 반발을 일거에 잠재워 버렸다.

자이엔느와 결혼해서 영지의 소영주가 되고 싶다면, 그에 걸맞는 실력을 보이라는 것이었다.

레츠가 후보가 된 것이 불만이라면 자신의 실력으로 그를 후보에서 쫓아내라고 천명한 것이나 마찬가지였다.

아직 후보자가 선출되기 전이라면 모를까, 지금은 어느 누가 후보에 올랐는지를 살필 때가 아니었다. 어떻게 하면 자신의 능력을 인정받고 후계자가 되느냐에 온 신경을 써야 할 때였다.

후보자에 대한 평가는 지금도 이루어지고 있었다. 오히려 후보에 이름을 늦게 올린 레츠가 불리했다.

후보자에 대해 어떤 시험을 보고 어떤 방식으로 평가하는지에 대한 정보가 부족한 상황에서 시험을 치러야 했다. 그것도 이렇다 할 준비 기간도 없이 짧은 기간 내에 평가까지 마쳐야 했다. 그렇게 해야지만 다른 후보자와 같은 내용을 가지고 시험을 치를 수 있었다.

다른 후보들이 일주일간 벌어지는 마창시합에 집중하는 사이 레츠는 타고난 성품과 소질을 시험 받아야 했다. 그것도 레츠를 탐탁하게 여기지 않는 테일 남작에게 말이다.

레츠는 사 일이란 시간 동안 테일 남작에게 잡혀 엄청난 정신적인 고문을 받았다. 사 일간 잠을 재우지 않은 것은 물론, 먹을 식량과 물도 주지 않았다.

졸음과 목마름, 그리고 배고픔이 공존하는 상황에서 테일 남작은 똑같은 질문을 반복해서 물어보았다.

의자에 묶여 있는 관계로 몸을 제대로 가누지 못하는 레츠의 코앞에 테일 남작이 닭다리를 들이밀었다. 기름기를 쫙 빼서 노르스름하게 구워진 닭 냄새가 사방에 진동했다.

"이름은?"

"레츠 크렌스피."

바짝 마른 입술이 열리며 메마른 음성을 토해 냈다. 사 일 동안 아무것도 먹지 못한 것보다 사 일 동안 잠을 자지 못한 것이 더 큰 고통이었다. 아무리 코끝에 닭다리를 갖다 놔도 눈에 들어오지도 않았다.

"지금 심정이 어떤가? 잠을 자지 못하게 하는 나를 죽이고 싶은가?"

"미치도록 졸리기는 하지만, 누군가를 죽여서라도 잠을 자고 싶을 정도는 아닙니다."

잠을 자지 못한 상태에서도 자신에게 불리하다고 판단되는 내용은 철저하게 배제하고 정석에 기초한 답을 내놓고 있었다.

"어릴 적 가장 기억에 남는 사건은?"

"윌이라는 아이와의 싸움입니다."

"왜 싸우게 되었나?"

"나를 보며 가짜 귀족이라고 모욕했습니다."

"그때의 심정은?"

"세상 모든 것이 다 싫었던 것 같습니다."

윌이라는 평민을 찾아 레츠와 대면을 시킨다면 레츠의 약점을 파헤칠 수 있을 거라고 여겼다. 하지만 별다른 성과를 거두지는 못했다. 테일 남작이 윌을 찾았을 때는 이미 1년 전에 모습을 감춘 후였기 때문이다.

테일 남작이 이렇게 강도 높게 레츠를 압박한 이유는 지금까지 살아오면서 가치관을 형성하는 시기에 무슨 일이 벌어졌는지 알아보려는 것이었다. 만약 어떤 사건이 발생했다면, 그것이 인격을 형성하는 데 얼마만큼의 영향을 주었는지를 파악하는 것이었다.

아무런 사전 준비도 없이 시작된 자질평가에 마땅히 대처할 방법을 마련할 수가 없었다.

레츠는 최대한 사실에 근거해서 말하면서도, 최대한 감춰야 하는 사건은 철저하게 함구하는 방법을 택했다.

혹시나 생각지도 못한 문제가 터질세라 윌과 있었던 싸움을 감추려 했지만, 이미 이스트 마을에서는 웬만한 사람은 다 아는 사건이라 숨길 수가 없었다.

테일 남작은 레츠를 계속해서 자극했다. 더는 참지 못하고 화를 터트려 내면에 감추고 있는 무언가를 밖으로 표출하길 바라면서 말이다.

잠을 재우지 않는 방법은 부작용도 만만치 않았지만, 사람이 감추고 싶은 내면을 들추는 데에는 이만한 방법도 없었다.

본인 스스로 자신이 무슨 행동을 하는지도 모르는 가운데 레츠의 성품과 소질에 대한 평가가 내려졌다. 테일 남작이 자신을 어떻게 평가했는지 모르는 가운데 레츠는 몸을 추스르기에 바빴다.

레츠가 테일 남작에게 잡혀 있는 그때, 호크가 영주 성으로 들어와 있었다.

레츠는 호크에게 의지하며 미리 준비해 둔 방으로 들어갔다. 그들을 따라 들어오는 하녀에게 호크가 부탁했다.

"최대한 빨리 묽은 수프를 준비해 주시오."

"알겠습니다."

사 일 동안 레츠는 아무것도 먹지 못했다. 졸리다고 이대로 잠을 재웠다가는 몸만 더욱 축낼 뿐이었다. 호크에 의해 하녀가 가지고 온 수프를 먹은 레츠가 잠에 빠졌다.

잠에 취해 죽은 듯이 누워 있는 레츠를 바라보며 호크는 착잡한 마음을 감출 수가 없었다. 과연 무엇을 바라기에 사 일 동안 모진 고통을 감내하고 있는지 레츠를 이해할 수가 없었다.

자신을 혹사하는 이런 방법 말고도 레츠는 충분히 성공할 수 있었다. 이번 기회를 놓친다고 해도 훗날 다른 기회가 찾아올 것이 자명했다. 그런 기회 중에 마음에 드는 것을 선택해서 고를 능력까지 갖추고 있었다.

레츠가 잠에 든 지 6시간이 지나자 호크가 하녀에게 수프를 준비해 달라고 부탁했다. 레츠가 잠들기 전에 6시간 후에 깨우라고 했기 때문이다.

"레츠 대장, 그만 자고 일어나십시오."

어깨를 흔들며 깨우는 호크 때문에 레츠가 깊은 잠에서 깨어나기 시작했다. 충분한 잠을 취하지 못한 상태라 머리가 깨질 듯이 아팠다. 절로 인상이 찡그려졌다.

"수프는?"

"여기 있습니다."

호크가 건네준 수프를 받아 마시던 레츠가 그릇을 내려놓았다.

"마창시합이 3일 남았나?"

"그런 것으로 알고 있습니다."

"오늘은 몸이 말을 듣지 않아서 안 되겠고, 내일부터 마창시합에 참여한다."

몸도 제대로 추스르지 못하는 레츠가 마창시합에 참가한다고 하니 기가 막혀 말도 제대로 나오지 않는 호크였다.

"네? 하지만 그건 무리입니다. 몸조차 제대로 가누지 못하는데 마창시합에 참석한다니요. 지금은 몸을 추스르는 데 집중하셔야 합니다."

"지금은 몸을 추스르는 것보다 다른 후보자를 따라잡는 것이 우선이다. 이대로 계속 그들보다 늦어지면 결국 그들의 발끝만 따라가다 끝나게 된다."

레츠가 한 번 정한 이상 호크는 따를 수밖에 없었다. 착잡한 마음을 감추지 못하고 레츠를 바라보던 호크는 고개를 좌우로 흔들 뿐이었다.

레츠가 다시 침대에 누우려고 하자 호크가 다가와서는 도와주었다. 침대에 몸을 눕힌 레츠가 몰려드는 잠 때문에, 빠르게 호크에게 당부를 하고는 다시 깊은 잠속에 빠져들었다.

호크는 레츠가 잠든 것을 확인하고는 한숨을 내뱉으며 방을 빠져나가 영주 성의 집사를 찾아 나섰다. 마창시합에 참가한다는 참가서를 작성하기 위해서였다. 그러고는 용병 사무실에 말과 갑옷을 보내 달라는 편지를 작성했다.

호크가 동분서주하며 이곳저곳 뛰어다니는 동안 레츠는 일어나 몸을 풀고 있었다. 밖은 아직도 어둠에 휩싸여 있었다. 아침이 밝아 오려면 시간이 꽤 흘러야 했다.

"너무 빨리 일어난 것 아닙니까?"

걱정이 묻어나는 호크의 말에 레츠가 짧은 웃음을 보였다.

"마창시합에 참가한다는 생각 때문에 흥분이 가라앉지 않는다. 딴생각에 잡혀 잠을 제대로 자지 못할 바에는 차라리 일어나는 것이 낫다."

레츠가 괜찮다고 하자, 호크는 더는 레츠의 결정에 반대하지 않았다. 지금은 그저 옆에서 도와주는 것만으로도 충분하다고 여긴 것이다.

스트레칭을 하면서 몸을 푼 레츠는 어슴푸레 밝아 오는 모습을 확인하며 흥분되는 마음을 안정시켰다.

그 옛날 월과의 결전을 앞두고 잠이 오지 않아 뒤척이던 생각이 떠올랐다. 그때에 비춰 보면 오히려 지금이 차분한 것 같았다.

"크크."

시간이 지날수록 흥분되어 날뛰는 심장 소리가 그를 웃게 하였다.

오늘이었다.

드디어 자신의 존재를 세상에 널리 각인시키는 날이 말이다.

오래 기다렸다. 정말 오래 기다렸다.

지금까지 많은 일이 있어 왔고 앞으로도 수많은 일을 겪게 되겠지만, 지금 바로 이 순간 흥분해서 날뛰는 심장 소리는 잊지 못할 것 같았다.

르노가 풀 플레이트 아머를 착용하고는 투구를 옆구리에 낀 상태로 카이멘을 찾아왔다.

"어이 친구, 오늘은 쉽게 우승하게 두지는 않을 거야."

마창시합을 위해 장비를 정비하고 있는 카이멘이 반갑게 르노를 맞이했다.

"왔냐. 그보다 매번 똑같은 소리, 이젠 지겹지도 않나?"

"지겨울 리가 있나?"

르노가 카이멘에게 풀 플레이트 아머를 착용하기 쉽게 도와주는 하인을 물리고는 자신이 직접 도와주기 시작했다. 이런 일이 흔하게 있었던 일인지 카이멘이 자연스럽게 르노의 도움을 받아들였다.

"새로 들어온 신입에 대해 어떻게 생각해?"

카이멘의 뒤에서 상체에 갑옷을 입는 것을 도와주던 르노가 조용히 말을 꺼냈다. 그러자 카이멘이 피식하고 웃음을 지었다. 친구가 아침 일찍부터 찾아온 이유를 파악했기 때문이다.

"어제 마창시합에 참가 신청서를 제출했다지? 정말 난 놈은 난 놈이야."

타 영지의 기사를 살해해서 영지를 발칵 뒤집어 놓더니, 이제는 자신과 똑같은 후보자의 지위까지 올라섰다. 어떤 면에서 봤을 때는 정말 대단하다는 생각이 들기는 했다.

"사 일 동안 테일 남작님이 혹독하게 굴렀다는 소문이 자자한데 하루도 지나지 않고 마창시합에 참가하다니, 마창시합을 우습게 여기는 걸까? 아니면 마창시합에 참가하는 우리를 우습게 여기는 걸까?"

르노의 말이 카이멘의 가슴을 파고들었다. 레츠는 이제 적으로 맞이해야 할 상대였다. 방심은 금물이었다.

"그가 정말 그렇게 생각하고 있다면 그에 따른 응분의 대가를 지불해야 할 것이다."

카이멘의 확답이 마음에 들었는지 르노가 카이멘의 어깨를 두드리며 용기를 불어넣었다.

레츠가 테일 남작에게 시달리는 사이 다른 후보들은 마창시합을 벌이고 있었다. 하루 한 번 우승자를 뽑는 방식으로 일주일 동안 치러질 예정이었다.

4일이란 시간이 지나는 동안 후보자들 사이에서 이미 우열이 가려져 있었다. 그런 가운데 레츠의 갑작스러운 참가가 어떤 변수로 작용할지 귀추가 주목되고 있었다.

영주의 후계자 자리를 놓고 경쟁하는 후보들이 새롭게 등장한 레츠에 관해 지대한 관심을 표현하고 있는 그때, 레츠는 호크를 대동한 채 느긋하게 마창시합이 벌어지는 경기장을 돌아보고 있었다.

"레츠 대장, 아무리 생각해 봐도 이번 결정은 너무 성급한 것이 아닌지 걱정이 됩니다."

호크의 걱정에 주변 풍경을 바라보던 레츠가 그 자리에 서서 호크를 바라봤다.

"뭐가?"

"오늘은 쉬시는 게 여러모로 좋을 듯 보입니다."

레츠는 호크의 말에 그저 웃음을 지을 뿐이었다. 그러고는 두 손을 활짝 벌리며 큰 소리로 호크에게 외쳤다.

"여기가 말이다, 호크야! 여기가 말이야, 내 꿈을 활짝 꽃피울 수 있는 그런 장소란 말이다. 하하하! 어제의 내가 아니다. 오늘부터 나는 새로운 인생을 살아가게 될 것이다!"

경기장이 떠나갈 듯 웃어 젖히는 레츠였다.

그런 레츠를 바라보던 호크는 마창 연습은 충분히 하고 저런 자신감을 보이는 것일까? 하는 의문이 들었다.

호크가 알기에 레츠는 단 한 번도 연습을 해 본 적이 없는데 말이다. 그런데도 레츠는 지금 이렇게 자신감에 차 있었다.

문득 이런 생각이 들었다. 레츠의 저런 끝없는 자신감이 어디서 나오는 것일까 하는 의문 말이다.

고귀하다는 귀족으로 태어나서? 아니면 가진 바 재능이 출중해서 저런 자신감을 보이는 것일까? 아무리 생각해 봐도 모를 문제였다.

자신감에 대해 생각하다 보니 레츠라는 사람 자체에 대해 의문까지 생기는 호크였다.

레츠는 과연 어떤 사람일까? 그리고 자신은 왜 레츠를 따라다니고 있을까? 자신뿐만이 아니었다. 위릿도 마찬가지였다.

아무리 생각해 봐도 호크는 레츠를 싫어한다. 그건 위릿도 마찬가지일 것이다. 그런데도 레츠의 지시를 따르고 그의 뒤를 받쳐 주고 있었다.

경기장 한가운데서 웃어젖히는 레츠를 보고 왜 이런 생각을 하게 되었는지, 그저 씁쓸한 웃음을 짓는 호크였다.

한참을 웃어 젖히던 레츠가 돌연 심각한 표정을 하고는 호크를 바라봤다.

"호크, 너도 이제 용병을 그만둬야 하지 않겠느냐?"

"무슨 소립니까?"

용병 생활에 만족하며 주어진 역할을 잘하고 있는데, 뜬금없이 용병을 그만두라니. 호크는 너무 놀라 몸이 굳어 버렸다.

레츠가 먼 산을 바라보듯, 저 푸른 하늘처럼 창대한 꿈이 있는 곳을 바라보며 호크에게 말했다.

"누가 뭐라고 해도, 나는 크렌스피 영지를 다스리는 영주가 될 것이다. 그리고 더 커다란 꿈을 향해 앞으로 달려 나갈 것이다. 그런데 너는 그때도 용병에 안주하고 있을 것이냐? 네가 내 수하가 맞다면, 그리고 나를 믿는다면 말이다. 나를 믿고 용병 일을 이제 그만둬라."

호크는 레츠의 말에 숨이 턱 하고 막혀 왔다.

원대한 꿈을 말하는 레츠의 모습을 바라보며 호크는 뭐라고 말하고 싶은데 막상 하려고 하니 입이 떨어지지 않았다.

자신의 말에 꿀 먹은 벙어리가 되어 버린 호크의 모습을 한동안 바라보던 레츠가 살짝 눈웃음을 지었다.

"가자, 이제 시합 준비를 해야지."

호크는 등을 보이고 혼자 걸어가는 레츠를 한동안 말없이 바라봤다.

마창시합을 준비하는 움직임이 바빠졌다. 이제 곧 시작이 임박했기 때문이다. 레츠도 그런 분주함에 맞춰 하나하나 장비를 착용하기 시작했다.

용병 길드에서 유일하게 하나 있는 풀 플레이트 아머였다. 트레제가 현역이었을 때 사용하던 갑옷으로 꽤 오랜 역사를 자랑하는 갑옷이었다.

녹이 슬지는 않았지만 오랜 기간 방치하다시피 놓아두었기에 색깔이 심할 정도로 바래 있었다. 레츠는 처음 색이 바래 있는 갑옷을 봤을 때, 울컥 치미는 짜증을 느껴야 했다.

오늘 처음으로 귀족들 앞에 선을 보이는 날이었다. 그런데 반짝반짝 빛나는 새 갑옷은 고사하고 색이 한참이나 바래 있는 갑옷을 입고 등장한다면, 이를 지켜보는 귀족들에게 얼마나 많은 비웃음을 당할 것인지 안 봐도 눈에 훤했다.

그런 비웃음은 자존심이 용납하지 않는 일이었다. 그런데 갑자기 이런 갑옷을 자식에게 보냈을 리콘의 모습이 떠올랐다. 왜 그 모습이 떠올랐는지 모르지만, 색이 바래 있는 갑옷을 밤새도록 닦고 또 닦았을 리콘의 모습이 말이다.

"노블리스 오블리제라."

레츠가 조용히 리콘의 가르침을 되뇌었다.

나는 고귀하다.

다른 이에게 나의 고귀함을 보여 주는 것은 재능 하나면 충분했다. 다른 것은 거추장스러운 존재일 뿐이다.

레츠의 눈이 가슴속에서 피어오르는 열망으로 반짝이기 시작했다.

레츠가 착용한 풀 플레이트 아머는 왼쪽 어깨에서 가슴까지 철판이 하나 덧대어진 모양으로 심장을 최우선적으로 보호하려고 만들어진 것이었다.

시합이 이제 곧 시작하려고 하자 호크가 검은 갈기를 휘날리는 말을 끌고 왔다. 리콘이 최대한 고르고 고른 말이었다.

레츠가 육중한 무게를 자랑하는 풀 플레이트 아머를 착용하고도 쉽게 말 위로 올라섰다. 레츠가 안장에 올라서자 호크가 대나무로 만들어진 거대한 창을 건네주었다.

"몸이 아직 온전치 않습니다. 이 점 유념하십시오."

"걱정하지 마라. 적에게 나의 고귀함을 보여 주고 오겠다."

"네?"

자신의 말에 되물어 오는 호크를 뒤로하고 레츠가 투구를 썼다.

레츠의 처음 상대는 카이멘이었다.

레츠가 시작 지점으로 이동하는 모습을 보고 그도 순백의 하얀 백마 위로 올라섰다. 그런 카이멘을 바라보던 르노가 카이멘의 갑옷을 힘 있게 두드렸다. 기운을 북돋워 주는 행동이었다.

"친구, 너는 강하다! 이는 내가 보증한다. 가라! 가서 너의 강함을 떨치고 와라!"

르노의 응원에 카이멘이 투구를 힘 있게 눌러썼다. 모든 준비를 마친 것이다.

레츠와 카이멘이 경기장 끝과 끝에서 마주 보게 자리 잡았다. 각자가 타고 있는 말들도 경기장을 달구는 투기를 느낀 것인지 투레질을 심하게 하고 있었다.

심판이 깃발을 높이 치켜들었다. 그 모습을 보고 레츠와 카이멘은 물론, 지켜보고 있던 관중들도 숨을 죽였다.

팟!

깃발이 허공을 가르며 나부꼈다.

깃발이 나부낌과 동시에 레츠가 발뒤꿈치로 말의 허리 부위를 가격했다.

레츠와 카이멘이 서로 마주 보며 힘차게 달리기 시작했다.

서로와의 거리가 가까워질수록 레츠의 얼굴에서 피어나는 미소가 짙어졌다. 카이멘이 노리는 목표가 어딘지 알아챘기 때문이다.

3미터에 이르는 창이 강하게 부딪치며 굉음을 발생시켰다.

꽈작!

대나무로 만들어진 창은 너무나 힘없이 박살 나며 허공에 흩날렸다. 그와 동시에 충격을 받은 레츠와 카이멘이 뒤로 크게 튕겨져 나갔다.

서로 엇갈리며 달려가는 말에 의지해 바닥에 떨어지지는 않았지만, 강력한 공격을 한 방씩 주고받았다.

"와와!"

그때까지 침묵을 유지한 채 시합을 지켜보던 관중들이 환호성을 지르기 시작했다. 한 치의 양보도 없이 강력한 일격을 주고받는 선수들에게 자극을 받은 것이다.

점수판에 레츠와 카이멘 모두 하얀색 깃발이 올라왔다. 이번 승부는 무승부였다.

레츠는 태어나서 마창 연습을 단 한 번도 해 보지 않았다. 하지만 카이멘을 이길 수 있다는 자신감이 충만했으며, 그 자신감을 뒷받침해 줄 수 있는 능력을 갖추고 있었다.

마창시합에는 특별한 기술이 필요하지 않았다. 전속력으로 달리는 말 위에서 창을 이용해 상대방의 상체를 공격하면 되는 것이다.

총 다섯 번의 공격 횟수 중에서 단 한 번만이라도 상대를 말 위에서 떨어뜨리면 이기는 게임이었다.

비교적 쉬운 규칙과 기술이 필요하지만, 간혹 사상자가 발생할 정도로 위험한 경기였다. 그래서 가장 필요한 것이 상대의 공격에 몸을 사리지 않고 반격을 시도할 수 있는 대담성이었다.

자신감을 넘어서 오만함으로 똘똘 뭉쳐 있는 레츠를 카이멘이 당당히 막아서고 있었다. 마창 실력이 뛰어나서가 아니었다. 레츠 못지않은 자신감은 물론, 자부심까지 대단했다.

솔직히 카이멘은 자코린보다 조금 모자란 능력을 소유하고 있었다. 그래서 만년 2인자 소리를 듣고 살아왔었다. 그러다 자코린이 살해당하면서 어부지리로 1인자의 자리에 올라서게 됐다는 평가를 듣는 중이었다.

자코린이 죽음으로써 카이멘은 만년 2인자 딱지를 절대로 뗄 수 없게 되었다. 이와 같은 사실은 카이멘에겐 정말 어마어마한 스트레스로 다가왔다.

르노도 그런 카이멘의 심정을 알고 있었다. 그래서 일부러 카이멘을 치켜세우기도 했다. 카이멘이 자코린의 그늘에서 벗어나게 하려고 말이다. 그리고 결국 그 성과를 거두고 있었다.

관중이 꿩 대신 닭이 아닌, 인간 카이멘으로 바라보고 있었다. 이렇게 카이멘에 대한 평가가 변해 가면서 카이멘 스스로 자부심이 상당히 강해졌다. 요즘 한창 이름을 알리는 레츠를 한 수 아래로 내려다볼 정도로 말이다.

태어나면서부터 자연스럽게 다른 이를 굽어보는 자와 스스로의 노력과 주변의 도움으로 자신이 최고라는 자부심을 느끼고 있는 자가 맞서는 것이다.

스스로 최고라고 여기는 자들이 시합하게 되었으니, 격렬하게 대치하는 것은 당연했다.

레츠는 곧바로 부서진 창을 바꾸고는 카이멘을 향해 돌진했다.

까닥, 까닥.

달리는 말 위에서 카이멘을 향해 손을 흔들며 도발했다.

"죽고 싶어 환장했구나!"

생각지도 못한 도발에 카이멘의 두 눈에서 살기가 피어올랐다. 그렇지 않아도 레츠에 대한 감정이 좋지 않은데, 도발까지 감행하자 그 대가를 치르게 하리라고 다짐했다.

"와와!"

서로를 향해 창을 겨누며 질주하기 시작하자 관중이 기다렸다는 듯이 환호성을 터트리기 시작했다. 그들도 레츠가 카이멘을 향해 도발하는 것을 놓치지 않고 목격했기 때문이다.

레츠가 카이멘과의 사이가 가까워지자 창을 다시 바꿔 잡았다. 손에 힘이 제대로 들어갔다. 체중을 모두 실어서 카이멘의 심장을 향해 창을 힘껏 찔렀다.

콰자작!

서로 창이 스쳐 지나가며 충돌했다.

그 충격으로 창이 산산조각 나며 비상했다. 엇갈리며 지나가는 말과 허공을 부유하는 대나무 조각 사이로 카이멘의 모습도 볼 수 있었다.

관중은 창이 박살 나는 모습을 보고는 이번 대결도 무승부로 끝나는 줄 알았다. 그런데 아니었다. 레츠는 카이멘의 공격을 견뎌 냈는데, 카이멘은 레츠의 공격을 견뎌 내지 못하고 말 안장에서 떨어진 것이다.

창이 심장 부위를 가격한 순간 묵직한 느낌과 함께 몸이 공중으로 뜨더니 자연스럽게 한 바퀴를 돌아 땅바닥으로 떨어졌다.

쿵!

창에 직접 가격당한 충격보다 땅바닥에 내팽개쳐지는 충격이 더 컸다. 카이멘은 몸이 진탕되더니 '울컥' 하고 피를 토해 냈다.

목숨을 잃을 정도는 아니었지만, 심각한 부상을 당한 것이다.

"와와!"

누구 할 것 없이 관중들이 자리에서 일어나 레츠의 승리를 축하해 줬다. 새로운 강자를 맞이하는 것이다.

한동안 레츠는 경기장 안에서 관중의 환호성을 만끽했다. 자신의 새로운 출발을 축하해 주는 그들의 환호를 마다할 이유가 없었다.

레츠는 카이멘과의 경기 이후에도 세 번이나 더 경기를 가졌으며 모두 승리를 거뒀다. 그 상대에는 르노를 포함해 후계자 구도에 유리한 위치에 있는 이들이 대거 포진해 있었다.

관중이 레츠의 등장에 열광하는 것은 당연했다. 레츠가 어떤 사람인지는 상관없었다. 그저 새로운 강자의 등장으로 자신들의 즐거움이 늘어났다는 데 초점을 맞출 뿐이었다.

레츠의 등장으로 고개를 숙이게 된 이들에 대한 연민도 없었다.

호크는 관중이 던져 주는 꽃을 주우며 한껏 거드름을 피우는 레츠를 바라보며 혀를 내둘렀다. 어떻게 아무런 연습도 없이 시합에 출전해서 우승을 차지할 수 있는지 말도 안 되는 것이었다.

정말 이건 사기였다.

그동안 마창시합을 위해 노력해 왔던 이들은 뭐가 되는지, 같은 편인 레츠가 우승을 차지했지만 그렇게 기쁘지만은 않았다.

호크는 한쪽 구석에 자리 잡고 고개를 숙이는 선수들의 심정을 이해할 수 있을 것 같았다. 오늘은 많이 우울한 날이 될 것 같았다.

마창시합에서 우승을 차지하고 영주 성으로 향하던 레츠가 호크에게 따로 지시를 내렸다.

"내일 마르체나가 경기장을 찾아오게 해라."

"마르체나를 말입니까? 하지만 너무 위험하지 않겠습니까? 되도록 마르체나와는 관련되지 않는 것이 좋을 것 같습니다."

호크는 레츠의 의견에 반대였다.

무슨 이유로 그녀를 가까이 두려고 하는지 모르겠지만, 레츠와 그녀를 가까이하게 하면 어떤 돌발 상황이 발생할지 모르는 것이었다. 하지만 레츠는 다르게 생각하고 있었다.

내일 있는 마지막 마창시합은 네이드빌 영주가 직접 관중석에 자리할 예정이었다. 그런 자리에서 우승하고 그 영광을 마르체나에게 바친다면, 관중의 반응이야 불을 보듯 뻔했다.

마르체나를 자신의 입지를 다지는 데 사용할 생각이었다.

레츠의 지시를 받고 호크는 리콘에게 편지를 보냈다. 마창시합에 우승했다는 내용이 담긴 편지였다. 그리고 아무도 모르게 위릿에게도 편지를 보냈다.

내일 시합에 맞춰 마르체나를 경기장으로 보내라는 내용이었다. 그리고 지정석까지 마련해 주었다. 위릿은 레츠의 편지를 받고는 부랴부랴 마르체나를 불러들였다.

뉴튼 사건 이후로 레츠와의 사이가 소원해졌는데, 그걸 한 번에 풀 기회가 찾아온 것이다.

레츠의 마음에 들게 하려면 보통 노력으로는 힘들었다. 하지만 마르체나의 원판 자체가 너무나 뛰어나서 레츠를 흡족하게 만드는 데 별다른 어려움은 없을 것이다.

위릿은 레츠의 또 다른 지시에 따라 마르체나를 교육하기 시작했다. 레츠가 우승을 한 이후의 행동에 대한 내용이 대부분이었다.

네이드빌 영주가 직접 경기장을 찾아올 것이라, 아침부터 경기장은 부산스러운 움직임을 보였다.

영주를 맞이하려면, 몇 날 며칠을 준비해도 모자랐지만, 어제까지 실제로 시합을 치렀기에 당일 준비를 해야 했다.

"레츠 대장, 어제처럼 상대방을 도발하는 행위는 자제하는 것이 좋겠습니다."

시합에 앞서 장비를 착용하고 있는 레츠에게 호크가 그의 의견을 종용하고 나섰다. 그런 호크를 조용히 바라보는 레츠였다.

"오늘은 네이드빌 영주님께서 참관하십니다. 그런 자리에서 상대를 도발하는 행동은 시합에 임하는 선수의 승부욕이 아닌, 안하무인격인 행동으로 비칠 수 있습니다. 레츠 대장은 이미 그런 행동을 한 적이 있어서 더욱 그렇게 여겨질 것이 뻔합니다."

레츠는 호크의 판단이 정확하다고 여기고 있었다. 사 일 동안 테일 남작에게 시달리면서 느낀 것이 있었다.

"네 생각이 맞다. 이제는 내가 원하는 대로만 행동해서는 안 된다는 것을 충분히 인지하고 있다."

호크는 레츠가 자신의 의견에 귀를 기울였다는 사실만으로도 만족했다.

레츠의 자기중심적인 성격을 알고 있기에 이 정도의 반응을 보여 준 것만으로도 대단한 변화였다.

레츠가 마창시합을 위해 준비를 하는 와중에도 경기장은 후끈 달아올라 있었다. 네이드빌 영주를 위해 볼거리를 마련한 것이다.

후계자들은 한정되어 있었다. 마창시합이 벌어지는 횟수 역시 한정적이다. 그래서 본 시합이 벌어지기 전에 기사 후보생들 간에 시합을 벌여 경기장 분위기를 띄우고 있었다.

어느 정도 시합이 벌어져 기사 후보생들 간에 순위가 매겨지기 시작하자, 레츠가 풀 풀레이트 아머를 착용하고는 관중석으로 이동했다.

색이 바래 있는 갑옷을 입고 레츠가 관중석에 등장하자 여기저기서 웅성대는 소리가 들려오기 시작했다.

대부분 레츠가 입은 갑옷이 촌스럽다는 내용이었다. 그러다 레츠를 알아보는 이가 나타나기 시작했다.

어제 마창시합 우승자가 입고 있던 갑옷과 지금 눈앞에 있는 자의 갑옷이 똑같다는 사실을 깨달은 것이다.

관중석에서는 이제는 다른 이유로 소란스러워지기 시작했다. 오늘 강력한 우승 후보자 중 한 명이 무슨 이유로 이곳을 찾아왔는가에 대해서였다.

레츠는 관중이 어떤 반응을 보이든 묵묵히 목적지를 향해 걸어갔다. 그러고는 지정석에 앉아 있는 마르체나 앞에 가서 섰다.

"안녕하십니까, 레이디. 초대에 응해 주셔서 정말 감사합니다."

레츠가 기사의 예법에 맞게 한쪽 무릎을 꿇고 마르체나의 오른손에 입을 맞췄다. 마르체나는 레츠가 오른손에 입을 맞추는 순간 얼굴이 붉어지며 어쩔 줄을 몰라 했다. 부끄러워하는 모습이 겉으로 드러나 보였다.

누구나 마르체나를 보면 예쁘다는 생각이 먼저 들 정도로 그녀의 미모는 정말 대단했다. 그런 그녀가 부끄러워하자 주변에 있던 많은 남자들이 감탄을 터트렸다.

남자 관중의 시선을 전부 빼앗아 가자 다른 여인들의 시샘을 한 몸에 받는 것은 어쩌면 당연했다. 거기다 우승 후보자인 레츠까지 더해지니 시샘은 가일층 심해지고 있었다.

“제가 아직 기사 작위를 받지 않았지만, 감히 단언하건대 기사 중에는 뉴튼이란 자처럼 파렴치한만 있는 것이 아닙니다. 오늘 제가 마창시합을 우승하고 그 영광을 레이디에게 바치는 것으로 뉴튼이 레이디에게 행한 행동을 대신 사죄드리겠습니다.”

레츠가 뉴튼을 언급하자 마르체나의 표정이 급격하게 어두워졌다. 다시는 기억하기 싫은 것을 떠올리게 되었다는 듯 말이다.

“어찌 그자의 잘못을 레츠 님께서 대신 갚는다고 하십니까. 소녀는 레츠 님의 제안을 받아들일 수 없습니다.”

마르체나가 고개를 저으며 반대하자 레츠가 서운한 표정을 감추지 않았다.

“제가 아직 기사의 서를 받지 못한 귀족이어서 그런 것입니까?”

“아닙니다. 제가 어찌 레츠 님을 그렇게 여기겠습니까. 제 생명을 지켜 주신 분인데 말이에요.”

“그런 것이 아니라면, 제 맹세를 받아 주십시오.”

레츠의 부탁이 계속되자, 마르체나는 정말 난감하다는 표정을 감추지 못했다. 그러다 결국에는 레츠의 맹세를 받아들인다고 말했다. 그러자 옆에서 이 광경을 지켜보고 있던 관중이 레츠의 맹세를 높이 치켜세우기 시작했다.

자신의 잘못도 아닌 일이지만, 기사의 명예를 위해 마르체나에게 용서를 구하는 레츠와 그런 레츠의 행동에 끔찍했던 아픈 기억을 지우고 기사의 맹세를 받아들이는 마르체나의 행동은 칭송 받아 마땅한 일이었다.

레츠가 단언하고 맹세했던 대로 마창시합에서 상대 선수와 현격한 차이를 보이며 우승을 차지하자 레츠의 명성은 하늘 높은 줄 모르고 솟아오르기 시작했다.

레츠가 우승 메달을 가지고 마르체나 앞에 나타나 모든 영광을 바쳤을 때, 많은 시인이 그 모습을 시로 만들어서 칭송하기에 바빴다.

나중에는 그 시가 음유 시인들에 의해 노래로 만들어져 널리 퍼져 나갔다.

레츠의 계획대로 모든 것이 연출되고 관중에게 보여지고 있는 그때, 네이드빌 영주는 마르체나의 모습을 바라보며 눈을 떼지 못하고 있었다.

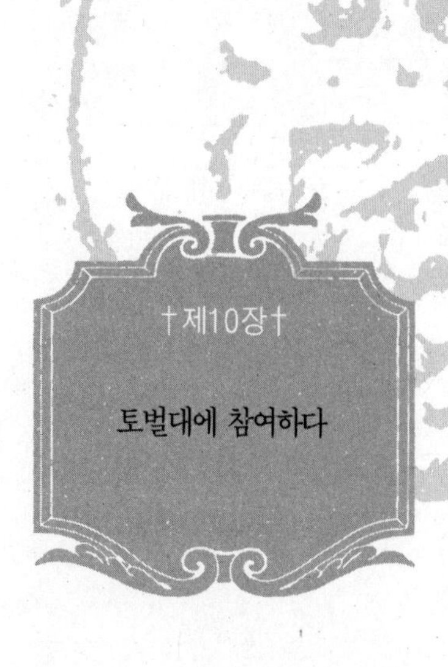

†제10장†

토벌대에 참여하다

레츠가 마창시합에서 연속으로 우승을 차지하며 차기 영주의 유력한 후보로 떠오르자 귀족들의 관심을 끌게 되었다. 미리미리 유력 후보와 인맥을 형성해 둬서 나쁠 것이 없기 때문이었다.

레츠가 영주 성에 기거하는 관계로 직접 그를 만날 수 없게 되자, 귀족들은 레츠의 가족에게로 눈을 돌렸다. 특히 솔첸과 라이덕에게 지대한 관심을 보이고 있었다.

귀족들은 결혼하지 않은 솔첸과 라이덕에게 하루가 멀다 하고 무도회 초대장을 보내기 시작했다. 자신들의 여식과 인연을 만들기 위해서였다.

솔첸과 라이덕이 다른 귀족들에게 관심의 대상이 되는 그때, 리콘은 그의 직업 때문에 골머리를 앓고 있었다.

귀족들은 대체로 용병들을 천하게 여겼다. 그러한 사실은 예나 지금이나 별반 달라진 것이 없었다.

레츠를 위한다면 당장 길드장의 자리에서 물러나는 것이 현명한 선택이었다. 하지만 가문이 어려운 처지에 놓였을 때는 제 스스로 용병들을 모으고 이용해 오다가 이제는 상황이 변해서 필요 없다며 그들을 내팽개칠 수는 없는 문제였다.

솔첸과 라이덕은 며칠 전 자신들이 처했던 상황도 잊고 리콘에게 길드장 자리에서 내려오라 하고 있었다.

무도회장에서 리콘이 길드장이란 이유로 무시를 받은 적이 있었기 때문이다.

리콘의 고민이 깊어만 가는 그때, 레츠는 다른 문제에 직면해 있었다.

"네이드빌 영주님이 마르체나를 또 불러들였다고?"

마르체나가 네이드빌 영주의 초대를 받은 것이 이번으로 세 번째였다. 레츠의 표정이 심상치 않았다.

마창시합이 끝나고 얼마 지나지 않아 네이드빌 영주가 마르체나를 영주 성으로 불러들이더니, 하루 걸러 한 번씩 마르체나를 영주 성으로 초대하고 있었다.

이렇게 되다 보니 미치고 팔짝 뛰는 것은 레츠였다. 네이드빌 영주가 무슨 이유로 마르체나를 초대해서 무얼 하는지 알지도 못하는 상황에서 설레발을 칠 수도 없었다.

마르체나가 네이드빌 영주를 만나는 날은 레츠도 어쩔 수 없이 그녀를 따로 불러들이고 있었다. 도대체 무슨 이유로 영주가 자꾸 불러들이느냔 말이다. 그리고 서로 만나서 무슨 일을 벌이느냐고 마르체나를 추궁했다.

그때마다 마르체나는 레츠의 눈을 바라보며 네이드빌 영주와는 아무것도 하는 것이 없다고 했다. 다만 그냥저냥 세상 살아가는 이야기를 나눈다고만 답할 뿐이었다. 그걸 지금 믿으라고 하는 이야기냐고 레츠가 화를 내도 마르체나는 담담하게 같은 말만을 반복할 뿐이었다.

네이드빌 영주는 영주대로 레츠가 계속 마르체나를 만나는 것이 이유 없이 싫어졌다. 레츠를 불러서 왜 마르체나를 만나느냐고 따져 물으며 다시는 만나지 말 것을 종용하자 레츠는 아무런 말도 못해 보고 넋 놓고 당할 수밖에 없었다.

네이드빌 영주가 레츠에게 쌀쌀하게 대하기 시작하자 영주성에는 추문이 나돌기 시작했다. 네이드빌 영주와 레츠가 마르체나의 미모에 혹해서는 서로 연적으로 대하고 있다고 말이다.

레츠는 영주 성에 퍼지는 추문에 민감하게 반응했지만, 네이드빌 영주는 아무런 상관이 없는 듯 행동했다.

네이드빌 영주는 여기서 만족하지 않고 가신들을 불러들였다. 그러고는 예정된 계획을 앞당겼다.

이른 시일 내에 자이엔느의 배우자를 뽑아서 후계자 교육에 들어가야 할 것 같다고 하자 가신들도 찬성했다. 후계자 자리를 더는 비워 둘 수 없다는 공감대가 이미 형성되어 있었기 때문이다.

입영 통지서를 받아 든 레츠는 입 안에 퍼지는 비릿하면서도 짭짜름한 맛에 인상을 썼다. 입영 통지서를 받아 들고는 자기도 모르게 입술을 깨문 것이다.

"퉤! 왜 갑자기 이런 결정을 내린 거지? 정말 납득할 수가 없다."

레츠는 입 안에 모여 있는 피를 뱉어 내면서 강하게 불만을 터트렸다.

"이건 다 늙은 영감탱이가 젊은 여인에 혹해서 지금 무슨 짓을 꾸미는 것이야!"

레츠는 손에 잡히는 모든 집기를 닥치는 대로 집어 던져 분풀이를 하며, 네이드빌 영주를 대놓고 비난하기 시작했다.

호크는 그런 레츠를 보며 달리 할 말이 떠오르지 않았다. 그가 봐도 이번 결정은 너무 무리하게 추진되고 있다고 생각했기 때문이다.

귀족을, 그것도 차기 영지를 다스릴 인재로 손꼽히는 이들을 지휘관도 아닌, 일반 사병으로 훈련소에 참여시키는 것은 누가 봐도 이상했다.

지휘관으로서, 무리를 이끄는 리더로서 의무와 능력을 선보이고 이를 평가 받아야 했다. 하지만 일반 사병으로서는 이유 불문하고 상관의 지시에 묵묵히 따르면 될 뿐이었다. 제대로 된 평가가 내려질 리 없었다.

물론 귀족이 타의 모범을 보여서 사병으로 군에 입대할 수도 있었다. 하지만 지금은 그럴 시기가 아니었다. 참을성과 인내심 등 후보자의 모자란 점을 채워 주는 것이 아니라, 이미 그 모든 것을 갖춘 후보를 선택해야 했다.

네이드빌 영주도 문제지만, 이런 결정에 찬성한 가신들도 문제였다. 어떻게 앞뒤 분간도 못하고 덜컥 찬성을 해 버리는지, 레츠는 도통 이해할 수가 없었다.

레츠가 이번 일에 관해 격렬하게 반대하는 것과는 달리 네이드빌 영주는 물론 4대 가신 모두 만족할 만한 결정을 내렸다고 판단하고 있었다.

네이드빌 영주는 레츠를 신병 훈련소에 집어넣음으로써 마르체나를 만나지 못하게 막아서 좋았고, 가신들은 아직 검증되지 않은 레츠의 인간성 및 가치관을 이번 기회에 제대로 파악하는 기회로 삼을 수 있어서 좋았다.

레츠는 마르체나에 대해 대책다운 대책도 세우지 못하고 쫓기듯 신병 훈련소에 입대할 수밖에 없었다.

신병 훈련소 앞에서 사이엔이 불만을 토로했다.

"왜 우리가 이딴 곳에서 훈련을 받아야 하는지 명확히 말해 줄 사람?"

그가 불만을 토로하자 다른 이들도 동감을 표시했다. 그건 레츠도 마찬가지였다.

자신들은 귀족이었다. 그런데 귀족에 걸맞는 대우를 해 주지 않고 있는 것이다. 어떻게 평민과 같이 훈련을 받으라고 할 수 있는지 전혀 이해할 수 없었다.

훈련은 시작도 하기 전부터 삐걱거리기 시작했다.

이번 훈련에 대한 평가가 차기 영주를 뽑는 데 상당한 영향을 미치게 될 것이라고 알고 있으면서도 후보자들은 평가 자체를 받아들이려고 하지 않았다.

레츠 일행이 이번 결정에 불만을 품고 있다고 해도 훈련소에서는 훈련병을 맞이하려고 바쁘게 움직였다.

"훈련병들은 지금 즉시 연병장으로 집합해라."

마법 물품에 의해 증폭된 교관의 목소리가 신병 훈련소 구석구석으로 울려 퍼졌다. 교관의 말이 끝나자 새로 훈련소에 입소한 이들 사이에 자리하고 있던 조교들이 움직이기 시작했다.

"뭘 꾸물거리는 것이냐. 우물쭈물거리지 말란 말이다!"

"훈련소에 입소한 순간, 네놈들은 영지민이 아닌 군인이다!"

조교들이 앞에 나서서 통제하자 훈련병들이 기민하게 움직이기 시작했다. 가장 선두에 서 있는 훈련병을 기준으로 오와 열이 빠르게 맞춰졌다. 하지만 그것도 조교의 지시가 통하는 이들에게만 적용되고 있었다.

"네놈들은 아직까지 움직이지 않고 뭐 하는 것이냐!"

한쪽에서 무리를 이루고서 지시에 따르지 않는 훈련병들을 향해 조교가 호통을 치기 시작했다.

레츠는 조교의 말에 머릿속에서 무언가가 '툭' 하고 끊어지는 것을 느꼈다. 크렌스피 영지의 영주건 뭐건 그 순간만큼은 다 필요 없었다.

눈앞에 있는 평민에게 죄를 물어야 했다. 귀족을 모욕한 죄를 말이다. 레츠가 한 발 앞으로 나서려는 그 순간, 그보다 먼저 움직이는 이가 있었다.

짝!

불식간에 뺨을 맞아 정신을 차리지 못하는 조교를 사이엔이 삿대질하고 있었다.

"네놈? 지금 네놈이라고 했느냐?"

잔뜩 흥분해서는 콧김을 내뿜던 사이엔이 다시 조교의 뺨을 때렸다.

짝!

뺨을 때린 손을 이용해 곧바로 조교의 멱살을 잡아챘다.

아무리 조교라고 해도 일반 병사. 정식으로 검술을 배운 귀족의 손놀림을 피할 능력은 애초에 갖추고 있지 못했다.

"잘 들어 둬라, 평민. 나는, 아니 우리는 귀족이다. 앞으로 우리와 마주치면 고개를 조아려라."

사이엔의 목소리는 계속 커졌다. 그의 말이 끝날 때쯤에는 연병장에 있던 모든 이가 들을 수 있는 크기였다.

사이엔의 말은 동료를 돕고자 달려오던 다른 조교들의 발을 묶는 역할도 했다.

훈련병 신분으로 훈련소에 들어왔다고 해도 귀족이었다. 아무리 조교라고 해도 평민이 귀족을 함부로 대했다간 그 뒷일을 감당하지 못할 것이 뻔했다.

사이엔에게 뺨을 맞은 조교도 똑같았다.

훈련병에게 손도 못 써 보고 뺨을 맞았다는 것보다 귀족이 훈련병에 참가했다는 말이 더 큰 충격이었다.

훈련병에게 뺨을 맞았는데도, 그에 대한 아무런 책임도 물을 수 없게 되었다. 그저 연병장을 빠져나가 그곳을 벗어날 뿐이었다.

이번뿐이 아니었다. 문제는 끊임없이 발생했다.

조교는 물론 교관까지도 그들을 통제할 수 없었다. 신분 사회에서 평민이 귀족을 통제한다는 것은 사실상 불가능했다.

그건 신병 훈련소의 유일한 귀족인 부대장도 마찬가지였다.

"너희는 네이드빌 영주님의 지시를 따르지 않겠다는 것이냐?"

부대장인 라이발트의 말에 르노가 고개를 흔들며 부정했다.

"우리는 네이드빌 영주님의 지시를 따르지 않는 것이 아니라, 귀족으로서 누려야 할 당연한 권리를 주장하는 것입니다."

"르노의 말이 맞습니다. 우리는 충실히 귀족의 의무를 수행해 왔고 앞으로도 그럴 것입니다. 우리는 평민과 같이 훈련을 받는 것이 아닌, 크렌스피 영지를 위해 이번에 계획된 몬스터

토벌대에 합류시켜 줄 것을 정식으로 요청합니다."

르노에 이어 카이엔까지 반대하고 나서자 라이발트가 당황했다. 자신 앞에서도 이렇게 당당하게 지시를 거부할 줄은 몰랐다.

그냥 아무런 개념 없이 귀족이라는 지위에 취해 있는 애송이들이라고 여겼었다. 그런데 아니었다.

이들은 귀족의 의무와 권리에 대해 자신만의 가치관을 따르고 있었다. 그리고 그걸 자신에게 유리하게 적용시킬 능력이 있었다.

그것보다 더 중요한 것은 이들 중에서 차기 영주가 나올 수 있다는 것이다. 더 정확히 말하면, 이 중에 한 명이 무조건 차기 영주가 될 것이다. 이들과 척을 져서 좋을 것이 없었다.

라이발트 부대장까지 아무런 조치를 취하지 못하자 상황은 더욱더 악화 일로로 치달을 뿐이었다.

이제는 후보들을 훈련에 참가시킬 수 있나 없나의 문제를 뛰어넘었다.

후보들이 거부 행위를 지속하자 그 영향이 일반 훈련병들에게까지 옮겨 갔다. 그들도 사람인 이상 신분 사회에 속해 있어도 눈앞에서 벌어지는 차별 행동에 거부감이 드는 건 어쩌면 당연했다.

라이발트는 후보들이 자신의 통제에서 벗어났다고 판단하고는 이와 같은 사실을 영주 성에 보고할 수밖에 없었다.

후보들을 통제할 수 있는 평가단을 파견하든지, 아니면 이번 계획은 통제 불가능으로 전면 수정이 불가피하다는 내용이었다.

라이발트의 보고서는 영주 성에 많은 파문을 불러왔다. 아니, 크렌스피 영지 귀족들의 반발을 일으켰다. 표면적으로는 어떻게 귀족을 평민과 같이 대우할 수 있느냐이지만, 그 이면에는 다른 이유가 깔려 있었다.

후보들이 신병 훈련소에서 정식으로 훈련을 받게 된다면, 그 이후부터는 귀족이라는 이유만으로 군 지휘부에 들어갈 수 없게 되는 것이다.

차기 크렌스피 영지의 영주도 신병 훈련소에 들어가 평민들과 같이 어울렸으니 그보다 지위가 낮은 귀족들은 알아서 기어야 했다.

귀족 중에도 자신들의 이익에 반하는 행위에 대해서는 벌떼처럼 달려들어 갈기갈기 찢어 놓아야 직성이 풀리는 족속들이 있었다. 그들이 움직인 것이다.

후보들의 집단 반발로 치달은 이번 사태는 많은 후유증을 야기시켰다. 차기 영주 후보들이 현 영주의 지시를 거부한 것이다. 지금 겉으로는 아무런 문제도 없었지만, 훗날 후보들 중에 후계자가 나온다면 이는 정치적으로 매우 민감한 사항이었다.

이번 일은 어두운 그림자 속에서 보이지 않는 권력 다툼이 시작되는 계기가 되었다.

레츠는 이런 일련의 사태를 한 발짝 물러선 상태에서 흥미롭게 감상할 뿐이었다. 조교나 교관의 행태에 직접 화를 낼 필요도 없었다.

그가 화를 내지 않아도 다른 이들이 앞에 나서서 화를 내 주고 있기 때문이었다. 이것은 마치 주군의 기분을 헤아려서 먼저 움직이는 수하의 모습과 흡사했다.

기분이 나쁘다고 느끼는 순간 어김없이 앞으로 나서서 혼찌검을 내는 그들의 모습은 레츠에게 정말 미치도록 짜릿한 흥분을 안겨 주고 있었다.

레츠의 눈에 비친 다른 후보들은 그의 경쟁자가 아니었다. 자신에게 조금이라도 잘 보이려고 꼬리를 흔드는 애완견일 뿐이었다.

레츠는 짜릿한 흥분을 만끽하는 그 순간 간절히 바라기 시작했다. 이것이 꿈이 아닌 현실이 되기를 말이다. 귀족을 마음대로 부리는 힘, 그 힘을 갖게 되길 말이다.

크렌스피 영지는 몬스터랜드를 방어하려고 만들어진 영지다.

항시 몬스터의 습격에 대비해야 했다. 그런 이유로 적군과 마주 대하고 있는 국경이 아니면서도 국경 지역 못지않은 군비를 확충하고 있으며 고도로 훈련된 군대를 보유하고 있었다.

일 년 365일 언제라고 말할 것도 없이 몬스터의 습격이 빈번하지만, 특히 야생에서 생활하는 모든 존재들을 혹독하게 만드는 겨울이 찾아오면 몬스터들이 식량을 찾으려고 마을을 습격하는 횟수가 기하급수적으로 증가했다.

크렌스피 영지는 이런 몬스터의 습격에 대비해서 겨울이 다가오기 전, 가을 끝 무렵이면 어김없이 몬스터 개체 수를 줄이려고 토벌대를 조직해 몬스터랜드로 진입했다.

지금이 그 시즌이었다. 그리고 차기 영주 후보들이 토벌대 합류를 강력히 원하고 있었다.

"후보들이 원하는 대로 토벌대에 참가시키는 것은 어떻겠습니까?"

란스 자작이 조심스레 네이드빌 영주에게 자신의 생각을 꺼냈다. 그러자 의자에 기대 눈을 감고 있던 네이드빌 영주가 눈을 지그시 뜨고는 란스 자작을 바라봤다.

"과연 그들이 주장하는 것처럼 토벌대에 참가할 능력을 갖췄다고 여기는 것인가?"

네이드빌 영주는 아직도 후보들이 그의 지시를 거부한 것에 대해 앙금이 사라지지 않았다. 그들 중에 차기 영주를 뽑을 것이 아니라면, 전부 혹독한 대가를 치르게 했을 것이다.

4대 가신들도 이러한 사실을 알고 있었다.

가신들도 네이드빌 영주의 지시를 거부한 그들을 좋게 보지 않고 있었다. 하지만 크렌스피 영지의 미래를 위해서 지금은 책임을 물을 것이 아니라, 후보들이 최고의 기량을 선보일 기회를 제공해야 했다. 그래서 란스 자작이 대표로 나선 것이다.

"후보들의 능력이 있고 없고의 문제는 이미 넘어섰습니다. 우리는 그냥 그들이 자신의 능력을 마음껏 선보일 수 있는 자리를 마련하면 그만입니다. 그런 가운데 차기 영주에 합당한 능력을 보여 주는 후보를 선택하면 될 것이라고 생각됩니다."

"낙오자들에 대해서는 일체 신경 쓰지 말자는 건가? 흠, 다음 세대를 위해서는 그들도 필요한데 말이지. 깊이 생각해야 할 문제로군."

네이드빌 영주가 의자 손잡이에 엄지손가락을 두드리며 생각에 잠겼다. 잠시 생각을 정리할 시간을 갖고는 란스 자작을 제외한 다른 가신들을 바라보며 질문을 던졌다.

"자네들의 생각도 란스 자작과 같은가?"

"그렇습니다."

"그럼 그들이 원하는 무대를 마련해 주도록 한다."

네이드빌 영주의 결정이 떨어지자 후보들의 토벌대 합류를 위한 준비로 분주해지기 시작했다.

후보들의 안전을 최우선으로 하면서도 그들의 실력을 평가하려면 체계적인 계획이 필요했다.

후보들이 실력이 없어서 낙오당하거나 몬스터에 죽는다고 해도 모든 것을 감수할 테지만, 일부러 그들을 사지로 몰아넣을 생각도 없었다.

토벌대에 속해서 자신의 능력을 마음껏 펼치고, 그것을 놓치지 않고 제대로 평가하면 되는 것이다.

네이드빌 영주의 특별 지시로 테일 남작이 후보들이 있는 신병 훈련소를 직접 찾아갔다. 이번 네이드빌 영주의 결정을 후보들에게 알려 주기 위해서였다.

"아주 맹랑한 일을 저질렀더구나."

후보들을 마주 대한 후 테일 남작이 처음으로 던진 말이었다.

"크렌스피 영지의 귀족으로서 당연한 일입니다."

테일 남작의 비꼬는 말에도 레츠는 담담히 자신의 소신을 밝혔다.

테일 남작과 악연 아닌 악연을 이어 오고 있던 레츠는 왠지 테일 남작과 관계된 일은 그것이 무엇이건 우위를 차지하고 싶었다.

앞으로 나서며 말하는 레츠를 바라보던 테일 남작은 그 모습이 너무도 가소로울 뿐이었다.

"귀족으로서 당연하다고? 흥! 아주 가소로워서 우습지도 않다."

레츠에게 콧방귀를 뀌고는 품 안에 넣어 뒀던 서류를 꺼내 들었다. 그러고는 후보들이 모두 바라볼 수 있게 펼쳐 보였다.

"이것이 무엇인 줄 아느냐? 이것은 너희가 훈련소에서 생활했던 모든 것에 대한 평가서이다. 아주 가지가지로 사고란 사고는 다 쳤더구나."

"각오했던 일입니다."

르노가 비장한 모습으로 한 발 앞으로 나서면 말했다.

눈앞에서 흔들리는 서류 때문에 마음이 착잡한 것은 사실이었지만, 이런 결과에 대해서는 각오했던 일이다. 이제 와 흔들리는 모습을 보이는 것은 그것대로 우스울 뿐이었다.

"그래, 너흰 충분히 각오하고 있던 일이겠지. 하지만 레츠는 과연 그러했을까? 수십 건이 넘는 사건 사고 중에 레츠와 관련된 일은 단 한 건도 없다는 것을 너희는 알고 있느냐?"

테일 남작의 말이 끝나자 그곳에 모여 있는 이들은 믿을 수 없다는 눈빛을 숨기지 않은 채 레츠를 바라봤다. 그들의 눈빛은 테일 남작의 말이 사실이냐고 묻고 있었다.

레츠는 자신의 치부가 백일하에 드러났지만, 동요하는 모습을 보이지는 않았다. 마치 아무런 문제도 없다는 듯이 말이다.

"테일 남작님, 제가 아무런 문제도 일으키지 않은 것이 잘못된 일입니까?"

적반하장도 유분수라는 말이 있다. 지금 레츠를 두고 하는 말일 것이다. 당하는 처지에서는, 뻔뻔할 정도로 당당한 레츠의 행동에 치를 떨 정도였다.

"테일 남작님, 제가 묻지 않습니까? 제 행동이 잘못된 행동이었습니까?"

고개를 빳빳하게 세우며 테일 남작을 향해 질문하는 레츠는 한 치의 흔들림도 없었다. 오히려 레츠의 치부를 밝혔던 테일 남작이 당황할 정도였다.

"아니다. 네이드빌 영주님은 자네의 참을성과 인내심을 칭찬하는 걸 마다하지 않으셨다."

입술을 지그시 깨물며 말하는 테일 남작의 목소리가 떨려왔다.

이번 훈련소에서의 훈련과정도 철저하게 평가하고 점수로 매겨졌다. 당연히 아무런 문제도 일으키지 않은 레츠에게 좋은 점수를 주는 것은 당연했다. 아니, 이번 경우는 레츠가 아닌 다른 경쟁자들이 스스로 문제를 일으키며 자멸했다고 보는 것이 정확했다.

레츠가 뒤로 한발 빠져서 일신의 안위를 도모한 사실에 경악한 다른 후보들은 할 말을 잃었다. 이제 그들에게 레츠는 정당한 경쟁자가 아닌, 절대 함께할 수 없는 적으로 변하였다.

적의를 강하게 뿜어내며 레츠를 압박했지만, 레츠는 그런 그들의 행동에 전혀 아랑곳하지 않았다.

세상은 어차피 무한 경쟁이었다.

먹느냐 먹히느냐의 싸움.

레츠는 여덟 살 때부터 이미 처절한 약육강식의 세계에 발을 담그고 있었다. 오히려 세상의 풍파를 경험해 보지 못한 그들은 애송이로 비칠 뿐이었다.

치부가 될 수 없는 치부를 들춰서 레츠를 물 먹이려던 테일 남작의 행동은 절반의 성공을 거두는 데 만족해야 했다.

처음 계획대로 레츠의 치부를 밝혀서 다른 후보들로부터 배척 받게 하려는 의도는 성공했지만, 레츠 스스로 다른 후보들을 외면하고 있는 현실에서는 아무런 영향도 끼칠 수 없기 때문이었다.

이번 싸움은 테일 남작의 일방적인 패배로 끝이 났다.

테일 남작이 훈련소에 있는 후보들을 찾아온 목적은 따로 있었다. 레츠로 인해 잠시 미뤘지만, 그것은 어디까지나 사적인 일이었다.

테일 남작이 찾아온 이유는 역시 토벌대에 관한 문제 때문이었다. 갑작스레 결정된 사항인 만큼 준비해야 할 일들이 많았다. 그리고 후보들이 숙지해야 할 일도 그만큼 많았다.

설명은 한참 동안 이어졌지만, 후보들이 놓치고 넘어간 것에 대해서는 두 번 다시 설명하지 않았다. 모르면 모르는 대로 토벌대에 참가해야 했다.

자신들이 강력히 원해서 갑작스럽게 이루어진 일이었다. 이정도 페널티는 스스로 감수해야 했다.

토벌대에서 그들에게 맡긴 임무는 그렇게 중요하지는 않았다. 다만 병사 10명을 지휘하는 위치에 있었으며, 그들의 생과 사를 직접 책임져야 했다.

그 10명의 병사 중에는 네이드빌 영주의 특명을 받은 병사가 포함되어 있으며, 그들로부터 지휘 능력에 대해 평가를 받아야 했다. 네이드빌 영주가 그들에게 어떤 특명을 내렸는지는 알려 주지 않았다. 스스로 알아서 판단하고 대처하라는 것이었다.

훈련소에 들어오면서 외부와의 접촉을 통제 받아 왔지만, 앞으로 통제는 더욱 강화될 예정이었다. 지금부터 있을 평가는 후보의 인맥을 철저하게 배제하고 개인의 역량을 중점으로 평가할 것이었다.

육체적 능력과 두뇌의 명석함.

병사를 앞에서 이끌고 나갈 것인지, 아니면 뒤에서 병사들을 통제할지는 스스로의 능력과 판단에 따라 다를 것이다.

그렇지만 이것 하나만은 확실했다. 이번 토벌대를 끝으로 차기 영주를 선출할 것이라는 사실이었다. 다음 기회는 없었다. 지금까지의 평가를 뒤바꿀 수 있는 마지막 기회였다.

레츠의 마음속에 열망이 피어올랐다. 권력을 향한 열망이 말이다.

토벌대 인원 총 1,220명. 그중에 10명에 대한 지휘권이 레츠에게 주어졌다. 100분의 1에도 미치지 않는 소규모 인원이었지만, 공식적으로 레츠에게 지휘권이 생긴 것이다.

레츠의 지휘하에 놓이게 된 병사들은, 처음에는 이번 토벌대에 참가하지 않았었다. 그러다 갑작스럽게 소집 명령이 떨어졌고, 토벌대에 속하게 된 것이었다.

병사들은 자신들이 왜 토벌대에 갑작스레 합류하게 되었는지 모르고 있었다. 얼떨떨한 상태에 놓여 있는 그들에게 토벌대 총책임자인 테일 남작이 아주 소상히 알려 주었다.

후보들이 자신들의 이력을 위해서 토벌대 참가를 원했다고. 네이드빌 영주는 반대했지만, 대다수 귀족의 찬성으로 어쩔 수 없었다고 말이다. 그 희생양이 너희라고 대놓고 말한 것이다.

몬스터와 싸우는 전장에서 공명심에 눈이 먼 지휘관은 그 휘하 병사들의 목숨을 헌신짝 취급할 것이 분명했다. 자신의 전공을 세우려고 말이다.

병사들이 테일 남작의 말을 듣고 반발하는 건 너무도 당연했다.

병사들의 반발이 심해지면 심해질수록 후보들이 그들을 통제하기는 어려워진다. 테일 남작은 처음부터 이와 같은 병사들의 반응을 노렸다.

자신의 휘하 병사들이 반발하는 상황에서, 병사들을 어떻게 통제하고 명령하는지를 파악하고 싶은 것이다.

이런 좋지 않은 여건 속에서 발휘되는 능력이야말로 진정한 실력이었다. 몬스터와의 싸움 중 원치 않은 피해가 발생하더라도, 옥석을 제대로 고르기로 작정한 것이다.

레츠는 자신의 앞에 사열해 있는 병사들을 바라봤다.

얼굴에 한두 개의 상처를 훈장처럼 단 모습을 미루어 보아

제법 사선을 넘나들었던 경력을 자랑하는 병사들이었다.

이제 곧 몬스터랜드에 진입하는데도 여유로움이 겉으로 드러나는 모습에 레츠는 만족스러웠다.

"레츠 크렌스피다. 이제부터 너희의 생사여탈은 내게로 넘어왔다. 나는 철저하고 무조건적인 복종만을 원한다."

광오할 정도로 오만한 레츠의 말에도 병사들은 별다른 변화가 없었다. 어차피 테일 남작을 통해 레츠가 공명심에 눈이 멀어 있다는 사실을 알고 있었기 때문이다.

레츠의 말은 전형적으로 출세 지향적인 귀족들이 내뱉는 말이었다. 그들이 가장 먼저 손에 넣고 싶어 하던 것이 병사들의 목숨이었다. 레츠도 그들과 똑같은 것을 원하고 있었다.

"올해 나이가 어떻게 되슈?"

병사 중 한 명이 앞으로 나와서 레츠의 나이를 물었다. 왼쪽 볼에서 어깨까지 이어진 상처가 인상적인 병사였다.

레츠의 시선이 그 병사에게로 향했다. 그런 쓸데없는 질문을 왜 하느냐는 표정을 담고서 말이다. 레츠는 자신의 나이에 별다른 신경을 쓰지 않고 있지만, 병사들에겐 아주 중요한 일이었다.

"16살이다."

무덤덤한 레츠의 말에 병사들 사이에서 웅성거림이 커져 갔다. 겉으로 보기에도 상당히 앳된 모습에 설마 하고 물어봤는데, 이건 생각보다 더 어렸다.

병사들 간의 웅성거림을 넘어서 아예 대놓고 레츠를 깔보며 무시하는 병사가 나타났다.

"이거 머리에 피도 안 마른 애송이잖아."

"몬스터가 어떻게 생겼는지 알기는 하슈?"

"몬스터를 만나면 오줌을 지리는 거 아냐?"

병사들의 비아냥거리는 소리가 거슬렸는지 레츠의 얼굴이 구겨졌다. 그의 손이 자연스럽게 올라오며 병사들의 행동을 제지했다. 그러나 레츠의 손짓은 병사들에게 통하지 않았다. 오히려 더욱 강도가 심해졌다.

평민에게 목소리를 높이며 싸우고 싶지 않았지만, 이렇게 된 이상 더는 참을 수 없었다. 검을 뽑아 든 레츠의 목소리가 커지는 건 당연했다.

"내 말이 말 같지도 않나! 지금 여기가 어디라고 생각하는가? 몬스터랜드에 아직 들어서지는 않았지만, 여기는 전장이다. 더 이상의 반항은 그냥 넘기지 않을 것이다."

레츠가 검을 뽑아 들자 병사들이 민감하게 반응하기 시작했다. 레츠가 아무리 어리다고 해도 검을 든 이상 사람을 상하게 하는 건 너무나 쉬웠다.

원래 눈먼 검이 더 위험한 것이었다.

병사들이 레츠에게 검을 도로 집어넣을 것을 종용했다. 그러나 레츠는 병사들의 말을 듣지 않았다. 아예 이번 기회에 그들을 휘어잡을 생각이었다.

레츠는 병사들에게 자신의 명령을 따를 것을 지시했다. 그것도 세 번이나 말이다. 그러나 병사들은 이를 무시하고 검을 집어넣으라고 요구할 뿐이었다.

"사람을 죽여 봤소? 아니, 검으로 베어 보긴 했소?"

처음 레츠의 나이를 물었던 병사가 레츠의 코앞까지 접근해서는 물어 왔다.

레츠와 병사와의 키 차이로 인해 병사가 레츠를 내려다보고 있었다. 콧김을 내뿜는 모습을 봐서는 상당히 흥분해 있는 모습이었다.

병사는 레츠가 전형적인 귀족가의 도련님이라고 여겼다. 뛰어난 지도력을 바탕으로 병사들의 자발적인 충성심을 이끌어 내는 모습은 전혀 없었으며, 신분 차이를 이용한 무조건적이고 강제적인 핍박만이 있었다. 그래서 대놓고 레츠를 무시하고 있었다.

병사의 행동 하나하나에 자신감이 묻어났다.

이 모든 것을 책임져 줄 든든한 후원자도 있었기 때문이다. 하지만 이는 오판이었으며 만용이었다.

레츠는 일반적으로 통용되는 관념으로는 파악할 수 없는 사람이었다. 살며시 위로 치켜뜨는 레츠의 눈과 마주친 병사는 자신의 두 눈을 관통하고 지나가는 그 무언가를 느꼈다.

"헉!"

발끝에서부터 타고 올라오는 그 무언가 때문에 꼼짝도 할 수 없었던 병사가 주춤주춤거리며 레츠와 멀어져 갔다. 그러나 그것도 단 세 걸음뿐이었다. 그 이상은 가고 싶어도 갈 수가 없었다.

팟!

병사의 머리가 하늘로 솟아오르더니 잠시 뒤에 피가 분수처럼 뿜어져 나왔다. 언제 움직였는지 레츠의 검이 병사의 목을 베고 지나간 것이다.

아래로 향해 있는 검을 타고 핏방울이 떨어지자 레츠가 검을 한 번 흔들고는 검집에 집어넣었다.

그때까지 놀란 눈을 부릅뜨고 있던 병사들이 눈앞에서 벌어진 현실을 그제야 인식하게 되었다.

"사, 살인이다!"

"사람이 죽었어!"

레츠가 일으킨 파문은 그곳에 모여 있던 병사들로부터 시작해서 동심원이 커지듯 토벌대 전체로 퍼져 나갔다.

토벌대에 참가한다는 것은 크렌스피 영지를 위해 목숨을 바친다는 것이다. 그런데 토벌대의 적인 몬스터와 하는 전투에서의 죽음이 아닌, 같은 동료에게 죽음을 당한 것이다.

개죽음, 정말 개죽음이었다. 토벌대의 사기가 단번에 바닥을 치는 것은 당연했다.

테일 남작이 깜짝 놀라서 허겁지겁 사건이 벌어진 장소로 달려왔다. 목이 잘려 있는 병사의 시체가 눈에 들어왔다.

토벌대가 발칵 뒤집힐 정도로 엄청난 사건이 벌어져 사고 현장에 당도하고 보니 레츠가 있었다. 어떻게 된 것이 문제가 발생하는 곳에는 레츠가 있었다. 이번 일도 분명히 레츠와 연관이 있다는 것을 직감할 수 있었다.

"뭐야? 어떻게 된 일이야!"

테일 남작이 레츠를 추궁하기 시작했다.

"전시 상황에서 명령 불이행한 병사를 즉결 처분했습니다."

레츠의 말에 테일 남작은 어처구니가 없을 뿐이었다.

"전시 상황? 명령 불이행? 즉결 처분?"

"문제 될 것이 있습니까?"

문제가 된다.

이것이 어찌 문제가 안 될 수 있겠는가.

테일 남작은 뻔뻔하게 얼굴을 들이미는 레츠의 행태에 치를 떨었다. 어떻게 부하를 죽여 놓고 아무런 문제도 될 것이 없다고 할 수 있는지. 하지만 레츠는 자신의 행동에 대해 너무도 당당했다.

"네이드빌 영주님께서 저에게 병사들을 통제할 수 있는 지휘권을 주었습니다."

"지휘권이 생겼다고 병사를 함부로 죽일 수는 없다."

테일 남작의 말에 레츠가 고개를 끄덕이며 대답했다.

"그렇습니다. 하지만 병사들이 제 통제를 따를 때에만 해당하는 것입니다. 이들은 저를 인정하지 않았습니다. 그것은 저

개인에 국한된 것이 아닌, 저에게 지휘권을 주신 네이드빌 영주님을 인정하지 않은 것입니다."

레츠가 자신에 국한한 것이 아니라, 네이드빌 영주까지 언급하자 테일 남작이 옆에 있는 병사들을 바라봤다. 병사들도 테일 남작을 바라보고 있었다. 그들의 눈에는 당혹함이 역력했다. 레츠를 강하게 압박하던 테일 남작이 주춤거릴 수밖에 없었다.

"저뿐만이 아닙니다. 다른 후보들도 병사들을 통제하지 못하고 있습니다. 처음부터 명령을 따를 생각이 없는 병사들이었습니다. 지금 이 문제를 해결하지 않았다면, 몬스터와의 전투 중에 더 큰 문제로 발전할 수도 있었습니다. 그렇게 되면 토벌대 전체가 위험에 빠질 수도 있습니다."

레츠의 지적은 정확했다.

토벌대에 참여한 후보들은 지시를 따르지 않는 병사들 때문에 많은 곤욕을 치르고 있었다. 그런데 레츠가 명령 불복종을 이유로 들어 병사의 목을 침으로써 단번에 제압할 수 있었다.

이번 일로 능력 평가에 있어서 유리한 위치를 차지하게 된 후보들은 레츠의 행동이 용기 있는 결단이었다며 호응하고 있었다. 신병 훈련소에서의 일은 이미 저만치 잊은 뒤였다.

"제 휘하 부하들의 잘못에 의한 책임은 질 것입니다. 이로 인해 상당한 불이익이 발생한다고 하더라도 감수할 의향이 있습니다."

테일 남작은 책임을 지겠다며 나서는 레츠의 모습을 보고 한숨을 내쉴 수밖에 없었다. 평가 자체가 무산될 위기에 놓여 있는데, 흰소리만 계속하고 있는 레츠였다.

병사들의 반항에는 테일 남작의 입김이 크게 작용했다. 후보들의 능력을 평가하려고 내려진 조치였다. 그런데 레츠가 이 문제를 키워 버린 것이다.

후보들의 평가를 위해 테일 남작의 지시를 따랐는데, 돌아오는 것은 개죽음뿐이었다. 어느 병사가 테일 남작의 말을 따르겠는가. 레츠는 물론 다른 후보들의 평가가 물거품이 되었다.

†제11장†

몬스터랜드 I

레츠는 몬스터랜드에 들어서면 곧바로 몬스터와의 격전이 있을 거라 예상하고 있었다. 하지만 몬스터랜드로 들어온 지 한나절이 흘렀는데도 어떠한 징후도 보이지 않고 있었다. 오히려 인간의 냄새에 이끌려 어슬렁거리며 나타났던 몬스터들이 토벌대의 숫자에 압도당해 도망쳐 버릴 정도였다.

"그놈, 꽁지 빠지게 도망치는 꼴 하고는."

"크크크."

기세 좋게 달려들던 오크가 천 명이 넘어가는 토벌대의 위용에 꽁지 빠지게 도망치는 모습은 몇 번을 봐도 재미있었다.

지금도 그랬다. 인간을 피해 도망치는 오크라니, 정말 상상도 하지 못했던 일이 눈앞에서 벌어지고 있었다.

선임 병사들에게 말은 들어 왔지만, 정말 토벌대를 피해 도망칠 줄이야. 새로 토벌대에 참여한 신병들의 웃음이 끊이지 않았다.

처음에는 몬스터가 나타났다고 난리가 났었다.

선두에서 가장 먼저 오크를 발견한 신병들이 발 빠르게 움직여 이에 대응하려고 움직였지만, 오크는 이미 도망친 이후였다.

단 한 마리의 오크가 토벌대를 발칵 뒤집어 놓고는 쏜살같이 사라져 버렸다.

신병들은 말할 것도 없고, 혹 돌발 상황이 벌어질까 염려한 선임병들까지 사태를 예의 주시하고 있었다. 그러나 이런 일이 한 번이 두 번 되고, 두 번이 세 번으로 변하자 극에 달했던 긴장이 너무 허무할 정도로 쉽게 무너져 내렸다.

매번 똑같은 행동의 반복이었다.

신병들은 언제나 긴장했으며, 선임병들은 그런 신병들이 혹 사고나 치지 않을까 예의 주시하기 바빴다. 그러다 신병들도 한두 마리씩 보이는 몬스터는 별다른 위협이 되지 않는다는 사실을 깨닫고 나서야 토벌대는 조용해졌다.

레츠는 토벌대의 분위기가 이상하게 흐른다고 생각했다. 지금까지 몬스터의 습격이 없다는 것은 좋은 일이었지만, 반대로 생각해 보면 꼭 좋은 일만도 아니었다.

전쟁에서 퇴로 확보는 무엇보다 중요했다. 그 누가 말했듯이 삼십육계 중 최고는 뭐니 뭐니 해도 줄행랑이 으뜸이라니 말이다. 이런 식으로 숲 속으로 들어가는 것은 위험을 자초하는 일이었다.

영지와 아무리 가까이 있는 곳이라도 어디든 몬스터가 들끓었다. 그렇기에 몬스터랜드라고 불리는 지역이다. 그런데 그런 곳을 한나절이나 이동하고 있는 토벌대의 앞을 막아서는 몬스터가 없었다. 정말 찝찝한 일이 아닐 수 없었다.

이대로 전진을 계속하다 혹 엄청난 수의 몬스터 무리에게 공격을 당해 몸을 피해야 할 일이 발생했을 때, 토벌대의 퇴로를 막아서는 일이 발생할 수도 있었다.

등 뒤의 적을 무시하고 눈앞에 보이는 적만을 상대했다가는 큰 낭패를 볼 것이 자명한 것이다.

레츠는 테일 남작의 의중을 알아볼 필요가 있다고 생각했다.

"남작님, 이대로 전진을 계속하는 건 아무래도 위험을 자초하는 것 같습니다."

"그렇지."

"네?"

테일 남작의 말이 너무 간단명료해서 레츠는 자신도 모르게 되물을 수밖에 없었다.

"네 말대로 토벌대는 지금 외줄타기 하듯 위협을 무릅쓰고 이동 중이다."

"그건 또 무슨 말입니까?"

레츠의 말에 테일 남작이 품속에서 지도를 꺼내 그에게 건네주었다.

“토벌대는 항시 몬스터랜드에 들어오면 정보를 수집한다. 그건 지금까지 토벌대가 수집한 정보를 한데 모은 것이다.”

몬스터랜드에 관한 전반적인 지도로 그 안에는 이전 토벌대의 발자취가 적혀 있었다.

어느 곳을 갔고, 그곳에 어떤 몬스터가 있었는지, 그리고 그곳의 지형적 특성이 적혀 있었다. 하지만 상세하게 작성되지 않아 애매했다. 그렇지만 단 세 군데는 다른 곳보다 더욱 상세하게 작성되어 있었다.

“어째서 저에게는 이것을 보여 주지 않은 것입니까?”

자신을 무시한다고 여긴 레츠가 강하게 항의하자, 테일 남작은 그걸 정녕 몰라서 묻느냐는 식으로 레츠를 바라봤다.

“네놈, 무언가 착각한 것 아니냐? 나는 토벌대를 총괄하는 부대장, 너는 수하 10명을 책임지는 십부장일 뿐이다. 그런 네놈에게 이런 고급 정보가 가당키나 하다고 여기는 것인가?”

테일 남작의 말에 레츠는 자존심이 왈칵 구겨지는 느낌이 들었다.

건방지게 어디 십부장이 토벌대 총대장에게 들이대느냐며, 면담 요청을 받아 준 것만으로 이미 많은 배려를 했다는 뜻이 담겨 있었다. 레츠는 테일 남작의 눈빛을 보고 알 수 있었다.

레츠가 받은 느낌은 정확했다. 테일 남작은 후보들이 면담을 요청해도 응할 생각이 없었다. 그럴 위치도 아닐뿐더러, 만날 필요도 없기 때문이다. 단지 레츠가 토벌대의 이동에 뭔가 잘못된 점을 느끼고는 그걸 확인하려 했기에 잠깐 만나 줬을 뿐이었다.

레츠는 비참한 심정을 감추지 못하고 부하들이 있는 곳으로 돌아갈 뿐이었다.

토벌대는 한 시간 정도를 더 움직이고 나서야 예전 토벌대가 사용했던 근거지에 당도할 수 있었다.

천 명이 넘는 토벌대의 인원을 수용할 수 있을 정도로 상당한 크기를 자랑했지만, 꽤 많은 시간이 흘렀음을 한눈에 알아볼 수 있을 정도로 방책이 무너져 있었다. 그리고 곳곳에서는 몬스터들이 살았던 흔적을 발견할 수 있었다.

테일 남작의 명령에 토벌대 전체가 무너진 방책을 복구하는 작업에 투입되었다.

병사들이 방책을 복구하며 잡담을 나누었다.

"생각보다 괜찮은데."

"그러게 말이야."

"오늘 하루만 이곳에서 지낸다며?"

"그렇겠지. 내가 봐도 이곳은 별로야. 오래 머물 곳이 못 되지."

"그것보다, 테일 남작님은 무슨 생각일까? 내일까지 살아만 있으라니. 그 말은 역시나 오늘 밤에 몬스터의 습격이 있을 거라는 소리인가?"

"하하하! 뭘 그리 머리 싸매고 그래. 우리는 그냥 위에서 지시하는 것만 따르면 되는 거야."

테일 남작은 근거지에 도착하여 지휘 막사를 지은 후 전 병력을 모아 내일 아침까지 전원 살아남으라고 명령하고는 막사 안으로 들어가 버렸다.

이후 기사, 마법사, 백부장, 십부장을 차례로 불러들이더니 무언가를 지시하고는 감감무소식이었다.

십부장들은 테일 남작에게 무언가를 지시 받았는지 지휘 막사를 나오자마자, 자기 휘하의 병사를 대동한 채 테일 남작이 지시한 일들을 차근차근 진행해 나갔다.

카이엔은 조금 전, 테일 남작에게 불려 가서 지시 받은 내용을 생각하고 있었다.

"아니, 땅을 파라니요? 대체 뭐로 파라는 말입니까? 최소한 삽이라도 구해 주시고 땅을 파라고 하십시오."

카이엔은 테일 남작의 말에 불만을 터트렸다. 아무런 장비도 없이 땅을 파라는 명령은 도저히 이행할 수 없다고 판단한 것이다.

"개인 장비로 지급된 방패로 땅을 파도록."

"……."

후보들이 테일 남작을 지그시 바라보며 어처구니없다는 표정을 지었다.

"지금 장난하시는 것입니까?"

"내가 지금 농담 따먹기 하는 것처럼 보이나?"

"영지에서 지급한 개인 장비입니다. 그런데 땅을 파는 데 사용하라니요. 만약 네이드빌 영주님께 이 같은 사실이 알려지면 어떻게 되는지 모르시지는 않겠지요?"

"내가 그런 것도 반영하지 않고 명령을 내렸다고 생각하나? 당장 땅 파, 새끼들아!"

테일 남작에게 항의를 했던 카이엔을 비롯해 십부장에 속해 있는 후보들이 풀이 죽은 채 지휘부 막사를 벗어났다.

후보들의 마음속에는 어떻게 병사들에게 이 같은 사실을 전해야 할지 마음이 무거웠다. 그러나 그런 마음은 기우일 뿐이었다. 그들이 도착하여 본 모습은 병사들이 방패를 이용해 땅을 파고 있는 모습이었다.

방책 앞에 만들어졌던 수로를 병사들이 파 들어가기 시작했다.

방패로 파면 얼마나 팔 수 있겠는가, 하지만 그들은 능숙한 모습으로 수로를 팠다. 레츠는 묵묵히 병사들이 하는 행동을 바라보고 있었다.

토벌대에 관해 모르는 것이 너무 많았다. 병사들은 당연하게 받아들이는 명령이지만, 레츠에게는 상식을 깨는 명령이었다.

병사들에게 처음 개인 보급품을 지급할 때는 자신의 목숨처럼 아끼라는 말을 한다. 그런데 테일 남작부터 보급품으로 나

눠 준 방패를 사용하라고 부추기고 있었다.

기사들은 아예 방책을 만들 재료인 나무를 베고 있었다. 소드 오러를 사용하면서 말이다. 크렌스피 영지 안에서는 절대 있을 수도 없는 행동이었지만 토벌대 안에서는 너무도 당연한 행동으로 받아들여지고 있었다.

레츠는 토벌대만이 가지는 특성을 파악해야 할 필요성을 느꼈다. 그래야 토벌대에 스며들 수 있으며, 이번 평가에서 만족할 만한 결과를 얻을 수 있다고 판단했다.

기사들이 가세하자 주둔지 보수작업 속도가 탄력을 받게 되었다. 한 아름이나 되는 나무가 기사들의 검에 의해 속절없이 쓰러져 갔다. 잔가지를 제거한 후에 굴려서 주둔지 안으로 옮겨 놓고는 넝쿨 줄기로 엮어서 목책을 만들어 갔다.

레츠가 수로를 파는 병사들을 예의 주시하고 있다가 고개를 들어 하늘을 바라보았다. 해가 뉘엿뉘엿 지고 있었다. 이대로라면 머지않은 시간 내에 어둠이 내려앉을 것이다.

"이봐."

레츠가 근처에 있는 병사를 불렀다.

"네, 넵, 십부장님."

엉거주춤거리며 다가와서는 부동자세를 취하는 병사의 행동에 레츠는 그저 우스울 뿐이었다.

"잠시 후면 어둠이 찾아올 것 같은데, 저녁 식사는 언제 준비하지?"

"목책 정비를 마치는 대로 식사 준비를 할 것입니다."

레츠의 눈과 마주친 병사는 자신도 모르게 침을 삼키며 바짝 긴장했다. 레츠가 어떤 사람인지 직접 두 눈으로 확인까지 했으니, 행동이 조심스러운 것은 당연했다.

"저녁 식사를 준비하면 불빛과 연기가 피어올라 주둔지가 몬스터들에게 노출될 것이 분명한데, 그에 대한 대비는 따로 하고 있나?"

"솔직히 말해서 대비라고 할 것까지는 없습니다. 다만 목책을 세워 몬스터의 습격에 대비할 뿐입니다."

병사의 말에 레츠의 눈썹이 꿈틀거렸다. 몬스터에 대한 대비가 너무나 어설펐다.

야생에서 살아가는 몬스터들이 밝은 낮 시간대보다 어둠을 틈타 토벌대를 공격할 확률이 높다는 것은 알고 있었다. 그런데 그에 대한 대비가 부족했다. 지금도 늑대들이 무리를 이루어 어슬렁거리고 있는데 아무런 대비도 하지 않고 있었다.

하나에서 열까지 마음에 드는 것이 하나도 없었다. 토벌대는 이미 많은 경험을 쌓고 있었다. 그런데 그런 경험을 제대로 활용하지 못하고 있었다. 관념을 깨는 행동을 보여 주기도 했지만 역시나 많이 부족한 것 또한 사실이었다.

잔뜩 굳어 있는 병사를 일별하고는 토벌대에서 맡게 된 임무를 수행하려고 디그레인을 찾아갔다.

디그레인은 토벌대에 속해 있는 마법사들의 수장이었다. 레츠가 함부로 대할 수 있는 이가 아니었다.

"안녕하십니까? 레츠 크렌스피라고 합니다."

레츠가 인사하자 로브를 깊게 눌러쓰고 있던 디그레인이 자리에서 일어나 레츠를 반겼다.

"안 그래도 지금쯤이면 나를 찾아오리라 생각했다네. 디그레인이네. 앞으로 잘 부탁하네."

디그레인이 레츠에게 악수를 청했다. 레츠가 디그레인의 손을 힘주어 잡았다.

후보들이 테일 남작으로부터 받은 명령은 토벌대에 참여한 마법사의 안전을 책임지는 것이었다. 처음 마법사의 안전을 책임지라는 명령을 받았을 때는 후보들 전부 황당해서 말도 제대로 하지 못했다.

마법사는 자체 무력만으로도 엄청났으며, 마법사만을 전담 경호하는 병사가 따로 있었다. 그런데도 마법사를 보호하라니, 후보들이 그 명령을 받아들이기에는 쉽지 않았다.

레츠는 입맛이 썼다. 자신이 가진 능력을 십분 발휘하고 싶었지만, 그런 기회는 주어지지 않았다. 테일 남작이 일부러 자신을 골탕 먹이려고 지시한 것이라 여겼다.

주둔지 주변에 목책을 세워 단단하게 방어막을 형성하자 테일 남작이 병사들에게 식사 준비를 하도록 지시를 내렸다.

수레에서 음식 재료와 식사 도구를 꺼내어 준비를 하자, 해가 지고 어스름이 내리는 숲 속에서 나무를 태우면서 나는 불빛과 연기로 토벌대의 위치가 밖으로 드러나고 있었다.

병사들이 긴장하기 시작했으며, 그런 토벌대의 행동을 처음부터 끝까지 지켜보는 일단의 무리가 있었다.

몬스터랜드에 천 명이 넘는 인간이 들어섰다. 지금까지 보이지 않게 존재해 왔던 몬스터랜드의 먹이 사슬에 변화가 찾아오는 것은 당연했다.

기존에 먹이 피라미드의 정점에 있던 존재들이 촉각을 곤두세우고 토벌대를 예의 주시하기 시작했다. 특히 무리를 이루며 생활하는 몬스터들이 이에 속해 있었다.

그중 웨어 울프가 이에 해당하는 몬스터였다. 개개인의 힘 또한 무시 못할 실력이지만, 무리를 이루면 숲의 우두머리 자리까지 노릴 수 있는 종족이었다.

토벌대가 몬스터랜드로 들어서고 난 후, 그 정보는 빠른 속도로 웨어 울프 무리에게 전해졌다. 새로운 무리가 등장했다고 말이다. 하지만 웨어 울프들은 토벌대가 어떤 일을 하든지 자신들에게 피해를 주지 않으면 신경 쓸 생각이 없었다. 그리고 토벌대도 그들의 영역에는 들어서지 않고 있어서 피차간에 충돌은 일어나지 않았다.

웨어 울프들은 자신들의 영역 경계 지점 밖에서 아슬아슬하게 움직이는 토벌대를 공격할 필요를 느끼지 못하고 있었다.

괜히 긁어 부스럼을 만들 필요가 없었던 것이다. 늑대들을 보내어 멀리서 그들의 동태를 살필 뿐이었다. 그런데 끝내 토벌대가 그들의 영역으로 들어서고야 말았다.

영역의 끄트머리에 들어선 것이지만 무단으로 영역을 침입한 것은 변하지 않는 사실이었다. 이 소식은 웨어 울프 무리 전체에 퍼져 나갔다. 무리의 지도자인 웨어 울프가 전사들을 이끌고 토벌대가 침입한 영역으로 향했다.

떠돌이 생활을 하는 몬스터들이 인간 냄새에 이끌려 웨어 울프의 영역 안으로 들어섰다가 웨어 울프 무리에 걸려 횡액을 면치 못했다.

백여 마리의 웨어 울프 전사들과 그들이 조종하는 수백 마리의 늑대들이 토벌대의 주둔지를 에워싸고 우두머리의 지시를 기다렸다.

목책을 만들 때부터 급격히 불어나는 늑대들의 숫자에 심상치 않음을 느끼고 있던 병사들이었다. 그렇다고 특별히 달라진 것도 없었다. 기사들이 나무를 베면 병사들이 주둔지로 가져가 목책을 세운다. 그리고 목책 앞에 땅을 파는 행위를 반복하고 있었다.

레츠의 걱정과는 반대로 병사들은 늑대들이 어둠이 내리길 기다리고 있다는 것을 알고 있기에 수선을 떨지 않고 대범하게 행동했던 것이다.

늑대들이 움직이기 시작한 것은 토벌대가 저녁 식사를 하고 자신들이 맡은 거점을 방어할 준비를 마치고도 한참이나 시간이 흐른 뒤였다. 병사들이 생각했던 것처럼 완전한 어둠이 내리길 기다리고 있었던 것이다.

"온다!"

"온다, 온다, 온다."

늑대들의 움직임을 예의 주시하고 있던 병사의 외침이 터지자 여기저기서 똑같은 소리가 주둔지 안에 울려 퍼졌다.

"라이트!"

빛줄기가 주둔지 안 동서남북 각 지역에서 일제히 하늘로 쏘아졌다.

토벌대에 속해 있는 마법사들이 마법을 시전한 것이다. 디그레인이 마지막으로 동료가 사용한 라이트 마법을 확인하고는 그 자신 또한 주둔지의 중심지에서 라이트 마법을 시전했다.

"라이트!"

디그레인의 오른 손바닥 위에서 밝은 빛을 뿜어내는 구체가 형성되어 하늘 위로 올라갔다. 이젠 자신이 할 수 있는 모든 일을 했다.

"레츠 경, 잘 부탁하네."

"제가 잘 부탁해야죠."

디그레인의 말에 레츠가 웃음을 머금으며 대답했다.

크르르르.

단 한 번에 수십 마리의 늑대들이 어둠을 뚫고 나타나 주둔지를 향해 이빨을 드러내며 달려들었다. 주둔지 위에 떠 있는 라이트 불빛에 반사된 늑대들의 눈동자가 노랗게 반짝이고 있었다.

퍽!

땅을 박차고 올라 목책을 단숨에 뛰어넘어 들어오던 늑대가 병사가 들이대는 방패에 부딪치고는 튕겨 나갔다.

"막아, 막아!"

누구인지 모를 병사의 외침이 터져 나왔다. 목소리에 두려움과 당혹감이 짙게 배어 있어 주위에 있는 병사들까지 동요를 일으키기 시작했다.

"정신 차려! 늑대를 직접 공격하는 게 아니라, 목책을 뛰어넘어 들어오는 늑대 앞을 방패로 막아!"

"반격할 필요가 없다! 방패로 막아서면 된다!"

십부장들이 동요하는 휘하 병사들을 다독이기 시작했다. 한 십부장은 이보다 더 나아가 늑대의 아가리 속으로 스스로 뛰어들었다.

"일반 늑대의 어금니로는 갑옷을 뚫을 수 없다."

십부장의 팔뚝을 물었던 늑대가 오히려 낭패를 당한 듯 비명을 지르며 꼬리를 말았을 정도였다. 그 모습을 보고는 병사들이 심호흡을 하며 마음을 추슬렀다.

한 명의 병사로부터 시작된 동요가 토벌대 전체로 번질 수 있는 상황을 적절하게 수습할 수 있었다. 하지만 이제 시작일 뿐이었다.

일차적으로 뛰쳐나갔던 늑대들이 별다른 타격을 입히지 못하자 뒤에서 이를 지켜보고 있던 웨어 울프 대장이 앞으로 나섰다.

"아우우우!"

커다란 울음을 통해 다른 웨어 울프에게 지시를 내렸다.

뚜득, 뚜드드득!

웨어 울프의 허벅지가 순식간에 두 배로 부풀어 오르더니 종아리까지 서서히 커졌다. 굽혀 있던 척추가 일자로 곱게 펴지며 두 발만으로도 몸의 중심을 잡고 서 있게 되었다.

어깨가 벌어지며 팔의 길이가 늘어났고, 손바닥이 커지면서 네 개의 손가락이 자라났다. 웨어 울프가 팔꿈치를 굽혔다가 한순간에 펴자 네 개의 손가락에서 손톱이 생겨났다. 무려 삼십 센티미터가 넘어가는 크기였다.

늑대는 사족보행 동물이다. 그러나 웨어 울프는 다르다. 태양이 뜨는 낮에는 일반 늑대처럼 사족보행으로 살아가지만, 달이 떠 있는 밤에는 이족보행으로 바뀌면서 전투 체형으로 변화시킬 수 있었다.

"아우우우!"

변신을 마친 대장이 목을 길게 빼고 울음소리를 토해 냈다. 그러자 이에 화답하듯 숲 속 곳곳에서 웨어 울프의 울음소리가 터져 나왔다. 모든 준비가 끝났다는 신호였다.

대장이 무릎을 굽혔다가 펴는 순간 그의 신형이 십여 미터를 이동했다. 어마어마한 속도였다.

병사들이 웨어 울프의 모습을 발견하고 크로스보우로 화살을 쏘려고 하는 순간 웨어 울프는 그들의 머리 위를 뛰어넘어 주둔지 안으로 들어간 이후였다.

변신을 마친 웨어 울프들도 그들의 대장을 따라 주둔지 안으로 침투하기 시작했다. 웨어 울프 대장을 죽이려고 겨누었던 크로스보우들은 뒤따라 주둔지를 향해 달려드는 웨어 울프를 향해 쏟아졌다.

"일반 늑대들은 무시하고, 웨어 울프에게만 화살을 쏴라!"

"목책을 넘어 주둔지 안으로 들어간 웨어 울프들은 신경 쓰지 마라!"

토벌대가 사용하는 것은 개조된 크로스보우였다. 일반 크로스보우처럼 재장전이 쉽지가 않았다. 단 한 번 쏘고는 재장전을 못하고 끝인 경우가 허다했다.

크로스보우가 아닌 일반 활을 사용하는 이들은 그래도 실력이 나은 십부장 이상의 병사들뿐이었다. 재장전을 못한 일반 병사들은 목책을 뛰어넘어 들어오는 웨어 울프들을 몸을 던져 막아 낼 수밖에 없었다.

"막아! 단 한 마리라도 더 막아!"

한 십부장이 엄청난 도약력으로 목책을 단숨에 뛰어넘는 웨어 울프를 향해 스피어를 찔렀다.

서걱!

스피어에 웨어 울프의 허벅지가 베이며 피가 뿜어져 나왔다.

목책을 뛰어넘던 중이라 십부장의 공격을 피해 내지 못하고 당한 것이다. 그러나 웨어 울프는 이를 무시하고 대장의 뒤를 따르는 것을 우선으로 여겼다.

십부장도 순식간에 공격 범위를 벗어난 웨어 울프보다는 눈앞에서 목책을 뛰어넘고 있는 다른 웨어 울프를 상대하기 바빴다.

아우우우!

늑대의 울음소리가 울려 퍼지더니, 순식간에 목책을 뛰어넘어 최초로 주둔지 안으로의 난입에 성공한 웨어 울프가 있었다. 무리를 이끄는 대장이었다.

엄청난 점프력으로 목책을 단숨에 뛰어넘더니, 땅에 발을 딛기도 전에 공중에서 팔을 휘두르며 손톱의 날카로움을 뽐냈다.

서걱! 서걱!

단 한 수에 묵빛의 레더 아머가 찢어졌다. 아니, 병사의 가슴과 함께 레더 아머를 긁어냈다고 하는 표현이 더 정확할 것이다.

가슴이 갈라진 병사가 비명다운 비명 한번 내지르지 못하고 생을 마감했다.

웨어 울프의 공격은 여기서 멈추지 않았다. 날카로운 손톱이 병사의 가슴을 헤집고 나오자, 몸을 반대로 틀면서 왼손을 재차 휘둘렀다.

삼십 센티미터에 달하는 손톱이 병사의 얼굴을 훑고 지나갔다. 그 속도가 엄청나 병사는 자신이 죽는지도 모르고 죽어 나갔다.

웨어 울프가 공중에서 날아오면서 공격을 시도할 줄은 정말 상상도 못했다. 어떻게 손도 써 볼 틈 없이 병사들이 당했다.

"크르르르!"

순식간에 두 명의 목숨을 가져간 웨어 울프가 그제야 바닥에 내려서서 병사들을 향해 이빨을 드러내며 위협을 가했다.

무릎을 약간 굽힌 상태에서 상체를 숙이고는 양손을 벌리며 피가 묻어 있는 손톱을 까닥이는 모습은 병사들의 간담을 서늘하게 만들었다. 여기에 늑대 특유의 목 울림소리가 더해져서 공포를 심어 주고 있었다.

꿀꺽!

병사들 사이에서 마른침을 삼키는 소리가 들려왔다.

웨어 울프의 위용만으로 일개 병사가 상대할 수 있는 수준을 벗어났다는 것을 단번에 알 수 있었다. 한껏 공포 분위기를 조성하고 있는 웨어 울프는 기사들만이 상대할 수 있는 존재였다.

허크는 자신을 바라보는 병사들의 시선이 그렇게 싫을 수가 없었다.

"알았어! 이 새끼들아! 뒤에서 보조나 잘해 줘."

일반 병사들이 상대할 수 없다면 기사들이 도착할 때까지 방패병인 자신이 앞으로 나서서 시간을 벌어야 했다.

"쉬발. 왜 여기로 나타나고 지랄이야!"

다리가 떨려 오더니 순식간에 몸 전체로 두려움이 퍼져 나갔다. 왜 하고많은 곳 중에 자신이 맡은 구역으로 쳐들어왔는지 하늘이 원망스러웠다.

웨어 울프가 인간들 사이를 헤치고 앞으로 나서는 이를 바라보았다.

씨익!

앞으로 툭 튀어나온 주둥이가 비틀렸다.

비웃는 것이다. 자신의 위용에 주눅이 든 인간을 말이다. 웨어 울프가 허크를 향해 뛰어들었다.

"시팔!"

자신은 아직 싸울 준비도 안 됐는데, 웨어 울프의 공격은 이미 시작되었다. 본능적으로 방패로 급소를 방어했다.

캉!

손톱과 방패가 부딪쳐 나는 소리였다. 십부장들이 들고 다니는 방패의 크기가 워낙에 커서 생각보다 손쉽게 막을 수 있었다. 하지만 웨어 울프의 공격은 끝난 게 아니었다.

웨어 울프는 자신의 공격이 뜻대로 풀리지 않자 기분이 상했다. 자신들의 영토를 무단으로 침입한 자들을 단죄해야 하는데 처음으로 그것이 막힌 것이다.

웨어 울프는 허크가 보유한 방패의 강도가 보통이 아니란 사실을 깨달았다.

"크르르르!"

날카로움으로 상대를 죽일 수 없다면 정면에서 힘으로 때려 부술 수밖에. 이런 방식의 싸움을 즐기지는 않지만, 지금은 즐거움보다는 인간들을 단죄하는 것이 우선이었다.

웨어 울프가 방패를 향해 발을 뻗었다.

쾅!

있을 수 없는 일이 일어났다. 있는 힘껏 쳤는데도 인간이 뒤로 넘어지지 않고 버텨 냈다. 자신의 힘은 그 트롤의 힘과도 비등할 정도인데 고작 인간이 버텨 낸 것이다.

허크가 주눅이 든 채 부들부들 떨던 것에 비하면 웨어 울프의 공격은 파괴력이 없었다.

손톱의 날카로움을 신경 쓰느라 발차기에는 좀 당황한 면도 없지 않아 있었지만 이 정도의 파괴력은 신물이 날 정로도 겪어 봤던 것이다.

"내가 공격에는 소질이 별로 없지만 방어 하나만은 그 누구보다 자신 있다 이거야! 푸하하하!"

그러나 좋아하던 것도 잠시, 웨어 울프의 공격이 다시 한 번

시도되자, 웃음이 터져 나왔던 입에서 비명 섞인 신음이 흘러 나왔다.

"크윽!"

좀 더 강한 공격으로 허크의 중심을 무너뜨리고는 재빠른 움직임으로 방패에 가려지지 않은 곳을 노려서 공격했다.

허크의 어깨가 한순간에 화상을 입은 것처럼 화끈거리기 시작하더니 피가 흘러나왔다. 화끈거리는 통증에 부상 정도를 확인하려고 한순간 웨어 울프에게서 시선을 떼는 허크였다.

쾅!

웨어 울프는 허크가 시선을 떼는 순간을 놓치지 않고 방패를 향해 재차 가격을 시도했다.

"젠장!"

연속되는 충격에 허크의 몸을 가려 주던 방패가 튕겨 나가며 웨어 울프의 시야에 허크의 전신이 무방비 상태로 놓이게 되었다.

사각!

아주 작은 틈이라도 파고들어 부상을 입힐 수 있는 웨어 울프였다. 전신이 무방비 상태에 놓인 인간 하나 죽이는 건 일도 아니었다. 날카로운 예기를 발하는 손톱이 허크의 상체를 훑고 지나갔다.

"으악! 으아악!"

손톱이 자신의 몸을 훑고 지나가는 것을 생생하게 느낀 허크가 바닥을 구르며 연신 비명을 지르기 시작했다. 거기에 찢어진 갑옷 사이로 피가 흐르는 모습이 곧 죽을 것 같았다.

"크르르르!"

분명히 완벽한 기회였다. 그리고 그 기회를 놓치지 않고 순식간에 자신의 손톱이 인간의 상체를 긁고 지나갔다. 그런데 느낌이 달랐다. 인간의 몸속을 헤집고 들어가는 느낌이 없었던 것이다.

딱딱한 갑옷만 찢은 것이 분명했다. 인간의 목숨이 경각에 달했던 그 순간, 자신과 비슷한 움직임을 보인 이가 있었다.

〈『크렌스피 사가』 제2권에서 계속〉

크렌스피 사가

1판 1쇄 찍음 2008년 11월 12일
1판 1쇄 펴냄 2008년 11월 14일

지은이 | 과 니
펴낸이 | 정 필
펴낸곳 | 도서출판 **뿔미디어**

기획, 편집 | 김대식, 허경란, 권용범, 김재영, 권지영, 소성순
관리, 영업 | 김기환, 김미영
출력 | 예컴
본문, 표지 인쇄 | 광문인쇄소
제본 | 대명제책사

출판등록 | 2002년 9월 11일 (제1081-1-132호)
주소 | 부천시 원미구 중3동 1058-2 중동프라자 402호 (우)420-023
전화 | 032)651-6513 / 팩스 032)651-6094
E-mail | BBULMEDIA@paran.com

값 8,000원

ISBN 978-89-5849-917-6 04810
ISBN 978-89-5849-916-9 04810 (세트)

※파본은 본사나 구입하신 서점에서 교환하여 드립니다.